蒙格斯文集之

李义奇

李义奇 / 著

上

经济管理出版社
ECONOMY & MANAGEMENT PUBLISHING HOUSE

总序

在遥远的非洲大草原上，生活着一群小型哺乳类动物"獴"。它们以蛇鼠为食，群居而生，警惕而敏感。通常在外出活动时总会留下一只充当"哨兵"，一旦有危险情况出现，"哨兵"便发出特殊的叫声来提醒所有同伴，以此预警。与獴面对的动物世界类似，人类社会同样充满着各种不确定性与风险，蒙格斯智库取"獴"的英文（Mongoose）音译，意在提醒和预警经济社会生活中的各种不确定性，充当中国乃至世界防范风险的"哨兵"。

蒙格斯智库以经济研究中的各种"拐点"为起点，逐渐扩展到其他研究领域。《蒙格斯文集》便是横跨经济、金融、法律、风险、历史、社会、文学等多个领域的有益尝试。文集由中国行为法学会金融法律行为研究会会长朱小黄博士倡导和组织，蒙格斯智库编辑整理，文体包括论文、笔记、杂谈、散文、评述，等等，多种多样。文集将逐步收录国内经济、金融、法律和文史等方面理论与实务大家的作品。文集的作者们或是经济、金融、法律领域任职多年、经验丰富的企业家、高管和政府要员，或是博通古今的专家、教授等饱学之士，甚或二者兼具。文集中的内容和观点均是他们在工作和生活中逐步思考、总结和完善的。文集既是他们对经济、历史、社会、人生的观察站，也是他们忧国忧民、寄语人生的日记本。文集最大的特色便是多领域的跨界研究。比如经济与法律的跨界。经济的发展不仅注重效率亦注重公平，法制的建设和法律的规范必然随之左右。出版《蒙格斯文集》的目的，就是要为学人留存经典，为学问建立路碑，为读者构筑曲径。

同一般的学术性文集不同，本文集的内容具有很强的社会现实意义。其以经世济用的人文情怀为指导，讲究"学以致用"。而哲学思辨则是本文集另一大特征。文集作品立论清晰，理论充分，论证严密，是作者们智慧的结晶。其哲学思辨相信对非相关领域的读者也能带来思维上的启迪。文集所邀作者均有文字流畅、华美，具有较高文学欣赏价值的特色。既可"启蒙心智，格物致知"，也可为国家发展、社会进步、人格完善提供精神佳肴。愿未来能有更多作者加入我们，提供更多更好的作品以飨读者。也愿这套《蒙格斯文集》能够成为更多读者思维的训练场、心灵的加油站、思考的参考书！

蒙格斯智库
2018 年 11 月于深圳

李义奇之谜

李义奇是我的朋友，我同他以文相识，接触良久，颇有惺惺相惜之感。读多了他的文章，真觉得他是一种神奇的存在。李义奇的思绪变幻莫测，覆盖乾坤，常有惊喜与惊讶之处；文字上却又细腻透彻，有思想，有故事，有情节，有理论，有时面面俱到，有时一孔窥屏。在我看来，他是经济界的学问家，学问家中的治史者，史学家中的经济学者，企业高管中的高产作家。总之，其人学术纵横，涉猎甚广，令人惊叹。蒙格斯智库出版李义奇文集，固然有其识人之独具眼光处，但若无原石光芒，又怎知璞玉之宝？

作为蒙格斯文集的倡导者与组织者，我很喜欢义奇先生的文章和行文风格与气质，却又总觉得他在学术上的表现颇有些神秘气象，一直未解其中三昧，值此文集出版之际，因受托为之作序，不妨聊一下李义奇令人迷惑的学术表现。

其一，经济学家却能治史。固然，研究经济学需攻透经济史，但我所说的义奇先生的治史却是真正以史家的功力对中外政治经济史料素材的理解掌握和运用。我本人对文史哲颇有些阅读思考，但义奇先生的许多文章，居然随手拈来地运用不少冷僻的历史人物和事件的史料。而且有不少篇目本身就是以现代经济学的逻辑和原理解读历史人物和事件，气势磅礴而又细致入微。这真是一个谜一样的存在。

其二，李义奇的广而精。类似于我这样的杂家，阅读广泛，号称博学，常常是广而不精，弄得不好，一无所成。但李义奇却令人称奇：其文涉猎广泛，却又篇篇精深，往往道尽源头，犀利尖锐，淋漓尽致，且能以现代经济学之弦琴发古人之幽思，言当下之忧心，表未来之路径，使一般的读书人觉得自叹不如，却又不知他有何神技竟能致此。

其三，高产优质。天际无涯，人生有限，而人的精力更有限。精细、深入不烦不恼地稳定写作，几乎每天都有精彩之论，让人难以置信，却又只能承认。翻开书的目录，火花四溅，智慧之光照亮人心。他怎么做到的呢？只能存疑吧，他的确做到了。我自问亦是勤于笔耕之人，但确实无力像义奇先生一样，工作之余而耕耘万亩良田。

既然成谜，便自有其迷人魅力。李义奇在文章中所展现出的理性、尖锐和功力，自知与知他，历史的深度，人物的复杂，知识的广博，思考的深入浅出，批评的纵横捭阖，都是令人惊叹不已的，也让人感叹他的精力过人。不知道他怎么处理工作与写作、阅读与办公、思考与生活等等这样一些难题，只是觉得李义奇就是一种谜一般的存在。我们不需要接近他去解开这个谜，只需翻开这本文集，去体验这种文人的莫名其妙的状态，欣赏这个谜团的美丽外观，维护这个谜的价值和尊严，就像观望变幻莫测的云彩，而不是欣赏瞬间灿烂的烟花。

能为李义奇的文集作序是我的荣幸，相信谁能成为该文集的读者，谁就将获得灵运般收益。

朱小黄
2018 年 10 月于深圳

自序

非常感激朱小黄博士为本书作序。同时感谢蒙格斯智库，帮我编辑出版这本文集。

这本文集收录的文章，是我一年多来写的一些随笔。有笔记，有杂谈，有记事，亦有故事，多是随感而发，只有《货币史笔记》例外，是我从十多年来有关货币史以及货币理论的读书笔记中整理的，20多万字大概整理出来2万多字。

做微信个人公众号一年多来，已经养成了想起来就写、写完就发的习惯。优点是可直抒胸臆，轻松自在，得写作之乐。缺点是可以不负责任，不周全。文章就在那里，读者批评吧。

去年开始做公众号时，真实的想法，是要尝试一下共享经济。一个读书人，大约是不名一文的，要赶共享经济的时髦，能够拿得出手的东西，大概也只有读过书后，脑袋里残留的一些记忆和想法了。把这些记忆和想法写出来，分享出去，想着或许会有人感兴趣。做着做着，反倒成为了一种责任，好像一周不更新一篇文章，总觉得欠了些什么。如果有人觉得读书学习的动力不足，我建议您认认真真地做一个微信个人公众号。

中国人十人九儒。想不起这句话是谁说的了，我高度认可。有时会反思，甚至忍不住骂几句腐儒，回头想想，自己的学问底子，如果有一些的话，也是儒学的底色。行为也是儒化了的，从小时候就是这样。虽然没有下功夫读过几本儒家经典，但思想、行为、价值观，还是在围绕着"修身齐家"乃至国与天下打转转儿。就连做这个公众号，潜意识里也有些淑世情怀呢。总觉得自己哪怕是一棵小草，生时也要尽量呼吸，效净化空气之责；死后也要化为灰烬，做改善土壤的肥料。世上除了儒家，哪有这样的情怀！

孔子说，五十而知天命。一个人活着活着，那些从社会上习得的技术、知识和经验，会逐渐内化进自身，进而展现为个人的德性。一个人，无论出身、智识、能力、际遇如何，都可以逐渐地自觉不自觉地，展现出良知、理性、同情、包容之心。我相信，更多的人是通过自己的身体力行获得的教诲。儒家讲的修身，我的理解，就是通过自己的尽己之心，建立对自己的信心，建立自己对周边的人、对这个社会的信念，从而自然而然地，生发出一种修己安人的愿力。

择善固执道中庸，文章还要写下去。

对于写作者来说，最高兴的事，是文章有人读。蒙格斯智库结集出版这本书，相信能使更多的人，读到这些文章，这是乐于见到的事。在此，再一次表示感谢。当然，文责自负。

李义奇

2018 年 10 月 7 日

目录

第 一 章

金

融

北京金融街：
一个城市功能区建设的成功标本

中国漫长的历史上，老百姓吃饱饭即是奢望。我等赶上大时代，本已幸运。如果能碰巧进入一个重要的场景，哪怕做个旁观者，鼓鼓掌，喝喝彩，声援一下，也算得上是值得留恋的经历。

历史回顾

1987年，时任中国人民银行行长陈慕华向时任北京市常务副市长张百发提出，借鉴国外经验，在北京市西二环一带，建设金融机构聚集区，即金融街的构想。当时，中国人民银行已经选址复兴门，中国银行和中国人民保险公司在阜成门，正好处于这条街的一南一北。

在此之前的1985年3月，时任西城区委书记陈元组织了一场规模宏大、影响深远的"西城区经济社会发展战略研讨会"，提出推动西城"旧城改造"，并积极酝酿"以公建促危改"的方式。

是时，北京市和西城区就已经开始筹备此项工作，明确提出在复兴门内大街到阜成门内大街一带，"主要安排金融单位事业用房和配套的商业服务业高大型建设项目"。1988年初，相关单位已经与工商银行、建设银行等金融机构就共同建设金融街进行了洽谈。后因1988年9月国务院压缩基建项目，此事暂缓启动。

借小平同志南方谈话的春风，1992 年 5 月 16 日，西城区委区政府提出"繁荣西单，发展西城"，明确提出建设金融街。6 月 1 日，向市政府提交了《关于恢复西二环东侧（金融街）开发建设的请示》。经市政府同意后，7 月，设立"西二环危房改造办公室"（即二环办），12 月 14 日，北京市金融街建设开发公司成立。

建设过程大概是这样的：

1994 年 8 月 18 日，金龙大厦（现金阳大厦）奠基，这是金融街开工建设的第一个项目。当年，通泰大厦、投资广场、信达大厦、平安大厦陆续开工。

1997 年 8 月 18 日，建筑面积 7.3 万平方米的金龙大厦正式交付使用。随后，1998 年 9 月，国际企业大厦竣工；1998 年 12 月，平安大厦竣工；1999 年 9 月，投资广场、通泰大厦竣工。

2001~2003 年，有 21 个项目立项，规划建筑面积 114 万平方米。其中有北京银行大厦、中国人寿双子大楼、大唐总部、购物中心、鑫茂大厦、英蓝大厦等。

2004~2006 年，有 20 个项目竣工，建筑面积 160 万平方米。其中有双子大楼、鑫茂大厦、网通大厦、英蓝大厦等。

金融街建设早期困难重重，一是缺经验（国内第一个定向开发的高端产业功能区），二是缺资金，三是经历了政策调整的波折（如建设初期就碰上宏观调控，1994~1995 年中央严厉控制固定资产投资规模）。不过，大水漫不过鸭子背，受人尊敬的建设者们从实际出发，因时制宜，金融街建设渐入佳境。

按照 20 世纪 90 年代初期规划，北京金融街南起复兴门内大街，北至阜成门内大街，西抵西二环路，东临太平桥大街，规划用地 103 公顷。其中建设用地约 44 公顷，道路用地约 32 公顷，绿化率超过 30%。总体规划建筑面积为 402 万平方米。

按照规划，金融街区域依广宁伯街和武定侯街划分为南区、中区和北区。

南区于2000年基本建成，新增建筑面积约100万平方米。代表性建筑有：金阳大厦、平安大厦、国际企业大厦、通泰大厦、投资广场、建设银行大厦、中国移动大厦、中国电信大厦。

中区于2000年由美国SOM公司进行整体规划设计，2006年底初步建成，新增建筑面积约155万平方米。代表性建筑有：北京银行大厦、中国人寿中心、鑫茂大厦、富凯大厦、航宇大厦、卓著中心、泰康国际大厦、中国网通大厦、中国大唐集团大厦、威斯汀酒店、丽思卡尔顿酒店。

北区于2001年启动建设，2005年形成区域建设规模，新增建筑面积约200万平方米。北区的代表性建筑有：英蓝大厦、中国再保险大厦、金融街中心、汇宸大厦、恒奥中心、新盛大厦、金亚光大厦、中国邮政大厦、东方资产大厦。

初步建成后的金融街核心区建筑面积约455万平方米。

随着我国金融改革与发展的快速推进，新增金融机构对办公面积的需求日益旺盛。为满足机构入驻需求，服务保障国家金融改革战略，加快金融街拓展建设势在必行。2007年10月，北京市发改委"关于对金融街区域拓展和发展功能完善的意见"经市长办公会原则通过，同意拓展核心区范围，以原金融街规划面积1.18平方公里为基础，向东（太平桥大街以东）拓展0.59平方公里，向西（至南礼士路）拓展0.53平方公里，向南（长安街路南沿线）拓展0.29平方公里，合计拓展1.41平方公里，拓展后的金融街占地面积达到2.59平方公里（约1平方英里，大约是在对标伦敦金融城的占地面积）。

经过拓展建设，新增建筑面积约200多万平方米。主要建筑包括工商银行大厦、中国银行大厦、民生银行大厦、国家开发银行大厦、凯晨世贸大厦、招商国际金融中心、远洋大厦、丰汇时代大厦、丰融国际大厦、太平洋保险大厦、丰铭国际大厦、金融街月坛中心。

目前，金融街区域内楼宇面积占到 700 多万平方米，其中商务办公面积占到 75% 以上。区域内集聚了以国家金融管理部门和大型商业银行、保险集团、券商、基金以及重要市场机构为代表的 1800 多家金融机构和大型国有企业总部。

不过，也有人说，20 多年过去了，金融街这片区域消失了 60 多条胡同。

国家金融管理中心

金融街从开始规划建设一直到现在，始终坚持"国家金融管理中心"定位。

1993 年 10 月 6 日，国务院正式批准了新修订的《北京城市总体规划 (1991~2010)》。在《关于北京城市总体规划修订若干问题的说明》中提出，"在西二环阜成门至复兴门一带，建设国家级金融管理中心，集中安排国家级银行总行和非银行金融机构总部"。

2004 年《北京市城市总体规划（2004~2020）》，明确金融街为"国家金融管理中心"。

2017 年 9 月 29 日发布的《北京城市总体规划（2016~2035 年）》，再次明确金融街"国家金融管理中心"定位，提出要"进一步优化聚集金融功能"。

20 多年来，政府文件中，金融街的定位，一直在发展丰富着。北京市"十一五"规划中，将金融街与中关村、CBD 等一起，列为首都"六大高端功能区"。2008 年市委市政府出台的"关于促进首都金融业发展的意见"（8 号文），将金融街定位于"首都金融中心区"。在北京市十一次党代会报告中，提出要"强化金融街的国家金融中心功能"。

业内早已有了共识，金融街是事实上的国家金融中心。由于众所周知的原因，金融街一直没有实现"金融中心"正式的冠名。实至而名不归，虽是憾事，但也没有影响金融街发展壮大，因为金融街已经走过了"循名求实"的阶段。金融街的影响力，靠的是多年积累下来的实力，靠的是区域内聚集的重要机构和人员。金融中心之名，今天看来已经成为无谓之辩。经历者都知道，从政府到企业，大家多年来做的大量的努力，不是一两句话能够讲完的。

其实，政策制定者应该反思，中央确定上海为国际金融中心，给了政策，协调了大量的资源，上海方面的确做得很好（甚至比北京做得好），为什么已经20年过去了，没有名分、没有沾到政策阳光雨露的北京，和上海在金融产业发展方面，仍不分伯仲？这里面肯定有非人力所能为的因素。

作为国家金融管理中心，金融街主要有以下几个方面的特征：

（1）金融街是总部机构聚集度最高的区域，没有之一。从国家宏观经济管理机构来看，"一行三会"（马上变成"一行两会"了）等国家金融管理部门聚集在金融街，国家发改委、财政部、国家统计局等宏观经济管理部门也坐落在金融街周边。从总部企业来看，金融街至少聚集了超过20家进入世界500强的企业总部。金融街共有各类金融机构1800余家，其中有全国排名前3的金融集团——工商银行、建设银行、中国银行；3家政策性银行，即国家开发银行、进出口银行、中国农业发展银行；大型保险集团，如中国人寿、中国人保、泰康、中再保、出口信用保险；全国性股份制银行，如光大银行和民生银行；中国邮政储蓄银行；以及华融、长城、东方、信达四大资产管理公司，全国中小企业股份转让系统、银河证券等。几乎所有总部不在北京的全国性金融机构，以及有影响的城商行，都把主要业务条线和管理总部设在金融街。中国重要的金融基础设施机构也坐落在金融街，如中央国债登记结算有限公司、中国证券登记结算有限责任公司、中国外汇交易中心、中国证券投资者保护基金、中证资本市场发展监测中心、中证资本市场运行统计监测中心等。此外，金融街还聚集了大约 200 家外资金融机构，如高盛、摩根大通、摩根斯坦利、瑞银等著名金融机构的中国法人机构也设在金融街。

聚集大量金融机构的金融街，对潜在的金融市场进入者产生了强大的吸引力。其一是金融街的品牌效应。在金融街办公，能够在相当程度上提高金融机构的可信度和行业地位。其二是金融街的区位优势。更加接近监管机构和同业，这对于金融机构的业务拓展极为重要。其三是位于金融街有利于机构获取业务发展所需要的大量关键业务信息和人脉资源。中国金融业顶级的朋友圈，就在金融街。

中国的金融体系，在机构与市场的权衡中常常更偏重于前者，因为大型金融机构在金融体系中具有更强的市场势力。在中国的金融运行中，往往是机构而非市场，在发挥着主导作用。因此，众多机构聚集的金融街，才成为国内外经济金融界瞩目的焦点。

（2）管理金融机构资产最多的区域。2017 年底，位于金融街的金融机构资产规模达到 99 万亿元（这一数字可能超过伦敦金融城金融机构的资产规模，大约 8 万亿英镑），超过全国金融机构资产规模的 40%。

统计数据体现出的金融机构资产规模，其现实意义是，反映了区域内机构的市场势力和这个区域在金融地理中的地位。金融街庞大的资产规模及其在全国金融机构资产总量中的高占比，显示了它在我国金融体系运行和金融政策传导链条中的枢纽地位，尤其是信贷资产的运用，更对我国的金融与实体经济部门产生了巨大的影响。重大金融政策意图，有相当一部分都体现在驻区机构的资产结构调整上。

（3）人民币资金流动枢纽。综合各支付系统数据来看，从 2007 年至今，北京的资金流动规模一直位于全国首位，且占全国资金流动比重在 30% 左右（上海的这一数据大约为 13%）。全国的清结算中心，大多坐落在金融街，如中央国债登记结算有限公司、中国证券登记结算有限责任公司、中国外汇交易中心等。主要是中国人民银行建设和运营的中国现代化支付系统（CNAPS），是人民币清结算体系的基础和骨干网络，包含大额实时支付系统、小额批量支付系统、网上支付跨行清算系统、同城票据清算系统、境内外币支付系统和全国支票影像交换系统。如果说资金像人体血液一样流动，金融街就是中国金融业的"心脏"，人民币资金，在这里供给，流向全国各地，又汇集于此。

（4）金融信息的发源地。信息是金融业发展战略制定和业务活动的核心要素。说起信息中心，有的地方建设金融信息大厦，实质上就是建了一个标准化金融信息的加工和转送点，对金融市场并没有太多的吸引力。

信息可粗略地区分为标准化信息和非标准化信息。像市场价格、股市行情等标准化信息，由于现代通信技术能够实现即时传输，投资者与信息源的距离，并不影响获取信息的时效和质量。但是，大量依赖于"口口相传"的非标准化信息，似是而非的"小道消息"，对于市场机会是极其重要的。投资者获取此类信息的时效和质量，严重依赖于其与信息源的距离。就像离领导越近越能获取更多有用的信息一样，处在金融街的金融从业人员，由于他们离"一行三会"等金融决策、管理机构和工行、建行等市场重要机构（信息源）比较近，他们就能够比其他地方的同业了解更多影响中国金融市场走向的信息。这是金融街的独特优势，也是世界上所有金融中心共同的特征。

（5）金融人才聚集地。金融业是一个高度依赖专业人才的行业。在金融企业的成本中，人力资源成本大概能够占到总成本的70%。2016年年底，金融街金融从业人员22.9万人（统计数字）。保守估计，在金融街办公的高级金融管理与专业人才约占全国的40%以上。他们精通业务、积极创新，不断推动和引领金融相关领域的业务发展和市场开拓。另据前些年的一项抽样调查，45%以上的金融街金融业人员拥有硕士及以上学历，11%以上拥有海外留学经历，6.5%以上拥有海外工作经历。

总之，金融街是国内金融机构聚集最密集的区域、管理金融机构资产最多的区域、人民币资金流动枢纽、国内金融信息的发源地和高端金融人才聚集地。这些特征，都是国家金融管理中心的重要组成部分。

"金融街"是一个地理概念，但它更是中国金融的地标。提起中国金融，无法回避金融街。提起金融街，也会自然地想起中国的金融。因为中国金融业的"大脑"和"心脏"，都在金融街。作为中国金融业的"大脑"，坐落在金融街的重要机构，指挥着中国金融的运行。作为中国金融业的"心脏"，人民币资金，在这里流向全国各地，又汇集于此。

成功的含义，被坐落在首都北京西单以西、西二环以东的这片称为金融街的区域，充分地诠释着。

金融街因何而成功

简单总结一下，金融街的成功，因天时，就地利，得人和。

金融街建设始于 1992 年，建设周期与我国金融业大发展的周期正好契合在一起。1993 年 12 月 25 日国发〔1993〕91 号《关于金融体制改革的决定》，明确建立独立执行货币政策的中央银行宏观调控体系；建立政策性金融与商业性金融分离，以国有商业银行为主体、多种金融机构并存的金融组织体系；建立统一开放、有序竞争、严格管理的金融市场体系。由此迎来了中国金融业的爆发式增长。金融业的大增长，为金融街大发展带来了前所未有的政策空间和市场动力。在 2012 年庆祝金融街建设 20 周年活动中，中国银监会的题词是"这个区域代言了中国金融的繁荣"。可以说，没有中国金融业大发展的天时，就不会有金融街建设的空间。金融街建设与发展因应了中国金融业大发展的天时。

其次，是金融街特殊的地理位置。位于中央政务区，一是方便，二是便利，三是从地理位置上衍生出来的一些重要含义，比如暗合社会的制度环境、文化习俗，再比如治理的需要，有权机构需要金融机构安全可控，金融机构需要接近权力以寻求生意和市场机会。

事实上，天时是普适性的，地利条件也不仅仅西二环这一带有。金融街的成功，很大程度上，是人们努力的结果。西城区委区政府当年做出建设金融街，发展金融产业的战略决定后，20多年如一日，没有动摇，这种一以贯之的战略定力，在中国地方政府生态中极为少见。金融街建设者们的心血，已经凝结在金融街每一栋建筑、每一条路面、每一棵树木上。20多年过去了，时代在变，市场在变，体制机制也在变，但地方政府和企业服务驻区机构发展的初心，没有变。金融街的服务，至今还在延续着"政府+街道+商会+企业"的模式，各方凝聚在"共建金融街区域环境，共享金融街区域资源，共谋金融街区域发展，共创金融街区域品牌"的共识下，为金融街建设与发展尽心尽力。尽人事而听天命，说的大概就是这片土地上辛勤劳作的人们吧。虽不完美，但相信他们已经做到了最好。

现如今，金融街上每一座高楼、每一块绿地，将他们创业时期的背影，留在了这里。

贡献

金融街作为国内第一个定向开发的高端产业功能区，其成功的示范意义，不可小觑。近些年来，至少有300家以上的各地政府及部门来考察学习过。记得有一年，仅广东省主管领导带着广州市相关部门来金融街就有四次。

对北京这座城市来讲，金融街的贡献，也可总结为三个方面：

一是改变了街区面貌。金融街已经成为首都北京亮丽的地理坐标。

二是提升了城市功能。凡是国际性大都市，都是金融中心城市。原因是金融是所有要素中最活跃最有影响力的，大都市集聚人才、技术和物资资源，要靠货币资金来引领凝结。一个城市只有成为金融中心，才能成为具有强大向心力的充满活力的大都市。金融街作为国家金融中心，对北京建设世界城市的意义，在认识层面，还需要深入挖掘。

三是经济贡献。金融业占北京市 GDP 的近 20%，其中有一半是金融街贡献的。财税方面的贡献更明显，2.59 平方公里的金融街，贡献了约 9% 的市级财政收入、近 50% 的区级财政收入。

我们这两代人幸运，有幸经历了中国历史上少有的大时代。春节过后，各种信号使我们强烈地感受到，历史巨轮已经跨进了新时代。中国人数千年的历史，总是要轮回的。我们不知道，历史的车轮，会折向哪里。不过，金融街的未来，大约还是七分看天意，三分靠人力吧。

（本文写于 2018 年 3 月 16 日）

略论建设金融中心的一般路径

改革开放释放出来的创业激情，带来了中国 30 多年来的高速增长。如果将这 30 多年分为两段，前一段到 20 世纪 90 年代中期，高速增长的来源主要是农村包田到户和乡镇企业兴起；后一段则主要表现为分税制改革后地方政府成为推动经济增长的主体。现在又到了一个重要关头，城市化如火如荼，各城市争妍斗艳。有人统计国内九成以上地级市正在规划建设"国际化大都市"。在"城市大跃进"过程中，金融产业成为省会一级大城市关注的焦点，有约 30 多个城市先后提出建设金融中心的目标，这些城市主政者像一个雄心勃勃的商人那样，谋划着自己金融帝国的版图。只不过，这 30 多个城市正自觉不自觉地、不约而同地步入一些误区。

试举三例：一是重中心建设，忽视腹地培育。没有认识到中心是一个相对于其经济地域（腹地）而言的空间概念，没有腹地就没有中心。试图甩开腹地，甚至关起门来，建设一个孤零零的中心。二是重机构无序引进，忽视中心功能定位。在高度分工和专业化的今天，没有认识到不同金融交易空间在实现金融功能方面的分工和专门化。国内有一定条件的城市，都在试图建设的金融中心具有同质化特征。结果是兄弟阋于墙，大家都是竞争对手，将合作置于可供选择的方案之外。三是重争取（出台）政策，忽视发现市场需求。各地建中心的思路大同小异：不知规律，不讲可能性，抱定"人强胜天"，急于求成，立足于争取某种行政特许权（如所谓的纳入国家战略），争夺行政和上级政策资源，开展政府权力和资源的非正规运作，试图构建某种排他性的政策高地。以至于大家都被锁定在一个"竞争性政策优惠"路径中，比赛着提供力所能及的政策优惠，害怕被其他（政策上）更有竞争力的中心抢走机构和业务。上述现象屡见不鲜，名为建设金融中心，实际效果却是南辕北辙。

现实需要我们科学准确地理解和认识金融中心。尽管世界上每一个金融中心都是特殊的，但我们仍可以归纳出金融中心必备的一些一般性内涵。本文认为，历史上能够被称为金融中心的地方，有以下三个要素是不可或缺的：首先是地理空间，也就是金融腹地，是中心吸收和辐射能力能够达到的地域范围，国际、区域或国内金融中心等说法就是以金融腹地范围为标准的。其次是中心地点，即金融集聚地，就是上面的地理空间范围的金融活动经常在哪个地点集聚，如伦敦金融城、纽约华尔街、香港中环、上海陆家嘴、北京金融街等。最后金融中心必然是在实现某些金融功能方面，具有其腹地范围内他者所没有的优势。本文围绕这三个要素，主要结合北京金融街的实际谈一些对金融中心的理解和认识，以期整理出建设金融中心的思路。刍荛之见，或可斟酌一二。

功能定位

世界上的金融中心都是在实现某些具体金融功能方面具有其腹地范围内他者不可比拟的优势。如伦敦是全球国际贸易的汇兑与清算中心，是最主要的国际借贷场所和外汇交易市场；纽约是美元资本输出地、世界美元交易的清算中心；东京是全球以日元计值的资本输出地；香港依托独特的区位优势和经济社会条件，成为东南亚区域内主要的国际资本融通中心和财富管理中心；新加坡是亚洲美元交易中心和重要的跨境贸易结算中心；苏黎世金融中心在处理个人银行业务方面闻名遐迩；而开曼群岛、巴拿马和巴林等地仅仅发展离岸金融市场功能。

功能定位是金融中心最重要的特征。需要强调的是，单纯金融机构的集聚而缺少金融交易活动（实现金融功能）的地方，不是金融中心。如美国康涅狄格州首府哈特福特，集聚了近40家金融保险总部，是世界保险业的大本营，但没有人认为哈特福特是一个金融中心。

功能定位是金融中心的核心内涵，是金融中心建设的方向。机构集聚、市场培育和战略布局，都要服从服务于这一前提。解决问题要抓住牛鼻子，建设金融中心的牛鼻子就是发现和培育这种功能优势。有人说北京金融街实至而名不归（提出推动金融街发展上升到国家战略层次），一个很重要的原因可能是，没有从实现金融功能方面梳理清楚金融街的"实"，也就无法"名"之。我们常说的金融街是"国家金融决策中心、金融管理中心、金融信息中心和金融服务中心"，这些说法，从国内宣传角度是恰当的。但从发现和培育金融街在实现金融交易方面的功能优势，以指导我们工作的角度，可能需要一个专业性定位表述。

金融监管主体所在地与金融中心的关系，大体上有两种情况，当一国的金融政策具有更多的内生性，即政策更多的是依据市场变化做出的反应，这时金融监管主体所在地对金融集聚区（金融中心）就没有太多的吸引力；当一国的金融政策具有更多的外生性，即政策变化更多的是来自市场之外的原因，此时金融监管主体所在地对金融中心就有很强的吸引力，因为金融机构渴求某些信息，渴求某种关系资源。可以预期，随着市场化和开放程度的深化，政策更多地会关注市场变化，金融监管主体所在地这一因素对金融机构的吸引力会逐渐下降。在金融市场化改革深入推进的大环境下，迫切需要明晰金融街在实现金融功能方面的核心优势及其不可替代性。需要强调的是，金融中心的功能定位，应当从国内和国际资本那里寻求答案。

金融集聚地

综合金融地理学和金融中心形成的新古典经济学中有关成果，金融集聚带来的好处：一是信息。金融机构的利润来源更多依靠各类信息，获取非标准化信息（有别于如股市行情等标准化信息）是制胜关键，但非标准化信息的质量会随着信息发布者与使用者之间的距离变化而变化（即距离衰减），这解释了为什么金融机构喜欢"扎堆儿"。信息内涵决定着金融中心的重要性、影响力或话语权。主导着国际金融市场相当领域高端信息服务的路透社和彭博社，正是伦敦和纽约在全球金融市场主导权和话语权的反映。二是人才。金融行业大约70%的成本是人力成本，也就是说金融业是一个高度依赖专业人才的行业。一般而言，金融机构集中的地方也是金融人才集聚的地方，金融中心的人才优势对金融机构有着强大的吸引力。三是中介服务。金融机构需要大量的信息技术、会计审计、法律、投资咨询等中介服务，这些中介服务供应商会自觉地向金融中心集聚，这种集聚又在吸引金融市场的新进入者。四是创新。一方面金融家面对面的接触往往能擦出创新的"火花"，另一方面能够随时了解"外部是什么样子？其他人在做什么？"等信息，这些都是创新的驱动力。当金融中心的集聚规模达到一定程度之后，往往会出现不利于机构集聚的因素，如金融中心所在地经营成本高昂，交通拥堵、环境污染和生活不舒适等。这样，有利于金融集聚的因素与集聚自身产生的不利因素之间的平衡状态，决定了金融集聚的适当规模。建设金融集聚区规律性的途径是，扩大有利于机构集聚的因素，消减不利于机构集聚的因素。

换个角度，从金融资本的视角来看，是不同空间市场机会的变化，引导着金融机构区位选择和金融资本流向的变化，进而是金融集聚空间的变化。一方面，追逐利润是资本的天然属性，资本偏好向收益率高和资金安全的地方集聚；另一方面，自由流动也是资本的重要属性，监管较宽松、税收较低的地方，也会吸引金融集聚（离岸中心）。从全球范围来看，导致金融资本流向以至于金融集聚空间发生变化的因素主要是：经济发展的不均衡性导致的全球经济格局的变化（如新兴经济体的兴起）、金融危机后由于新的金融排斥导致金融空间系统的重构、部分国家和地区金融管制和相关优惠政策变化、交通通信信息技术改进对金融资本与距离有关成本的影响、日益全球化导致一些重要国际金融中心的地位和作用越来越重要等。

依据金融集聚规律，诸如投资收益率、信息、人才等实现金融集聚的因素，都与城市政治经济地位等属性有较大关系，短期通过有限的政策手段实现有效改善的可能性不大，境内有条件建设金融中心的城市并不多。

金融腹地

中心是其服务、辐射区域的中心。没有经济腹地，中心就会失去赖以存在的基础，就不会有所谓的中心。"中心—腹地"是共生共荣的关系，以损害腹地利益为代价，不太可能建成所谓的中心，即便采用非经济手段建成了，也没有可持续性。

金融中心比其他经济中心更具特殊性。金融是跨越时空配置资源的制度安排，金融无边界，外面的金融变化也必将影响到内部。金融在地域上天然地具有全国属性、全球属性，那种试图关起门来搞自己的金融的思想是极为荒谬的。建设金融中心，要有全局视野、开放的胸襟、（公正、透明、大度、包容，甚至是超越民族和国家的）温布尔登精神。

中心城市与腹地之间存在辐射、传导、对流的关系。一方面，向心力（集聚带来的好处）导致腹地的金融资源向中心城市集聚，促进中心城市的金融产业成长；另一方面，离心力（主要是资本对流动性和逐利机会的要求）引导金融资源通过不同渠道向腹地传输。金融要素在辐射指向和辐射边际两个方面同样遵循势能衰减和距离衰减两个基本规律。因此，建设金融中心，有时是"功夫在诗外"，腹地有多大，金融中心的能级就有多高。"建设具有国际影响力的金融中心"要求我们在建设金融街的过程中不仅要着眼国内，更要着眼国际。

（一）国际视野

国际比较来看，国内的优势主要是经济总量增长迅速带来的市场信心和国际资本的进一步期待。主要问题有：一是市场化不足，如金融市场发展水平较低，利率还没有形成市场化定价机制，政策仍然是配置资源的主要手段等；二是国际化方面的问题，如人民币不完全可兑换，汇率形成机制问题，参与本地金融市场的外资金融机构数量少，国际化视野的人才欠缺等；三是税收政策方面，我国征收金融企业和金融从业人员的税收高于国际水平。企业所得税率我国为25%，伦敦为30%，纽约为24%，中国香港为16%，新加坡为20%。我国金融业营业税税率高达5%，西方发达国家基本不征收营业税或税率较低（1%左右）。我国个人所得税实行的是累进税制，月应纳税所得额超过10万（对于高端金融人才来说比较普遍）的部分最高税率为45%，高于美国（35%）、中国香港（16%）以及英国（20%）。四是生活环境（宜居程度）、社会环境和文化的包容性也不同程度存在差距。

从国际资本的视角看，当前问题主要有两个：一是政策，二是人才。政策方面的限制是国际资本不能自由流动，人才方面的问题是高端人才不愿来（税负过高）。政策和（经济）制度变化已经落后于国际国内社会经济结构的变化。

（二）国内比较

目前在建设境内金融中心方面具有较强竞争力的城市主要有上海、北京、深圳，近两年金融产业增长较快的城市有天津和重庆等。

当前国内金融版图呈现"战国纷争"的局面，原因是大家都建设无差异化金融中心。在这样的竞争环境中，金融街的优势，一是离决策中心近，有信息优势；二它是金融总部集聚的中心。金融街在资金集聚与辐射、金融风险管理等方面具有优势，这些优势集中体现在配置金融资源的能力上。有人据此认为金融街是事实上的境内金融中心。金融街的不足，也可略作列举如下：一是发展空间限制，已经成为吸引有影响力的金融机构入驻的硬约束。二是吸引力、辐射力和服务力不够，与金融街配置资源的体量不相称。具体来讲表现在，一些初次来到中国的国际金融界人士甚至不知道北京金融街，金融街对外资机构的吸引力，不如上海浦东和深圳；对新兴金融机构的吸引力，不如天津滨海新区。三是市场缺位，缺乏全国性的金融交易市场。四是政策支持力度不够，在服务金融机构的优惠政策方面，金融街落后于国内其他金融集聚区。五是区域环境品质需要提升，国际化程度、宜居程度需要改进。六是区域之间，甚至包括北京市区县之间发展金融业的竞争压力越来越大，现在还缺乏有效的应对办法。七是主动抓住发展机遇的意识和能力都有欠缺，有时是认识不到机遇，有时是因为缺乏相应的政策、服务手段抓不住机遇等。上述问题，很难在较短时间内实现全面改善，国内其他城市的情况基本雷同。胸怀建设金融中心大志，面临"老虎吃天，无从下口"窘局，这恐怕是国内 30 多个城市的真实写照。

（三）建设金融中心需要转换思路：再谈功能定位

金融中心并不具有排他性。伦敦是全球首屈一指的金融中心，也没有排除伦敦的富商大贾到瑞士苏黎世去打理私人银行业务。一国之内可同时存在多个金融中心，如英国有伦敦金融城，还有爱丁堡、格拉斯哥、曼彻斯特等多个金融中心城市。金融街建设金融中心并不排除天津、重庆等地建设金融中心，反之亦然。前提是找准中心在实现金融功能方面的定位。

如何准确地定位金融中心的功能优势？我们尝试通过北京和上海的比较来找些思路。坊间流传北京是行政化的金融中心，上海是市场化的金融中心，这是很深的误解。回过头看近 20 年来金融街和陆家嘴的成长历程，我们很容易就会得出这样的结论：金融街是中国土生土长的金融中心，陆家嘴是国家政策打造的金融中心。没有政策支持的金融街是如何成长起来的？著名银行家陈光甫有句名言："金融贵在流通，流通全靠信用"，意为银行要发展，必须有牢固的信用。进一步引申，由信任而信用，社会信任决定着信用以及金融活动。中国社会的纵向系统特别是自上而下的社会信任系统十分发达，决定着信用活动或信用机构只有在政府的支撑下才能蓬勃发展。与之相伴，掌控金融又成为维系这种社会结构的必然。这样，中国金融发展与政府能力具有不可分割的联系。有例为证。20 世纪 20 年代初，中国也有两个金融中心：北京和上海。1920 年，总行设在北京的华资银行有 23 家，额定资本总额约 14674 万元，实收 3622 万元。而同年总行设在上海的华资银行仅 9 家，额定资本仅 802 万元，实收 547 万元。二者相差若干倍。好时光没有维系几年，随着北洋政府对经济生活的失控，各机构纷纷将总行迁到上海，不到六七年的光景，北京的金融业随之衰败。

可以说，金融街发展取决于全国金融的发展，金融街的国际化取决于人民币的国际化，北京金融街的优势内生于社会结构，具有类似天然的中心属性。金融街的功能优势，是国内人民币资本的主要供给地、国内人民币交易的清算中心和人民币资产管理中心。认识到这一点，新兴金融机构、类金融机构，以及对地方政府提供优惠补贴敏感性较强的机构，不应成为金融街关注的重点，有些问题自然就不成其为问题了。

明确了功能定位，彼此间可以实现错位发展，建立相互包容关系。培育金融腹地，一是要有高水平的宣传推介，取得腹地认同。二是要客观认识地域差异，开展积极的沟通和协调。三是推动金融合作，谋求共赢。中心城市要能够较好地包容腹地的金融诉求，主动走出去，与重点城市和区域在金融资源流动和金融产业发展方面建立互利合作关系，主动发现需求，主动为周边乃至全国的金融需求服务，扮演好自己应当扮演的角色。

在维护腹地关系方面，伦敦金融城维护腹地关系的做法可供借鉴：一是伦敦金融城的市长任期只有一年，主要任务是全球巡回宣传推荐伦敦金融城，寻求合作机会；二是伦敦金融城利用其编制的"全球国际金融中心竞争力指数（GFCI）"，假借"理论"或"道义"的名义宣扬其国际金融中心发展理念和模式，以求取得更多认同。

结论

20 世纪八九十年代，不少经济学家认为，交通通信信息技术的发展，削弱了地理因素的重要性，有人甚至宣称"地理学已死"。金融中心的发展并没有完全验证这种说法。至少近 20 年来，交通通信信息技术以及金融交易技术的改进，加快了金融中心的收敛过程。纽约、伦敦等世界性的金融中心的重要性日益上升，一些小的、区域性的金融中心的重要性在日趋下降。这种变化趋势，对有意建设省域一级金融中心的城市，可能不是好消息。随着金融改革和金融发展，国内金融市场一体化程度的深化，金融机构行政区划界限的日益模糊，这种可能性也会越来越小。境内有条件建设金融中心的城市，只能是有限的几个。

归纳金融中心一般性内涵，目的是为了整理建设金融中心一般性思路。金融中心是个系统，其基本结构由"功能优势、金融集聚地和金融腹地"三者组成，功能优势是核心灵魂，金融集聚地是地理依托，金融腹地是保障。建设金融中心需要系统的观念、整体的设计。

就像写文章首先要有一个好的选题一样，建设金融中心首先要确定功能定位。其次是机构聚集和市场培育，要服从服务于功能定位。其三差距即是机遇，开放和国际化是中国金融业进一步发展的重要机遇，在金融集聚地软硬环境建设方面要做好相关准备。其四是统筹好"中心—腹地"关系，这是金融中心的政治，不可不重视，不能不做好。

（本文写于 2018 年 7 月 25 日）

无还本续贷

昨晚刷朋友圈，一下子就被"无还本续贷"吸引住了，又学了一个新名词。

引用一兄弟的话：此乃防范化解重大风险之必杀技！

在央视新闻联播《稳金融提高服务实体经济能力水平》头条新闻中，"德州创新无还本续贷，解决中小企业融资难题"，被作为地方创新举措和生动实践予以报道。

以往贷款到期后必须先还款才能再贷款。为了还款，企业必须先筹集一笔资金，甚至通过民间借贷拆借高息资金，给企业带来很大的压力。为此，当地银监局和政府合作，选出了一批经营、信用良好的企业开展了"无还本续贷"试点。

山东德州银监分局表示："有中小企业局的推荐，目前办理'无还本续贷'业务后，还没有发现一笔不良贷款，这就实现了双赢。"

那么无还本续贷究竟是怎么回事呢？

2014年7月，在银监会发布的《关于完善和创新小微企业贷款服务提高小微企业金融服务水平的通知》中规定，"对流动资金周转贷款到期后仍有融资需求，又临时存在资金困难的小微企业，符合条件的，可以办理续贷，提前按新发贷款的要求开展贷款调查和评审"。这应该是无还本续贷的由来。

符合条件的小微企业，无还本续贷操作的关键，一是重新核实贷款条件，二是签订新的担保合同，三是签订新的贷款合同，四是用新贷款归还即将到期的老贷款。

这是典型的借新还旧，好处是解决了有生存能力的小微企业被"过桥贷款"困扰的问题，降低了企业成本。

政策初衷是良好的。政策设计人性化，体现了精准调控的要求。但现实有时不是特别讲逻辑和道理。否则，计划经济就是世界上最有效率、最美好的经济模式。

无还本续贷，本质上是贷款展期。

贷款展期，是20世纪八九十年代，银行和企业都很熟悉的一个概念。实际操作中，贷款展期就是企业流动资金贷款长期占用，对企业来讲，类似永续债；对银行来讲，就是掩盖不良贷款的一个操作形式，前提是企业能够按时结息。

但是无还本续贷与传统的贷款展期，还是有很大区别的。

虽然当年企业也可以不还贷款要挟银行，但总体上，银行还是占主动权的。再说，现在的经济格局与过去已经有了很大不同，当年贷款展期的对象多是国有企业，银企矛盾较易调和。

无还本续贷，经过新闻炒作之后，主动权是否还能掌握在基层银行手中，是有疑问的。按照银监会2014年通知中规定的条件，恐怕符合条件的企业不多。面对企业需求和地方政府的压力，银行在取舍之间，恐怕就落到了被动的地位上。

一个权宜之计，搞出了这么大的动静，后续走向，可以观察。

一是无还本续贷企业的范围，是否能突破，从小微企业到中型企业到大型企业特别是到房地产企业？因为稳金融，重点不是小微企业的贷款，而是地产行业。这是人所共知的。

二是据说续贷次数没有限制，大家都可以借钱不还了，银行也没有坏账了，皆大欢喜？这段时间过后怎么办？

三是如何考核银行的贷款资产质量？以企业能否按时结息为依据吗？

如不限制其适用范围，防范道德风险，则成本巨大。

所以，无还本续贷的合理性，就在于它是权宜之计，且应用范围严格限定在小微企业。一旦失控，后果难料。

大规模的宣传，是否要大规模的推广？这是令人担心之处。

（本文写于 2018 年 8 月 7 日）

金融的气数

金融体系的基础

金融是货币的借贷。就经济主体来讲，金融实现的是资源的跨时配置。就整个经济体来讲，金融是在空间上配置资源。金融工具是货币的道具，货币是实物的道具。金融以钱来推动经济。

银行是整个金融体系的基础。无论是市场主导型的金融体系，还是银行主导型的金融体系，银行不仅是商业组织，它还是整个金融体系的基础设施。因为，货币是银行提供的，支付结算体系是银行提供的，各式各样花里胡哨的金融游戏，最终都要到银行体系里了结，到银行体系结算，将钱存在银行账户里。说银行是整个金融体系的本，不过分。

区分传统金融和现代金融

如果找一个节点，用货币金融史上，银行货币取代金属货币，以及其背后的货币金融制度变迁为分界，可以把金融分为传统金融和现代金融。

拿银行的业务为例，在金属货币流通时期，银行以及银行这一类的机构，诸如钱庄、票号等，都是自己有钱了，才能向外发放贷款。我们称这类金融业务为传统金融。传统金融活动的规模，以存量资金为前提，传统金融的作用是"有钱用在刀刃上"，引导资源合理配置。

在银行货币流通时期，银行的债务凭证就是货币，银行可以主动负债，可以"凭空"发放贷款，然后形成存款。由于银行自身资产负债表的变化，银行可以通过信贷形式（或债务形式）向市场提供流通和支付手段，银行的贷款业务创造了存款货币，我们称这类业务为现代金融。现代金融活动的规模，理论上以社会信用需求量为前提，金融的作用，除了引导资源合理配置外，还可促进资源的有效发掘与利用，促进经济增长。

传统金融是一个相对封闭的体系，而现代金融是一个开放的体系。传统金融运行的门槛较低，有钱便可放贷，人人可为之。而现代金融的门槛较高，现代金融背后，是体系化的规则、契约、制度、文化，等等。是法律、规则、契约以及市场文化，支撑着现代金融。

现代金融的诞生

改革开放已经走过 40 年。如果说这 40 年有什么重大变化，放在数千年中华文明史上来考量，就是现代金融。这玩意儿我们老祖宗的历史上没有。

有文字记载，中国就有借贷。《周礼》上就有记载。几千年来，借贷在中国历史上绵延不断，甚至可以追溯到西汉时，已经有专门从事借贷的机构。但那些都是传统金融的范畴。最早出现在中国宋代的纸币，显然也不是银行货币。民国时期南京国民政府，在 20 世纪 30 年代迅速建立起来的现代金融体系，尚未成型便被抗战和解放战争吞没，除制造了骇人听闻的通货膨胀外，很快便随着新中国的成立销声匿迹了，不算数。新中国成立后，银行只是出纳机关，财政的附庸。

真正的现代金融，在中国，起始于改革开放。

现代金融的起源，在西方，大概在 17 世纪。人家是 400 年的发展史，我们是 40 年。所以，不应对中国当前的金融市场和金融治理，有过多的抱怨。当然，也不要对我们的金融在国际市场上的表现，抱有不切实际的幻想，比如人民币国际化、某某国际化什么的。否则，面对一个泥足巨人，希望它经风受雨，是不负责任的。

银行系统迅速上升的资源配置能力

在改革开放初期，现代金融是出了大力的，功不可没。

改革开放初期，银行系统的资源配置能力迅速上升。如果用 1979 年国内信贷为基数，到 1991 年，12 年间，银行机构的信贷余额增长了 20 多倍，平均每年递增 22.37%。同期 GDP 名义值平均每年增速为 17.3%（按不变价为 9.67%）。而同期财政收入平均每年增速约 11%。按名义值计，同期银行信贷每年增速，超过名义 GDP 5 个百分点。而同期财政收入每年增速，低于名义 GDP 6 个百分点。

如果算绝对值，用年度财政收入与年度信贷增量比较。1979 年，财政收入为 1068 亿元，当年信贷增长为 192 亿元，金融增量占财政收入的比例为 18%。到 1995 年，财政收入为 6200 亿元，而同期信贷增量为 10600 亿元，金融增量占财政收入的比例为 171%。年度信贷增量超过同期财政收入，是一个重要的经济特征，中国的经济学家好像没有关注到这一点。其实，这是一个很过分的数字，世界上主要国家，在经济正常的年份里，似乎没有国家信贷增量超过同期财政收入的情况。印象中，日本在经济成长期，金融增量占财政收入的比例，最高达到 80% 左右，而美国，这一数字最高值在 50% 左右。

我们知道，银行的钱是"凭空"来的，俗称央行印票子。印多了就会发生通货膨胀，这是客观规律。改革开放开始后的前 15 年，虽然在 1985 年、1988 年、1994 年发生了几次明显的通货膨胀，但总体上，物价形势可控，且较快地平复下来。印了这么多的票子，没有发生恶性通货膨胀，原因主要有两条。一是我国改革的初始条件中，与其他类似国家（前苏联东欧国家）不同，改革初期，我国经济处于一种低货币化的状态。比如，俄罗斯 1990 年时 M2/GDP 为 100%，我国 1978 年时这一数字为 25%。这一特殊国情的政策含义是，货币超额发行而无过大通货膨胀压力。二是改革开放释放的生产力，GDP 快速增长，迅速吸纳了市场上多余的货币。

金融业的大发展

金融机构人民币贷款增量超过财政收入的情况，从 1990 年开始，一直到 1999 年才扭转过来，大约 10 年时间。此后，除个别年份（2003 年、2009 年）外，财政收入维持了大于银行信贷增量的较为正常的状态。大家可以观察，如果后续再有信贷增量大于当年财政收入的情况，接下来发生恶性通货膨胀的概率很大。

客观地讲，经济市场化的过程中，特别是市场化的早期，相对充裕的货币供给，对于发现市场机会、促成市场交易达成，有着重要的积极意义。因为那个时候的市场面对着更大的不确定性、更不完备的合同、不完善的法律和执法等，缺少中介，没有第三者，在这种情况下，货币的及时出现，面对面即时结清，很大程度上消除了人们对未来不确定性的担忧，有利于人们果断抓住瞬息万变的市场机会。缺少货币，就没有办法去活跃经过"文革"洗劫早已千疮百孔的市场。所以说，改革初期人民银行以信用贷款方式向专业银行投放基础货币，专业银行以执行信贷计划的方式向国有企业发放信用贷款，再以国有企业采购和发放工资渠道流向社会。相对充裕的货币供给，客观上起到了活跃市场、促进经济快速增长的作用。

在这个过程中，金融业实现了大发展。用 M2/GDP 衡量，1990 年为 81.92%，1995 年接近 100%，2010 年达到 180.78%，2015 年为 205.75%。货币供应（金融资产）扩张速度，远远快于 GDP 增长速度。40 年来，特别是近 20 多年来，业务量的快速扩张以及刚性保护的利差收入，金融业表现抢眼。金融成为大家仰慕的焦点。稍有实力的央企，都有金融板块。

技术进步取代不了金融机构

近两年来，这种状态有转变的迹象。

社会舆论喧闹一时，说是互联网金融和支付宝等将替代银行。马云曾经讲："银行不改变，支付宝就改变银行。"那是他不懂事。他不知道，支付宝等寄生在银行机构以及以银行为主体的现代金融基础设施之上。宿主没有了，寄生者还能活吗？

反问一下，如果技术应用能够提高效率，银行等金融机构会比任何机构都有优势和能力，将先进的技术装配到它们的业务条线上去。希望技术进步取代银行等金融机构，是不切实际的幻想。

金融越来越多的暮气，老大不堪之势，不是也不可能是互联网带来的。

金融的核心

金融的核心是契约、规则、制度；是法制。

简单地讲，金融就是一个人将自己的东西借给了另一个人，后者承诺将来偿还。只有在前者预期到后者能够到期偿还本息的情况下，这笔业务才能发生。如何让有钱人能够确信借款人能够到期还本付息呢？熟人社会需要经验，更大的范围则需要法律和制度保障。

现代金融的奥秘，有一部分是，初始放贷人可能没有钱，但它们还是可以通过现代金融制度，通过贷款创造出存款（银行货币）来。显然，限制它们"无中生有"的能力，更需要强有力的法律和完善的制度。

现代金融的便利性，基于各种场景下，债权债务关系形成的各种合约（金融工具），能够在市场上转让交易。这些需要更为复杂的法律和制度架构。

没有周全的制度、铁一般的纪律、必须执行的契约、严格的执法，就不会有现代金融。现代金融，核心是规则，而不是苟且从权。

但是，中国在金融方面的法律和治理，与其庞大的金融体量，似乎对不上。举个例子，伦敦金融城的从业人员中，从事会计师、律师、评估师等中介支持性服务的人员，占伦敦金融城从业人员总量的 23% 左右。而北京金融街这一比例是 3% 左右。伦敦金融城管理的金融机构资产总量约为 8 万亿英镑，北京金融街管理的金融机构资产近 100 万亿人民币，北京略大于伦敦。同样的体量，相关领域从业人员数量上的巨大差距，正好说明，我们的金融市场上秩序的维系，依靠法律和契约的程度，远远低于国际水准。是什么替代了法律和契约治理，在维系我们庞大的金融市场秩序呢？大家都心知肚明，是政策和行政权威。发生了纠纷和争议了怎么办？在英国主要依靠仲裁和法院，而在中国可能主要依靠上级领导或主管部门开会解决。谁官大谁说了算，谁能把话讲得更圆谁便有可能获得更多的支持，这大概是我们这里纠纷解决通行的规则。

这是有历史传统的。

彭慕兰在《大分流》中，涉及东西之间的金融分岔处。在应对战争需要的财政需求解决方面，南宋政府通过发行纸币解决，而西方国家却在寻求不断改进债券发行。这二者之间的根本区别是，纸币不用偿还、回收，而债券需要还本付息。纸币依靠政府的行政权威，简便易行。债券虽然同样依靠政府的信用，但它还要受到法律和市场纪律的约束，复杂且大家不易买账。相信在中国古代皇帝眼里，能直接伸手拿到世上有的他们想要的东西，向民间借债这种丢份儿且麻烦的事，他们连想都不会想的。中世纪后期，欧洲和中国各自的金融技术，造就了不同的金融制度与市场文化。在此后的几百年里，一个发生了工业革命，走向现代化，另一个在传统里继续打转转儿。

我国的金融法制建设

改革开放 40 年来，在我国现代金融体系的建设与发展过程中，金融法制建设也是可圈可点。

改革初期的金融法制建设，以急用先行为特点。1983 年国务院发布《关于中国人民银行专门行使中央银行职能的决定》，确立中央银行制度。随后《银行管理暂行条例》《保险企业管理暂行条例》《企业债券管理条例》《股票发行与交易管理暂行条例》《证券公司管理暂行办法》《外汇管理暂行条例》《储蓄管理条例》《境外金融机构管理办法》《外资金融机构管理条例》等相继出台。

为适应建立现代金融体系的需要，1995 年相继通过了《中国人民银行法》《商业银行法》《保险法》《票据法》《担保法》《全国人大常委会关于惩治破坏金融秩序犯罪的决定》。1998 年通过了《证券法》，2001 年通过了《信托法》。这一时期国务院也陆续制定发布了《外汇管理条例》《期货交易管理暂行条例》和《人民币管理条例》等。

2003 年全国人大常委会修订了《中国人民银行法》《商业银行法》，通过了《银行业监督管理法》。《证券投资基金法》《反洗钱法》先后颁布，一些前期公布的法律如《保险法》《票据法》《证券法》《外汇管理条例》等先后修改。后来又于 2013 年出台了《征信业管理条例》，2014 年出台了《存款保险条例》。

如果说中国的金融立法已经能够撑起现代金融体系的框架，不知道业界是否认可。

近几年金融立法的步伐好像慢了下来。一些基本的金融行为，至今仍缺乏法律规范。比如《放贷人条例》，一波多折，多少年过去了，至今仍没有出台。什么原因，不清楚。

我们是否需要耐心？

作为学生，我们有现成的发达国家的经验可以参考，有捷径可走。但是，一个大国，要用几十年的时间走过别人几百年里走过的路程，难度可想而知。在金融立法的成绩光环下，也露出一些小问题。比如，沿用部门立法习惯，金融立法也是行政部门主导，与市场需求有一定的距离。金融法律比较宽泛和粗线条，执法机构权力过大，对金融机构保护过多，对投资者和消费者利益的关注和保护不够。金融法律体系不够完备，一些新的现象和一些老的问题没有适用法律。

政策与制度比较

总要有权威，提供秩序，以维持金融市场正常运行。当基于法律的制度缺位时，基于行政力量的秩序提供者，政策，以及政策背后的行政权威，自然替代了法律和制度。

政策与制度比较，一是政策可因时因地而宜，政策易变，设想一种游戏，规则经常变，这样的游戏还会有人玩吗？没效率。二是政策易被有权者机会主义行事，借政策之名行偷窃之实，不公平。三是政策替代法律和制度，只能是权宜之计，长久下去，是非常危险的。

我国金融业快速发展壮大，是在政府主导下，政府信用背书下实现的。政府主导金融发展，国际上有成功案例，改革开放 40 年来，中国自己也有不少成功案例。比如 1999～2006 年处置银行不良资产的安排。1999 年四大资产管理公司成立时，国有银行的不良资产实行政策性剥离，四大资产管理公司政策性接收。2004～2005 年，采取的方式是国有银行政策性剥离，资产管理公司商业化接收、自负盈亏。后来实行国有银行商业化剥离，资产管理公司商业化购买、自负盈亏。循序渐进，银行不良资产处置实现市场化。为后来十余年银行以及金融市场健康发展奠定了基础。

行政手段和政策是有必要的，甚至是十分重要的。但是，需要清醒地认识到，行政资源和政策资源的运用，是为推动更加深入彻底的市场化争取空间，是权宜之计。否则，现代金融市场和金融活动，如果主要依靠行政手段和政策资源，依靠个人经验、知识、判断和管理，江郎才尽、力不从心，早晚的事。

观一叶而知秋。这段时间，像无还本续贷、地方政府债风险权重从20%调降至0等举措，如果等不来后续的制度改进，很难让市场乐观面对。关键时刻，一时苟且，便种下不祥之根。

改革40年，金融方面也是人物辈出。俗话讲，法行人从法，法败法从人。当前建立和完善各项金融法律和制度，还是得靠人。像朱镕基总理当年那些金融前辈，不少还是值得景仰的。蓦然回首，竟无可名状。

（本文写于2018年9月7日）

论 "金融支持实体经济"

　　如今 "金融支持实体经济" 的说法愈演愈烈，大凡金融话题，都以是否支持实体经济，来断其正邪。若不分辨此说谬处，祸不远矣。

　　先说 "金融"。一言以概之，金融是以货币为手段，跨越时空配置资源的经济活动。货币是人类社会物质交换的媒介，是每一个现代经济活动的起点和终点。越是市场发达的地方，货币的作用范围越广、作用力度越大。越是货币能够更好起作用的地方，公平和效率越能够得到保障。金融以货币为工具，通过资金流转引导资源配置，如同水往低处流，资金往往青睐风险与收益较好组合的项目。由于金融活动自身逐利性的要求，不会有最终不落实到具体项目的资金流转。我们看到的资金在金融机构间盘旋，肯定是体制机制梗阻，资金留滞在不需要它的地方，直接流不到需要它的项目，必须要多转几个圈，绕过体制机制的梗阻，最终还是要转到需要它的地方去。否则，怎么理解，每转一圈都有一圈的成本，不是最终用钱的工商企业（含地方政府）埋单，谁来埋单？没人埋单，资金怎么能转得起来。时下舆论不知谴责体制机制的梗阻，却要嘲笑所谓的资金空转，实在荒唐。

　　次说 "支持"。金融业与工商企业往来，当属商业行为。商业的规律，互惠互利，交易各方都能从交易活动中得到商业利益，才是天道。"支持" 的说法，如果当真讲，不是商业（市场）范畴用语。商业往来中若是谁支持谁，看似正义，实有违商业原则，不能持续。如果 "支持"

只是场面上的套话，那也必然是以商业上有利可图作为背书的。否则，若工商各业，大家都按长官意志，你支持我，我支持你，必然是乱成一锅粥，市场秩序混乱，就是必然的结果。当前，国民经济各部门之间，"支持"的说法大行其道，往小处说是某些持有垄断资源的部门矫情，往大处讲是计划经济的惯性思维抬头。

再说"实体经济"。何谓实体经济？难道只有种出粮食生产出看得见的实物才是实体经济？"实"和"虚"是个哲学领域的问题，不应作为实际工作中的具体标准。再说，金融支持实体经济的说法，言下之意，金融被排除在实体经济之外。有的经济学家大言炎炎，说金融不创造价值。如果金融不创造价值，为什么世界上越是经济发达的国家，金融体系越复杂、越庞大？关于金融管理经济风险、提升经济效率、润滑经济运行、促进经济增长的现代金融理论，很多已经取得业内共识，获诺奖的也大有人在。难道我们的经济学家会选择性失明？把金融与实体经济对立起来，使金融改革与发展摆脱不了社会舆论、价值批判等意识形态因素的纠缠，会损害金融体系的稳定性和效率。邓小平同志 1991 年视察上海时指出："金融很重要，是现代经济的核心，金融搞好了，一着棋活，全盘皆活。"非常精辟地指出了金融在现代经济社会中的重要地位和作用。那种把金融与经济对立起来，把金融作为附属配件的狭隘的实体经济观念，结果必是钻死胡同，四处碰壁。

生意圈内，只要公开公平公正，大家自觉自愿自为，自然兴旺发达。若是谁欺负了谁，政府再干预不迟。若是觉得金融部门欺负了工商诸业，打破金融垄断，推动金融市场化即可。一方面反其道行之，另一方面大谈"金融支持实体经济"，意欲何为？经验告诉我们，市场只能有一个指挥棒，就是利润。若多一个，就是混乱，就是灾难。金融市场也是市场的一种。这个道理，早已大白于天下。

金融支持实体经济的说法之所以有市场，是因为它唤醒了计划经济的惯性思维。别忘了，我国当前的大部分经济官员和学者，他们的经济学素养，都是劳动价值论"先入为主"打的底子。近二十多年来，在国家垄断金融供给的前提下，为金融机构和从业人员带来的高额收入和利润，引发了社会舆论的不满，唤醒了人们潜意识里计划经济的道义，滋生出"金融支持实体经济"这种看似正义、实则无用且有害的口号。

金融支持实体经济这种说法，掩盖了金融体制、经济体制中的矛盾、漏洞和问题，容易使改革决策者失去方向。当前看得见的手好像有些无措了。以杜绝所谓的资金空转为借口，采取行政手段去杠杆，金融体系伤痕累累。原本清晰的改革思路现在反而迷茫了，说好的市场化呢？

金融支持实体经济的说法，容易鼓动社会鄙视金融创新精神。在国家垄断金融体制下，资金配置上的所有制歧视，形成了一个独特的金融权力和利益格局。简单地讲，是央企利用体制优势获取廉价资金，通过市场化的金融创新（绕几圈弯），高价将资金输送给体制外企业。现在大型央企，大多都有一个种类齐全的金融集团。说得不客气点，有些央企的主业不怎么挣钱，就指望着下属金融企业"贩卖"资金挣钱。现在监管者以杜绝资金空转为名义，要斩断这些资金通道，受损的，只能是那些借市场化资金生存的科创企业，只能是那些从体制内获取不到低价资金的民营企业。恰恰是这部分企业，是国民经济中最有活力的那一部分。市场上每一笔融资都有它的道理，关上了现在不合理的资金通道，合理的资金配置渠道，在哪呢？

现代金融与工商各业，早已融为一体。金融是经济体之血脉，经济越强大，越需要张脉偾兴，岂有自闭经脉之理！"金融支持实体经济"，确实不是一个好说法。

社会治理中的话语体系，非常重要。中国的经济金融已经高度融入世界的经济金融体系之中，至少在经济金融领域，我们需要建立一个与现代市场经济相适应的话语体系，否则，市场主体将无所适从。

（本文写于 2017 年 6 月 16 日）

"公"与"私"的考量

本文讲述一个 20 世纪八九十年代,基层银行贷款担保方式变迁的故事。

20 世纪 80 年代之前,国家实行的是计划经济,农村是集体生产方式,基层银行一般不与农户发生信贷业务往来(国家指定的救济和信贷支农任务除外)。农村实行联产承包责任制以来,农户成为独立的生产单位,乡镇企业也蓬勃发展起来。在这种情况下,基层银行特别是农村信用社面临满足农户和乡镇企业信贷需求的任务。自 80 年代初期开始,农村信用社和农业银行基层网点,与农户和乡镇企业的信贷业务从无到有,逐渐增多。

银行贷款是需要抵押的。当时基层银行网点面临着这样一个问题:农户和乡镇企业是否是合适的提供抵押的主体?即便是,他们的抵押能力如何确定?(当时土地和生产资料均不能作为抵押物)

大水漫不过鸭子背。最初通行的做法是,贷款者(农户或乡镇企业)找一家集体或国营企业为其提供担保。当时很多农户和乡镇企业贷款,都是这样发放出来的。这种业务模式称之为"私贷公保"。没有公家(集体或国营企业)担保,私人(农户或乡镇企业)无法从银行取得贷款。

这种情况 10 年后就发生了根本性的变化。

20 世纪 90 年代中后期,基层银行为地方集体或国营企业发放贷款时，在企业满足其他条件后，还普遍要求企业的领导人，以自己的财产为贷款提供担保。这就是"公贷私保"。

没有企业领导人私人财产提供担保，公家（集体或国营企业）无法从银行取得贷款。

我们不确定当时的"公贷私保"是否有可靠的法律依据，但这种业务模式的普遍化，至少说明它得到了上级银行部门的认可。重要的是，这种业务模式，在实践中收到极好的效果（贷款安全性）。豫西南某县1998年采用"公贷私保"方式，向集体企业发放贷款21笔109万元，到期本息收回率100%。

当时企业经营还是承包制占主体时期，企业剩余控制权和剩余索取权极大且掌握在企业领导人手里。因为企业法人财产权掌握在企业领导人手里，如果对企业领导人没有一定的约束，基层银行无法监管贷款资金的安全性。同时，如果没有把握，企业不会采用这种方式向银行申请贷款的。

"公贷私保"是一个分离均衡，在基层银行信贷市场上，将具有较高安全保障的客户，从众多潜在借款者中分离出来，起到了保障信贷资金安全的作用。这与当时我国银行普遍存在的高不良贷款率（20%以上）形成了鲜明对比。

"私贷公保"和"公贷私保"，都是歧视性的制度安排。可以说，这是我们国家转型时期，发生在基层的特有案例。这一案例也从侧面证实了一句话，在某些社会形态下，底层民众是社会上最聪明的一个群体（生存需要挤压出来的智慧）。在我国当时的制度环境下，金融制度的供给，都是政府主导的。虽然也有民间的金融制度创新，比如民间办金融、民间借贷等，但这些非正式的金融安排，不是被严令取缔，就是被迫转入地下。像本案例所讲的，由正规金融组织（基层银行）创新的非正式的金融安排（从来没有关于"私贷公保"或"公贷私保"的文件），极为少见。

基层银行网点，在贷款担保方式上的创新制度变迁，折射出丰富的新制度经济学的内涵。

按照新制度经济学的说法，如上述银行贷款担保方式的变化，是基层银行的管理人员，为了增强信贷的安全性，而自发的制度创新行为，属于典型的诱致性制度变迁。社会经济环境发生了变化，合格的担保主体由"公"转为"私"，能够为信贷资金安全性提供更高的保障。由于资金短缺的大环境，银行信贷市场具有卖方市场的性质，如果没有超越市场力量的干预，具有金融资源配置权的一方，即银行信贷管理人员，自然就拥有了决定金融规则的权力。资金需求方是没有太多谈判能力的，他们只能主动或被动地接受银行信贷人员制定的规则。这样，在县域信贷市场中，基层银行就拥有了按自身偏好设计贷款规则的权力。基层银行信贷人员具有典型的"干中学"特征。当改革初期，只有公家（集体或国营企业）是可以信赖的借贷主体时，私人争取贷款就必须想方设法满足这一条件，于是就有了"私贷公保"。改革过程中，当公家借改制之机，逃废银行债务成为普遍现象的情况下，基层银行为了保障信贷资金安全，就想出了公家贷款让私人担保的办法，就是"公贷私保"。严格意义上讲，"私贷公保"以及"公贷私保"都有法律以及道义方面的瑕疵，但在一个不规范的市场上，"行得通"才是王道。

我们可以先得出一个小结论：国家推动金融改革，有效的方法，是从有权制定金融规则（特别是非正式规则）的一方入手。引导金融组织的行为偏好，使之符合政策意图。事实上，40年来的金融改革，就是遵循着这个路子。

但是，无论是"私贷公保"还是"公贷私保"，都没有走出县域信贷市场的范围，在更大的范围内特别是大中城市推广。原因在于，大中城市相对规范的法律意识和环境，以及更多的融资渠道，使具有较高交易成本特征的"公贷私保"担保方式，失去了推广应用的前提条件。更重要的是，大中城市的贷款客户，比起基层农村的贷款客户，具有更多的不交易的自由。

20世纪八九十年代是值得怀念的年代、中华民族生机勃勃的年代。改革开放，解放思想，解放生产力，带来的社会发展和变化，令人耳目一新。随着市场经济改革的深化，有关物的财产属性，在法律层面上逐渐得到明确和认可。随着经济增长和财富积累，贷款抵押可供选择之物渐渐多了起来。相信到现在，即便在基层银行，贷款抵押的方式，也逐渐从所有制属性、人的属性为主，转移到物的属性为主上来。"私贷公保"以及"公贷私保"已经成为历史。但这个转型过程中出现的案例，似飞鸟留痕，还是给我们理解经济社会转型，留下了可供参详的证据。

休谟说，利益是思想的奴隶。20世纪八九十年代基层银行贷款担保方式的变迁，折射出的是人们对"公"与"私"的认识的变迁。对社会经济发展来讲，这才是根本性的变化。

在中国历史文化上，"公""私"是个大问题，二者是两个相对应的概念。一般而言，将物质封闭独占者为"私"，将物质开放共享者为"公"。"公"为公平，"私"为奸邪。中国语境中的"私"，往往具有道德上的负面意义，历史上很少被肯定。

我想，大概某些人不知道，"公"的要求是针对独占天下者，因为他们已经以天下为私。对一般老百姓，本来就无什物，强令其为"公"，何以苟活？没有了"私"，哪有"合天下之私以成天下之公"？

再想想80年代，刚刚从"一大二公"的路径上走出来，几年前，还在"狠斗私字一闪念"，几年后，带着先天血统优势的"公"，竟然就已经如此不堪，要"私"来为其提供信用保证。

市场的力量是强大的。当市场竞争成为常态，人们自然会从市场行为中，找出符合实际的办法。在基层银行信贷人员朴素的思想认识中，哪种方式能够被允许，谁更可靠，他们实际上清清楚楚的。老百姓是不讲那么多的，哪个实用，他们就用哪个。

事实上，经济学上，关于"公"与"私"的区别并没有什么奥秘，这方面的文献很多，如阿尔钦与艾伦合著的《交易和生产：竞争、协调与控制》中，关于"渔村故事"，已经讲明白了各种所有制的区别和效率。道理就在那里摆着，就看认不认了。

时至今日，不知市场经济大潮下，中国人对"私"认识的醒悟，能否发展成为以自我权利为核心的社会契约关系。按照事物演化的逻辑，应该是这样的。

可能阻碍在于"公"。江平先生10年前曾经举过一个例子：吉林大学的财产是国家的还是吉大的？这既是我们法律中最容易解决的问题，又是最难解决的问题。要说财产属于吉林大学的，有人会说不行。因为它并不是一个法人单位的，这样做可能犯下私分国家财产罪。要说财产是国家的，不是吉林大学的，国家为什么不替吉林大学还欠银行的30亿元。这样就形成了《物权法》中的一个矛盾：财产既是国家的又是单位的。

到底是谁的？

产权不清晰的，是公有这一块儿。

下一个40年，风向标，是"公"。

（本文写于2018年5月29日）

历史

商鞅其人

大家知道钱学森之问："为什么我们的学校总是培养不出杰出人才？"其实，还有一个钱学森之问。

1991年，钱学森在北京，对来访的加州理工学院的昔日同事弗兰克·马布尔说："你知道，弗兰克，我们为中国付出了很多心血，人们丰衣足食，辛勤劳动，国家一天比一天进步。但是，弗兰克，他们并不幸福。"

历史学家黄仁宇的《万历十五年》描绘的社会，书中的主要人物，包括万历皇帝朱翊钧、张居正、申时行、海瑞、戚继光、李贽，他们或身败，或名裂，无一人功德圆满。侧面提到的人物，如冯保、高拱、张鲸、郑贵妃等，也统统没有好结果。这种情形，绝非个人原因可以解释。上至天子，下至庶民，都是这种制度的牺牲品。

历史上，中国人为什么不幸福？问题的根源在于，一个历史人物，商鞅。

商鞅实为千古民贼，他的幽灵残害了两千多年来的中华民众。苏轼说，自汉以来，学者耻言商鞅，认为商鞅之名"如蛆蝇粪秽也，言之则污口舌，书之则污简牍"。我觉得还是有说一说的必要。不然，红肿之处，艳若桃花，真有不少人以为是国粹呢。

商鞅是法家代表人物。

我们先讨论一下汉字"法"。汉字"法"有两个来源（胡适讲的）：

一个是"佱"，从亼从正，是模范的意思；另一个是"灋"，从水从廌，公平如水，辨识如廌，是刑罚的意思，大约是从南方苗族传到中原的。"佱"字更古老久远一些。但总体上，古人用"法"字，起初的含义是模仿（模范）。《系辞传》有"见乃谓之象，形乃谓之器，制而用之谓之法"，法即模范之意。我们总是讲"敬天法祖"，法也是模仿之意。《尹文子》说，法的含义有四种表现：一是不变之法，君臣上下是也；二是齐俗之法，能鄙同异是也；三是治众之法，礼赏刑罚是也；四是平准之法，律度权衡是也。

春秋战国时期，社会发展，政治变动，呈现出来的趋势，是贵族政治向君王专制政治的过渡。人口多了，社会交往复杂化了，过去仅靠"以人治人"（紧密的人身依附）的方法，遇到了困难，各诸侯国逐渐学习颁布法令治国。春秋时期，专从君王或国家的利益出发，来讨论政治的，当时称之为法术之士。这类人从为君王设计掌控国家和臣民的理官演化而来，于齐桓、晋文时为盛。战国时期，法术之士成长壮大形成了一个派别，史称法家。大体上讲，法家有三派：慎到重势（权力、权威），申不害重术（办事用人的方法的艺术，说俗点就是手腕），商鞅重法（处理政事的基本规则）。后来的代表人物、法家的集大成者韩非子认为，势、术、法皆帝王之具，不可偏废。势、术、法并用，国无不治。大家可以试一试，谁若胆肥，可尝试深夜读法家经典，体味一下后背嗖嗖发凉的感觉。

需要澄清一个概念，历史上法家的"法"，与现代社会法律的"法"，不是一个"法"。法家的"法"，是办法的"法"，指解决问题的办法，由模仿之意衍生而来。综合法家的言行，他们所讲的，用现代的语言表述，其实就是极权主义视野下组织和领导的理论和方法。而现代社会法律之"法"，是指法式与规范，事物内在的规律。

法家的核心思想，目的是强化君王的绝对权威，且通过严刑峻法、不择手段来实现。在法家眼里，只有权术，只有策略，只有政策，只有权变和阴谋，没有价值观。或者说，商鞅等法家的价值观就是成功，他们孜孜以求的，就是怎样去取得成功，至于成功是为了什么，个人名利之外，再无其他。这真是一群可怕的冷血动物。他们负责帮助君王管理国家和强大国家，君王给他们提供"一人之下万人之上"的社会地位和锦衣玉食般的生活，君王是他们的雇主，他们是君王的佣工。商鞅讲过，"权者，君之所独制也"。他又说"故立法明分，而不以私害法，则治。权制断于君则威。"注意，这里的"私"指的是除君王外所有的人。显然，法家之法，君权之下，法家之"法"只是君王治国驭民的工具。商鞅甚至认为，法的本质不在于制度条文，而在于制度条文背后体现的君王治理下的强国目标，为了这个目标，法（制度条文）随时可变。可见，法家之"法"，"法生于君"，名为法治，实为人治。

法家之"法"，既然是治国驭民的工具，就必然掌握在当权者手里。孟德斯鸠在《论法的精神》中说过，如果司法权与行政权合而为一，法官便握有压迫的力量。在同一本书中，孟德斯鸠又讲道，人民的安全就是最高的法律。显然，他所谓的法律之"法"，不是中国历史上法家之"法"。

想起前两年有个比较火的电视剧《大秦帝国》，宣扬商鞅坚定法制观念，坚定要法制不要人治，坚定维护新法，自愿流血牺牲。太荒唐了，这样的文人历史上不少。所以，实在是有必要，认认真真地讲一讲商鞅。

商鞅是划时代的人物，是对历史走向产生重大影响的人物。若论对后世的影响，历史上无人可及。提起中国历史上的人物，如秦皇汉武、唐宗宋祖，这些历史上有作为的皇帝，若说他们划时代，还是有些勉强。他们取得的，是一时事功，他们打造的，是数年盛世，基本上都逃不脱"人亡政息"，留下的只是一些传说而已。而商鞅，把他所建立的秦制，深深地烙印在中华文化之上，历久不衰。战国之后，在中国政治史上，法家一直是主流。好的年份，儒表法里，用儒家的仁义道德装点一下门面。更多的时候，赤裸裸的法家手段，严刑峻法，靠暴力机器统治民众。使法家成功上位且一直占据政坛主流地位的，为中华文明打下千古不易法家烙印的，就是商鞅。他成功地将华夏文明带入他途，推动封建社会步入中央高度集权社会。郭沫若说，秦汉以来中国的政治舞台，是由商鞅开的幕，此言不假。商鞅变法的正果，是不可一世的强秦，二世而亡的强秦。商鞅变法的副作用，比如专制统治、愚民政策、户籍制度等，遗毒至今，"百代都行秦政法"。

插个话。当年刘邦进入咸阳后，召集父老谈心，只用八个字，就人心归汉，"唯恐沛公不为秦王"。这八个字是，"父老苦秦苛法久矣"。

人类社会发展到现在，已经有一些规律性的经验，可供参照。

人类社会的演化，有两条主线贯穿始终，即国家组织能力与人的自由解放。牛津大学人类学家罗宾·邓巴在 20 世纪末提出，人类智力允许稳定交往的人数大约是 150 人。碰巧的是，从新石器时代部落村庄到罗马帝国的小股部队，都是围绕着"150 人邓巴数字"来进行组织的。我们有理由相信，当群体的数量超过 150 人以后，就需要一定组织化的方式，将人群聚拢起来。国家更是如此。其实，国家规模就是其社会组织能力的函数。

面临外在竞争者时，国家的战斗力，不仅取决于它综合国力大小，更取决于它的社会组织动员能力，关键时刻"好钢能否用在刀刃上"。中国历史上多次被综合实力远不及我国的外族打败，就是社会动员组织能力不行。鸦片战争时，大清帝国干不过经济总量不足其七分之一的大英帝国的一个舰队，主要原因，恐怕不是英夷船坚炮利（当时枪炮也是清军常备武器），而是大清社会动员组织能力太差，整个社会一盘散沙。抗战那些年，积贫积弱，尚可与强敌周旋，主要应是危亡当头，各军阀同仇敌忾，拧成了一股绳。国民党丢掉大陆，主要是抗战胜利后，很难与共产党强大的基层社会动员能力抗衡。

人类社会发展至今，动员组织的办法，只有三种。一是思想控制，让人们不假思索地跟随。比如宗教、思想灌输等。二是武力胁迫，让人们畏惧，不得不跟随。如集中营、严刑酷法。三是利益诱导，用经济的手段，让人们从你所希望的行为中获利。这三者可同时使用。相比之下，思想控制和武力胁迫的好处是见效快，不足是不能持续、不能长久，时常反弹。利益诱导见效慢，如果社会制度、激励机制设计得好，可以长久。

问题是，国家必须考虑动员组织的对象：人。因为，只有国民，才是任何国家的终极目的和意义。如果人的自由解放能够在国家组织化过程中得到关照，人人从中受益，大家就会自觉拥护（即民心），国家强大的动员能力可历久弥坚。否则，再强大的国家也只是冰上大厦，冰化了，大厦也随之倾倒。

在人类社会发展探索过程中，社会动员组织能力与人的自由解放，大多时候是相互矛盾的。历史上常见的是，国家的一部分人（统治者）享受自由，另一部分人（被统治者）被组织起来。由于生产能力制约和思想资源欠缺，历史上的国家偏好选择压制国民自由来强化国家组织能力（有人表述为搜刮能力），但这样外表强大的国家容易受到内部民众的造反而土崩瓦解。现代化国家组织形式，已经解决了这个难题。诀窍就是完善的市场经济体制。在产权保护等一系列法律制度规范下，通过人们自由追求私利将社会紧密地组织在一起，民富国强。

啰唆这么多，不是要拿今天的经验来苛求两千多年前的商鞅，而是以人类社会演化至今的经验为参照，观察商鞅变法的得与失。商鞅是个天才，成功地引入了更有效率的组织方式，将秦国上下组织起来，富国强兵（注意，不是民富国强）。变法所迅速强大的国家组织能力，以牺牲人的自由解放为代价，战争时期可得奇效，若在平时，是很可怕的事情。变法大约百年后大儒荀子入秦，对秦政一片溢美之词的背后，也透出他对秦政的不看好。站在现代，我们更有条件轻易地看明白，商鞅的遗毒，是缺乏人性，过分压制了人的自由解放，甚至他没有想到为自己的自由解放谋一个出路。民众不仅不能从国家的强盛中受益，反而倍受压榨，这样的强国，注定不能长久。所以，强秦二世而亡。

变法过程是这样的。商鞅三次会见秦孝公，分别献上帝道（顺天而治）、王道（齐之以礼）和霸道之术，最终以富国强兵的霸道，取得秦孝公的信任和支持。对于历史上这段记载，班固说"商鞅挟三术以钻孝公"。这个"钻"字，神来之笔，一个字让商鞅原形毕露。综合史书记载，商鞅这个人，的确不怎么样。商鞅个性，坚定执着、果断，一意孤行，处事练要，为人刻薄，为达目的不计后果，出卖朋友，出卖故国，极不讲究。

商鞅比较秦魏的不同，是秦地广人稀，很多土地荒芜闲置，所以他首先要开垦荒地，号召全民皆农。公元前 359 年，商鞅颁布《垦草令》，鼓励农业、抑制商业，削弱贵族的特权等。《垦草令》成功实施后，公元前 356 年秦孝公任命商鞅为左庶长，实行第一次变法。主要内容是：用什伍之法，重编户籍，实行连坐，诸子分户，奖励军功，崇农抑商，变领主制为地主制。变法引起巨大的社会反弹，"国都言初令不便者以千数"。商鞅利用太子触犯新法，处罚太傅、太师，严肃法令。新法实行十年，据《史记》载，百姓大悦，乡邑大治（后世司马光认为"百姓大悦"不实）。公元前 350 年，商鞅又实行了第二次变法，主要内容是：废井田，开阡陌。土地私有，谁开垦荒地，就归谁所有，且土地可以买卖。统一度量衡。把市镇和乡村合并起来，组织成县，由国家派官吏直接管理。迁都咸阳。经过两次变法，秦国成为战国七雄中实力最强的国家。

当时，变法是社会政治趋势，六国都在变法，尤其是魏（李悝）和楚（吴起）的变法，颇有声势。众所周知，最终成功的只有秦国。一是秦国在群雄兼并中生存压力比较大，有变法图强的内在动力。二是秦国宗法制度不成熟，反对变法的势力相对较小。三是秦孝公自始至终鼎力支持。四是商鞅的战斗力太强。

商鞅变法直指核心，即提高国家的动员组织能力，所有的变法措施，农战也好，抑商也好，弱民也好，都是服从服务于迅速提高国家动员组织能力这一目标。

商鞅变法初始，即开始重组秦国基层政权结构（重组乡村）。如什伍连坐，实际上是将人固定在土地上，置于政府的视线下。法令规定没有军功的贵族领主，一概废除名位，使他们失去特权，变为农户中的富户。有军功的宗室，也只能收取租税，不能直接管理民事。同时实行分户政策，实际上就是将大宗族拆分成小家族，瓦解豪强对农村的控制。这些政策合在一起，乡村宗族势力土崩瓦解。条件成熟后，商鞅把市镇和乡村合并成县，由国家派官吏直接管理。封建制消解，中央集权已成雏形。商鞅成功地将由宗族势力控制的乡村聚落，变为国家直接控制的基层行政单位。变法前是村社宗族首领分田，变法后是由国家主持授田；变法前公共水利设施由全村共同维护，变法后则是由官府统一征发徭役整修；变法前乡村治理由宗族豪强自治，变法后则是由政府委派的基层官僚治理。重组乡村，实在是商鞅变法最了不起的成就。大家知道，秦以后，王权下县，也就两千多年以后的新中国能够做到。

政策措施到位。比如农战，目的是用重农政策增加国家的财富，用重战政策强化国家的军事力量。主要的措施，一是抑制商人。不许商人买进粮食，防止商人投机倒把，牟取暴利。把酒肉价格大大提高并加重其赋税，使商人无利可图，使农民不会因酗饮而误农，使大臣不会因荒淫而误政，还可以节约酿酒的粮食。废逆旅，住旅馆要有凭证，控制劳动力外流，控制人员流动以及奸邪之辈的非法活动。加重关市的赋税，使营商无利可图。按照商人家的奴仆数量派劳役，加重商人负担。二是使农民专心务农。实施愚民政策，不许擅自迁移，粮食买卖官办，山林湖泊国家统一管理等。三是摆正价值取向。商鞅列出十种影响富国强兵的农战之敌：诗、书、礼、乐、善、修、仁、廉、辨、慧，提出"国去此者，敌不敢至"。又提出反"五民"、去"六虱"和止"六淫"，确保秦国之民，一心农战。四是奖励农战。商鞅制定的爵制是基层向上流动的唯一通道。农战，即军功授爵和纳粟授爵。立法集中力量于战，只要奋勇杀敌，身处底层的人们就可以获得爵位、田宅、免役、免罪的特权，从此大大提升自己和家族的财富、社会地位。这样的制度，果然使秦国的军队作战特别勇敢、特别残忍。秦国的军队打了胜仗，连对方的老弱和妇女，都要砍了头去领功。此外，商鞅主张重刑厚赏，用赏之时，必须要厚，不能丢掉疏远的人；用刑之时，必须要重，不能避开亲近的人。商鞅制定的赏罚原则：必须赏功罚罪，必须壹赏（战功）壹刑（刑无等级），必须取信于民，必须明赏明罚，必须大权在握（指国君）。

商鞅稳扎稳打，步步为营。例如面对反对新法的抗议，他恰当抓住太子违反新法的时机，通过"罚大"树威，而不是铁腕镇压。再如他采取基层包围高层的路线，先变革基层社会组织，重组乡村政权，挤压贵族空间，建立高效的社会动员体系。还有，他借助豪强夸赞新法的契机，以妄议新法的罪名，将这些豪强迁到边境，进一步巩固了乡村基层组织。王安石曾经写诗赞赏，"今人未可非商鞅，商鞅能令政必行"。

商鞅变法，在短时期内极大地提高了秦国的社会动员组织能力。福山在《政治秩序的起源》中说：有个估计，秦国成功动员了其总人口的8%到20%，而古罗马共和国仅1%，希腊提洛同盟仅5.2%，欧洲早期更低。据记载，每取得一场胜利，把头颅带回去（以人头数量为奖赏标准），堆成一座山，是秦国惯常的手段，很恐怖。秦国跟六国打仗的时候几乎是战无不胜，但是占领了一个地方之后发现那个地方已经没有人了（没有跑的也被杀光）。商鞅变法的一个直接结果，就是秦国变成了一座战争机器。在先秦典籍中，秦国一般都被称为"虎狼之国"。《战国策》中"虎狼"并称有7处,全部都指秦国。《史记》中"虎狼"并称有13处,除2处在原意上使用外,其他11处都是用来描述秦或秦王。

商鞅变法的成功,在于其通过挤压个人生存空间来强化国家的动员组织能力。秦帝国的必然失败,在于其制度极大地侵害了个人自由,只能是"其兴也勃焉,其亡也忽焉"。商鞅变法的流毒,在于他那一套制度的固化和自强化,使整个中华社会都陷入了似乎永远也走不出的泥潭。

商鞅认为"民弱国强,国强民弱,有道之国,在于弱民"。《商君书》宣扬将民众变成一种人:即壹民,农战之民,平时耕种粮食,战时上阵杀敌。为了驯化壹民,他总结了几个办法:其一是任用奸人,实行流氓政治、小人政治。以流氓来压服基层百姓,以小人的勾心斗角来实现中上层间相互监督,这就是专制君主的御民之术。其二是"壹教"。除了农战,不承认一切价值。拥有"农战"以外的一切品质,都"不可以",愚民以统一思想。其三是破坏人的谋生能力,剥夺经济来源,使民众除政府以外无所依赖。其四是辱民、贫民、弱民。人穷志短,让民众无自尊自信,唆使他们相互检举揭发,终日生活在饥饿恐惧之中。其五是通过战争手段缓解内部张力,把内部矛盾转化为外部矛盾。

商鞅通过变法,消灭私人空间,让每个人都处在国家的严密监视之下。户籍制度,什伍之制,连坐之法,告发之风,让民众互相监视。告发奸人,予以重赏;不告发奸人,加以重罚。什伍之内,一人有罪,他人连带。如在战争中不勇敢,本人处死,父母、兄弟、妻子连坐。商鞅变法,实质就是穷民众以富国家,弱民众以强政府,辱民众以尊君王。商鞅实为民贼。

秦国在商鞅治下,朝着人人平等的目标迈进,只不过商鞅营造的人人平等,是人人都可能做奴隶的平等。秦国的几乎每一个人都变成人质:一个人上战场,在前方杀敌立功,可得粮食爵位;如果战败、被俘,其财产被没收,家人被罚为奴。所以,每个秦国士兵上战场后都会拼命杀敌。然而，十次立功，一次失败，财产尽无，家人为奴。在冷兵器时代，哪个人能保证自己是战场上的常胜将军？所以说，商鞅营造了一个恐怖笼罩下的强秦。秦人为了生存，不得不激发出身上的动物本能。至于生存的意义，我想就是商鞅，也未必能回答上来。

商鞅个人的结局，《史记》载："秦惠王车裂商君以徇，曰：莫如商鞅反者！遂灭商君之家。"《战国策》载："商君归还，惠王车裂之，而秦人不怜。"明代冯梦龙的小说《东周列国志》演绎到：当时百姓连街倒巷，皆怨商君。一闻公孙贾引兵追赶，攘臂相从者，何止数千余人……惠文公历数其罪，吩咐将鞅押出市曹，五牛分尸。百姓争啖其肉，须臾而尽。商鞅之法，践踏人，不把人当人，他个人只能是民众的公敌。

商鞅死了，但他创立的秦制却活了下来。虽为人造的工具，但制度本身也是有生命力的。长期实行的制度能够固化和自强化，特别是定型的制度，由于路径依赖和文化心理上的原因，往往会摆脱工具意义而上升到价值层面，成为符号和象征，沉淀为文化。秦制以来，皇权，始终是中国制度体系和文化体系的中枢。

秦制给当时及后世的有志于改变者留下一个错觉，即法家这一套东西可收富国强兵奇效。后来秦统一中国，在全国强行推行秦政，使法家的政治制度遍行于全国。客观讲，秦制具有高度的威势和执行力，可以集中国力办大事，如筑长城、修驰道、掘运河以及统一度量衡等令时人无法想象、今人叹为观止的大制作。但其严刑峻法、迷信诈力、把持天下、暴虐天下，最终失去天下。

政治制度，特别是对世界发展有重要影响的政治制度，很少人为事先规划的，大多是历史演化的结果。像一个小球从斜坡滑过，到哪里停留下来，必是各方势均力敌，就在那里稳定下来。力量对比变了，再滚动寻找新的平衡。极高明的政治家，都是因势利导。尽管大家都将一时胜负作为行动指南，但是，只有良好个人修养和崇高价值观的政治家，才会以国家和民族大义为本，推动国家组织能力与国民自由解放之间保持均衡发展。像商鞅这样，硬生生地规划出国家民族前行的轨道，使大秦帝国行驶在快车道，中外历史上没有第二个人能够做到。不过，类似商鞅的做法倒是时有发现，比如希特勒。但希特勒以思想控制为主，没有商鞅改造社会基层组织来得扎实，故希特勒"人亡政息"。

商鞅为中国中央集权制度打下的底子，数千年难易，以至于"百代都行秦政法"。中国的政治制度，变更纷纭，都是以应付人事为主，改朝换代，只是换了人，其他的，多是老样子。比如户籍制度，至今仍然是国家管理人口的基础。还有告密制度、反智主义……想起来满脸都是泪啊。还好上天公平，那些以残害人的自由解放为手段巩固统治的，其无后乎？像商鞅、秦始皇，真是断子绝孙啊。

商鞅变法所建立的这样一个强权专制的政治制度，实质上就是政治的绞肉机，最终没有任何一个人能从中获益，没有胜利者。商鞅变法的结果是，所有人都输了。统一天下后的强秦二世而亡，百姓和贵族所受苦难不用说了，商鞅被灭族，秦王嬴氏也是宗族灭亡。打个不太恰当的比喻，秦制之于国家，犹如运动员服用兴奋剂。不可否认，其强大的国家动员组织效率，还是有很大的诱惑力。中国历史上，后来者以国家民族强盛为由，屡次服用这副兴奋剂。梁启超讲，"专制政体者，实数千年来破家亡国之总根源也"。看来历代王朝盛衰循环，不是偶然。

从秦朝开始，历史上中国官方的语境里，"天下事无大小皆决于上"，国家面前，个人再无自由（安全）和尊严可言。历代对商鞅变法建立的秦制不是没有反思。两汉之时，对商鞅不满的言论，已经非常多了。但是，舆论和反思并没有改变强权专制的趋势。苏轼说的好，他说商鞅之术，"用于世者，灭国残民，覆族亡躯者，相踵也。而世主独甘心焉，何哉？乐其言之便己也。"一针见血！苏轼毕竟是苏轼。

秦制对两千多年来中国人的社会政治生活影响巨大。法家的势、术、法，对后世的影响，可以简单概括一下。势的影响，主要体现在，"非壮丽无以显威严"的思路一路流传，搞个人崇拜、政治上的神秘主义（让民众不可预期政治走向，来保持主动权以随时出其不意出击，以形成国民心理上对权力的畏惧感），以及官本位盛行等。术的影响是，反智、阴谋论盛行、告密之风盛行、社会信任低、关系左右一切。有些术已经成为历史上社会治理定式，如在用人方面，基层的流氓政治与中上层的小人政治相辅相成，以流氓来压制百姓，利用小人之间勾心斗角来实现相互制衡，这就是专制政治的制衡之术。这种生态长期延续下去，还有一个妙处，以奸治民，民失望于奸臣，自然把希望寄托在清官和君王，很多时候，整个底层社会的希望，就是一个明君。法的影响，是形成从严立法、普遍违法、选择执法的法治思维定式。几乎每个有用的人，都有小辫子抓在治理者手中，收拾或者不收拾，就看服从不服从。

长期专制统治，对国民性的影响，更是致命的。每个王朝末年，满朝大臣都有共同点，就是这些饱读诗书、历经沧桑的精英们，无思想无操守，权力和利益之外，眼中再也看不到其他。所谓尊严和人格，就是不着边际的东西。特别是明清之际，国家危亡，想找个有血性的大臣，真的很难。

丑陋的秦制与现代社会、现代政治和现代经济格格不入。但是，直到现代，我们也不能说秦制的流毒已经清除干净。是橘生淮南淮北的原因吗？再看中国社会老百姓日常所表现出来的种种不幸福，如：沉不下来，心里没底；着急，焦虑；盲目攀比；依靠心理；甚至社会仇恨等，溯根求源，都可追溯到秦制、商鞅那里。权力对整个社会以及个人生活的方方面面、每个角落，可以说还是无孔不入。这些阻碍中国现代化步伐的、久浸附骨在优秀中华传统文化身上的遗毒，就是商鞅当年造的孽啊。

联合国刚刚发布的《2018 全球幸福报告》，对世界上 156 个国家公民主观幸福感量化调查，根据各国人均 GDP、健康预期寿命、生活水平、国民内心幸福感、人生抉择自由、社会清廉程度以及慷慨程度等多方面进行研究并得出的结果显示，中国排名第 86 位。现实与心理预期，落差是不是有些大？

改革开放 40 年的大发展的基本经验，就是解放思想，解放生产力。在社会演化的两条主线——国家组织能力与人的自由解放之间，千百年来，我们擅长的是前者，不擅长的是后者。这是一目了然的。

杜兰特在《历史的教训》一书中讲道："真正的革命，是对心灵的启蒙和个性的提升；真正的解放，是个人的解放。"

"人民对美好生活的向往，就是我们的奋斗目标"，希望所在。

（本文写于 2018 年 4 月 5 日）

第二章 历史

从失荆州看关羽的性格

关羽关云长，是后世的大人物。众人膜拜，奉若神明。解读关羽，对于理解中华文化、风土人情，是一个很有说服力的例子。

三国鼎立局面的形成，在于赤壁之战后，刘备占据荆州之地。

本来荆州降曹操时，益州也有人诚心降曹操，怎奈曹操骄横，张松转投刘备。及曹操军队染疾，赤壁大火，刘备因时乘势，兼弱攻昧，以成天下三分之势。邓州习氏的先祖，习凿齿曾经论及此事："昔齐桓一矜功，而叛者九国。曹操暂自骄伐，而天下三分。皆勤之于数十年之内，而弃之于俯仰之顷，岂不惜乎？"一朝忘形不小心，致多年辛苦拼搏成就毁于一旦，太可惜了。

三国鼎立后，决定三国形势走向的，是围绕荆州的一系列故事。蜀汉经历借荆州、失荆州和夺荆州，最终荆州远离刘备而去，昭示着蜀汉复兴的大梦，彻底破灭。

为什么是荆州？

三国时，荆州很重要，是因为其天然的地理位置重要。

荆州东据浔阳（今九江），南连五岭（南方屏障），西据三峡，北带汉水。其要地有襄阳樊城，为桐柏、武当两大山脉之中交通咽喉。曹操扼守襄阳樊城为南边据点，吴蜀势力不能北侵。要地还有夏口（今武昌），为江湖之要冲，赤壁之战，目标即为夺取此地。

荆州是江东之门户，控制江东之咽喉，无荆州，即无东吴。荆州亦是西蜀经营中原之要途（从荆州向南阳攻洛阳），无荆州，蜀汉的复兴就没有希望。荆州也是曹操方面争夺的焦点，因为此地是必经之地。

无荆州，东吴就不能生存；无荆州，蜀汉就不能复兴；无荆州，曹魏就不能统一全国。

最终东吴得荆州，三分之势，趋于稳定。

三国鼎立，实是各方实力达到一种均衡。

曹操方面的优势，是"挟天子以令诸侯"，曹操可以借用天子的名号，以封赏和任命来聚拢资源。在当时天下人才以名教为性命的时代，曹操占尽先机。自然是人才济济。曹操本人才智超群，其帐下英才，如荀彧、荀攸、郭嘉、贾诩、毛玠（献"奉天子以令诸侯"策之人）等，皆当世英豪。曹操方面实力自然最强。当时全国十三个州中，曹操占据将近八个，地盘最大。但是，当时北方气候寒冷，干旱少雨，战乱频仍，生产萎缩，资源短缺。曹操的军队，虽然人数较多，但来源混杂，对曹操的效忠程度不高。所以，曹操虽地广人众，统领百万之师，却形不成对孙刘的压倒性优势。

刘备方面，因为刘备姓刘，自称是汉室正统，道义上也可与曹操抗衡。蜀国地方狭小，只有汉中盆地、成都平原和巴东河谷。但是，由于四川当地长期偏安一隅，资源倒也丰富。后来诸葛亮南征取胜，获得云贵及广西部分地区，这些地方在物产上，特别是金属资源以及滇马等作战物资方面，有效地与成都形成互补。蜀汉虽小，但物产丰富，且蜀道艰难，易守难攻。刘备方面，早期也是人才荟萃，有诸葛亮、庞统、法正、关羽、张飞、赵云等，丝毫不逊曹操方面。蜀汉盛时，若刘备守险以待，似可与曹操一争短长。

孙权方面，与汉室牵扯不上关系，纯是地方利益集团的结合，道义上

（号召力）要吃些亏。但东吴的基地，是富饶的长江三角洲以及长江下游南北地区。人口多，气候好，物产丰富，经济发达，且有长江天堑可供凭依。可供依赖的人物，有周瑜、鲁肃、吕蒙、陆逊等，虽不及曹操和刘备（强盛时期）方面，但也足以与曹刘抗衡。

三国对比，总体上是曹强孙刘弱。三方做三角对峙，倒也势均力敌。核心就在于三方力量的交汇地——荆州。荆州亦是各方势力此消彼长的关键所在。荆州经济丰饶，人才汇聚，谁占荆州，谁的实力就可以大增。从战略上，如果曹操占据荆州，就可东进西击，分而灭掉孙刘。如果刘备占了荆州，以此为基地，就可以对曹孙构成威胁。三方比较，只有东吴占据荆州的迫切性最强，因为孙权只有占了荆州，则能自保无虞，抗衡各方倾轧。

荆州是焦点，是胜负的关键。对此，大家彼此心中有数。

赤壁之战后，曹操退回北方，荆州分为三部分。刘备占据南部四郡（长沙、零陵、桂阳、武陵），南郡江东二县，屯兵公安。孙权占南郡、江夏郡以及临江郡（夷陵）。曹操占有南阳郡、南郡北部襄阳郡等。此后荆州的争夺，主要发生在孙刘之间。

刘备与荆州的缘分，分为三部曲：借荆州、失荆州和夺荆州。

本文主要说关羽失荆州。

战后刘表故吏以及地方士绅豪族，纷纷投奔刘备。一是刘备与刘表同属汉室宗统，有兄弟之谊。二是刘备有仁者风范，当阳撤退携民众十万，行路艰难亦未肯舍弃。

《三国志·蜀书·先主传》记载："先主屯樊，不知曹公卒至，至宛乃闻之，遂将其众去。过襄阳，诸葛亮说先主攻琮，荆州可有。先主曰：'吾不忍也。'乃驻马呼琮，琮惧不能起。琮左右及荆州人多归先主。比到当阳，众十馀万，辎重数千两，日行十馀里，别遣关羽乘船数百艘，使会江陵。或谓先主曰：'宜速行保江陵，今虽拥大众，被甲者少，若曹公兵至，何以拒之？'先主曰：'夫济大事必以人为本，今人归吾，吾何忍弃去!'"

刘备当时，深得荆州士人民心。

刘备地少不足容众，请孙权允许他都督荆州事务。鲁肃以联刘抗曹计，说服孙权将南郡借给刘备。"将军虽神武命世，然曹公威力实重，初临荆州，恩信未洽，宜以借备，使抚安之。多操之敌，而自为树党，计之上也。"孙权将荆州借给刘备，实欲以刘备为抗曹前锋。曹操听到这个消息时，正在写信，惊愕得连笔都掉到了地上。

至此，刘备以关羽驻江北，张飞守南郡，赵云领桂阳。刘备事实上已经控制了荆州，并以此为基地，站稳脚跟，开拓蜀汉事业。

作为三角中实力较弱的两角，吴蜀之关系，视曹魏压力而定。若曹操南侵，吴蜀必合好共同抗曹以图自存。若曹操无暇顾及或作壁上观，吴蜀必然围绕荆州争斗。事实上，赤壁之战后，吴蜀争夺荆州的明争暗斗，即已开始。

建安二十年（215年）夏，孙权因刘备得益州而索还荆州，刘备拒之。孙权即派兵袭取长沙、桂阳、零陵三郡。鲁肃与关羽在益阳对峙，刘备率兵东下，孙权则领兵西出，吴蜀大战一触即发。因曹操取汉中威逼蜀中，刘备求和，双方划湘水而治。

刘备与孙权中分荆州之后，局势有所缓和。此时荆襄诸郡，分属三国：曹魏领襄阳、南阳；蜀汉占南郡、零陵、武陵；孙吴治江夏、长沙、桂阳。三分荆州之后，荆州成为三国角力的焦点所在，三国各占其门户。这是一个相对稳定的战略格局。

建安二十二年（217年），鲁肃卒，吕蒙代之。在东吴将领中，主张取荆州最力者，周瑜、甘宁之外，即是吕蒙。

再说刘备拿下汉中之后，蜀军士气大涨。蜀汉西部，张飞、赵云、马超屡立战功，老将黄忠定军山一战名闻天下。长期在蜀汉东部守荆州的关羽，有些坐不住了。

关羽不知道，能够稳守荆州，就是蜀汉集团无人可比的天大功劳。可惜一介武夫，只知逞一时之勇。功业高下，在人才，人才高下，在见识。见识不行，能力再高，武功再强，也是白搭。不仅白搭，反而误事。悲剧由此酿成。

建安二十四年（219年）七月，关羽自率主力攻曹仁于樊城、襄阳，曹操派于禁、庞德率军增援。关羽水淹七军，擒于禁、斩庞德、困曹仁，一时威震中原。

曹操一边派兵增援，一边勾连孙权，与之周旋。自七月至十月，关羽与曹魏相持樊城与襄阳之间，三月有余。

东吴为麻痹关羽，作了一系列的安排。大将吕蒙称病退养，让书生陆逊接替。陆逊一上任，就致信关羽，言辞恳切，关羽心安，无复所嫌，竟撤江陵公安部分守军赴樊城助战。孙权为了进一步麻痹关羽，又向关羽传信，说要助他攻曹。关羽一时狂傲之气大发："貉子敢尔，如使樊城拔，吾不能灭汝耶。"（他不知此时孙权正与曹操勾结图谋荆州）随后就发生了吕蒙偷袭荆州事，随后是人所共知的悲剧：关羽败于麦城，为东吴所擒，身首异处。

可惜了忠勇关公！

关羽失荆州，绝非大意。他主要犯了以下几个错误：

一是不自量力，错误估计了自己的力量。战场对垒，关键是实力。关羽所部兵力，号称三万人。曹操为解樊城之围，前后共派出五批援军。于禁、庞德等率领的七军，徐晃的精兵，徐商、吕建的部队，殷署、朱盖的十二营，以及曹操手中最精锐的王牌军张辽的部队。曹操先后派遣满宠、于禁、庞德、徐晃、赵俨、徐商、吕建、殷署、朱盖、张辽、裴潜、吕贡等十二名文官武将参加战场争斗，其中除张辽、裴潜、吕贡等军因关羽撤围而未到樊城外，其余九人都参加了襄樊战役。兵力对比，关羽与曹方相比大约是一比三，与后方孙权方相比大约是一比二。孙权偷袭参战，曹孙合流，南北夹击，关羽方面与敌方兵力对比是一比五。以一敌五，不败若何？

二是腹背受敌。关羽不懂政治，不知外交。对东吴，关羽是骄横无礼，擅启衅端。孙权曾遣使为媒，欲求关羽之女为媳。这种政治联姻，理应附和，至少也应以礼婉言谢绝。但关羽不但不允婚，还把孙权骂了一顿，"虎女安肯嫁犬子乎"。他不知攻曹时要与孙权修好，避免两面对敌。围樊城与曹兵酣斗甚急时，还派兵夺取东吴湘关的粮米，激起东吴上下的义愤。反观孙权，是个玩弄政治和外交的高手。欲取荆州时，先不惜屈膝向曹操称臣求和。猇亭战后，曹丕带兵南侵，则又能转身与蜀修好。他始终能避免两面作战。

三是内不能安众。关羽一意孤行，搞不好内部团结，致使大将投敌。建安十九年（214年），刘备平益州，封西凉悍将马超为平西将军，位同关羽。关羽闻之极为不满，当即写信给诸葛亮质问马超人才谁可比类。诸葛亮回复："孟起兼资文武，雄烈过人，一世之杰，黥、彭之徒，当与益德并驱争先，犹未及髯之绝伦逸群也。"关羽阅信后，扬扬自得，将信遍示宾客。团队里有一个这样的人物，想必老大刘备甚是头痛。关羽与蜀中其他将吏的关系也是十分紧张。例如刘备养子刘封在关羽围樊城、襄阳，请求其发兵相助的关键时刻，离襄樊前线只有咫尺之遥的刘封居然装聋作哑，抗拒羽命，任凭关羽"连呼"而不理不睬，作壁上观。若非关羽平日骄横，想必不会如此。关羽北攻襄樊，留守江陵（南郡治所）与公安的是麋芳和傅士仁。搞笑的是，关羽与这两位的关系颇为对立，在吕蒙大军出其不意兵临城下时，"与羽有隙"、"素皆嫌羽轻己"的两位大将叛变投敌，拱手献城。关羽的性格"刚而自矜"，"善待卒伍而骄于士大夫"。故陈寿说他"以短取败，理数之常也"。

四是任性而为，贪小功而不识大体。孙权与曹操勾连好以后，孙权准备袭取荆州，并告知曹操。奸雄曹操，为快速解樊城之围，将这一消息分别告知被围的曹仁和围困曹仁的关羽。关羽应当知道形势已经发生了根本性的变化，敌我力量对比已经发生了根本性的扭转，但他却舍不掉即将到口的肥肉樊城，寄希望江陵公安能固守。于是犹豫不去，丧失固守荆州的良机。以小失大，一个小小的樊城与荆州，孰大孰小，竟分不清楚。后来蜀军受挫于徐晃，延误了回救南郡的时机。

五是过于刚强，重义气，不知自存之道。关羽得知荆州失陷消息之后，不顾一切，希望夺回南郡。他应当知道东吴兵不血刃夺了荆州，未伤一兵一卒，士气正旺。他以人心惶惶的疲惫之师进击吴军，哪有取胜的道理。更令人费解的是，关羽在回军途中，数次使人与吕蒙相闻，责问吕蒙违背同盟（从侧面反映关羽重义气，反被小人所乘）。吕蒙趁机将江陵公安平安无事、关羽士卒家门无恙的消息假使者带回关羽军中，致使关羽军心瓦解。如果关羽不去复夺南郡，而是审时度势，向西转移，与驻守上庸的刘封会合，则可保存力量，固守待援，说不定还有夺回荆州的可能。

六是只知个人恩义，不知国家。曹操派徐晃救曹仁。关羽与徐晃旧时关系极好，在阵前对话，但说平生，不及军事。须臾，晃下马宣令："得关云长头，赏金千斤。"羽惊怖，谓晃曰："大兄，是何言邪！"晃曰："此国之事耳。"

关羽绝非"大意失荆州"。以上错误，关键的犯一个，次要的犯两个以上，大祸就会酿成。关羽连犯六个，必然守不住荆州。但这些错误之中，反衬出来关羽的个人人格，重信守义，忠诚勇敢，也是当时不二人物。

但现实是残酷的。人品再好，一旦进入历史的绞肉机，也得遵循丛林法则。可惜了关羽关云长！

关羽七月攻樊城，至十二月兵败被杀，整整半年时间。在这一过程中，关羽与曹操孙权方面在荆州闹得轰轰烈烈，地摇天晃。然而同样令人费解的是，蜀汉刘备方面，似乎没有什么反应，自始至终，没有派一兵一卒相助关羽。难道刘备、诸葛亮等人，真的相信关羽一人可以与曹孙周旋？关羽死后，刘备并未予以其谥号，至后主刘禅时，才"追谥羽曰壮缪侯"。

关羽兵败半年后，蜀章武元年（221 年）六月，刘备亲率四万大军，东征孙权，欲夺回荆州。诸葛亮、赵云等因反对出兵而被留在后方，没有随军出征。结果也是人所共知的，不知兵的刘备，被陆逊抓住空子，火烧连营，刘备全军覆没，只身逃回白帝城。

至此，荆州与蜀汉再无关联。荆州失陷后，蜀汉复兴之梦，已经破灭。此后数十年，诸葛亮以攻为守（疲敌），勉力支撑，蜀汉三分天下有其一的局面，又延续了几十年。

在陈寿的《三国志》中，关羽不是一个被特别关注的人物。《三国志·蜀书》中关羽与张飞、马超、黄忠、赵云数传合一（蜀书六，关张马黄赵传第六），其事略竟不如姜维、法正等人详尽。陈寿是当时代人，做如此安排，应当是反映了当时人们对人物事件重要性的认识。

在中国历史上，关羽不是一个人在战斗。

在关羽之前，在关羽之后，都有类似关羽性格的人物。

他们或为文人，或为武将；或为统帅，或为乡人；或飞蛾扑火般自我牺牲，或燃起熊熊大火殃及众生。传统中国读书人，浪漫的家国情怀，或者是革命家浪漫的诗人情怀，走到了极致，什么都不顾，只为心中理想，大概就如同关羽这样。

世上必定有孤独的英雄，独往独来，在想象中恣意而行。

但那是他个人的事，如果搞艺术创作，倒也不失为高贵品质。如果为尊严和理念而牺牲，会被人视为英雄而膜拜。

但是，若牵扯到社会民生，牵扯到国家民族，可能就是另外一种局面：折戟沉沙，祸国殃民。

因为现实很残酷，容不了他的情怀和想象。

中国的文化，还是还关羽一个公道。

事情后来的演化出人意料，自北宋末年起，朝廷对关羽的敕封接踵而至，在元末明初罗贯中的《三国演义》中，关羽却被塑造成忠勇节义之集大成者，成为影响后世最大的正面人物。

但是，后世对关羽的演绎，竟然到了不视是非的程度。

清初的毛宗岗在《读三国志法》中说道："吾以为三国有三奇，可称三绝：诸葛孔明一绝也，关云长一绝也，曹操亦一绝也。……历稽载籍，名将如云，而绝伦超群者莫如云长。青史对青灯，则极其儒雅；赤心如赤面，则极其英灵。秉烛达旦，人传其大节；单刀赴会，世服其神威。独行千里，报主之志坚；义释华容，酬恩之谊重。作事如青天白日，待人如霁月光风。心则赵抃焚香告帝之心，而磊落过之；意则阮籍白眼傲物之意，而严正过之。是古今来名将中第一奇人。"

胡扯到如此地步，文人之不靠谱，历史文化记载和传说不可盲信，由此可见一斑。

讲真话，才是最基本的道德。

解说历史故事和历史人物，不能脱离历史事实，不能离开当前的现实。不脱离历史事实是要讲真话，不离开当前现实是要回应当前关切。只要面对的是事实和现实，所做出的努力，就是积极的。

我想，蜀汉需要一个忠勇的偶像关羽，以教化人心。但是，他们应该更需要一个真实的荆州，来支起大汉复兴的希望。

如此幸甚。

（本文写于 2018 年 7 月 17 日）

如何评价戚继光

戚继光是个英雄人物。

评价英雄人物，在中国历史文化和现实中，一般不是一个严肃的问题，或者更准确地说，有时候是一个严肃的不严肃问题。

因为历代统治者，都缺乏底线和节操。他们会根据主流意识形态的需要，或者他们一时好恶需要，随意地解释历史事件和历史人物。

相比而言，西方传统对他们的英雄人物，不仅是文化习俗上的宣扬，而且是事实上的尊重。他们明确地向社会昭示，全社会应当尊重感激英雄人物，英雄人物就是全社会的向往。如果参观过英国威灵顿公爵府和丘吉尔庄园，就会知道，英国的英雄不仅美名流传，更能荫及子孙，历经数百年不衰。

胡秋原写过一本书《中国英雄传》，历数中国历史上数百名英雄人物，能够善终的，只有几人。戚继光算得上一个。相比之下，结局算是好的。

在中国历史上，英雄人物难为人。像岳飞、袁崇焕这样的民族英雄，蒙冤致死后，后世能够平反昭雪，恢复名声，已是奢望。子孙代代感念皇恩浩荡。

本文尝试评价戚继光。

凡是反抗、打击日本的，都是民族英雄。

因为历史上，中日是宿敌。一百二十多年前，一直往上追溯到隋唐时期，日本一直将中国视为敌对方。而中国民间，将日本视为敌方，是最近这一百多年的事。

中日宿敌，说来话长。中日两国渊源久远。《山海经》中就有倭和扶桑的记载。《史记》载徐福率上千童子东渡日本。《后汉书》记载倭人自称是泰伯兄弟之后，因为早期倭人自己宣称"大和民族是吴太伯之后裔"。直到大约 17 世纪中叶之后，日本人自立意识膨胀，才对记载徐福、泰伯之后的传说和文字进行消除。

有史可稽有物可证的，大约到公元 57 年，汉光武帝赐倭王"汉委奴国王印"，日本当时已经纳入中华帝国宗藩体系。隋唐时期，日本人学习中华文化，倒也勤恳认真，但他们骨子里，不像其他藩属国那样老实。表面恭顺，内心不驯。607 年，日本遣使递交国书，竟称"日出处天子致书日没处天子"，惹得隋炀帝老大不高兴。

日本历史上大肆宣扬过一件事：唐玄宗在长安接受诸藩朝贺，按照惯例，把日本排在了新罗的后面，日本使臣古麻吕提出了抗议："自古以来新罗一直向日本朝贡，为什么座次排在日本之前？"主持仪式的唐朝官员觉得有理，便将新罗与日本的位置对调。古麻吕长期以来被日本人视为豪气英雄，倍加敬仰。

隋唐时期，中国远胜日本，日本多次派人来中华学习。但他们私下记述中，不用"朝贡使"而用"遣唐使"，说明他们内心不承认中华的天下体系，不安于藩属国地位。狼子野心，自古已然。

明朝时候，日本已经公开挑战中华帝国的天下秩序（宗藩结构）。当时，倭寇屡次袭扰中国东南沿海。统一日本的丰臣秀吉不屑明朝，说我掌握日本，欲王则王，为什么要髯虏（指明朝人）封赏！丰臣秀吉有吞并中华的野心，构思了吞并朝鲜、中国以至东南亚诸国大战略，甚至几百年后日本军国主义的"大东亚共荣圈"的构想，可能就是源于丰臣秀吉。

1592 年和 1597 年，丰臣秀吉两次进攻朝鲜，被中朝两国联手打败。1610年，日本给中国的国书中，公然宣称中国周边的藩属国也向日本朝贡称臣，分明是叫板明朝以中国为中心的宗藩秩序。清朝入主中原以后，不少汉人东渡日本，"称臣自小"，希望日本出兵救助，日本人野心更炽。西风东渐后，好学狡猾的日本人，于 1871 年主动与清廷签订《中日修好条约》，借中方官员愚昧不知情，以真正实现与中国对等的国与国之间关系（他们千百年来的宿愿啊！）。之后的甲午海战和《马关条约》，日本有史以来第一次战胜、打击了中华帝国，取代中华帝国，成为远东地区的主宰。接下来，就是抗日战争。

近代日本对中国的打击是致命的，中国再也不能回到历史上曾有过的天下秩序。一域之内，两强不能并立。日本欲维持其东亚霸主地位，必视中国为劲敌。而中华民族要复兴，必定要收拾给我们带来长久屈辱记忆的东邻。民间的认识，更是如此。

所以说，戚继光被称为民族英雄，主要是他的平倭功绩。民间记忆里，戚继光收拾了民族的宿敌，长了自己人的志气。

但是，现实是冷酷的。戚继光战胜的，不是真正的倭寇。嘉靖年间的倭寇，主流是中国东南沿海的百姓。虽有真正的日本海盗掺杂其中，但多是受中国沿海走私商人雇用而来。

儒家文化中，名分是很重要的。名是称谓，分是与称谓相应的责任和义务，"守慎正名，伪诈自止"。民族英雄一般是抵御外侮的豪杰。内战中取胜的一方，也是英雄，但不能称之为民族英雄。戚继光长期被视为民族英雄，背景是人们对嘉靖年间倭寇的性质判断不清楚，存在一些误解。

明嘉靖年间的倭寇，大多是以冲破海禁为目的的东南沿海百姓，一方面是从事海上走私贸易的商人，另一方面是伺机抢掠财物的海盗。他们亦商亦盗，海上走私，兼行劫掠。朝廷的应对措施，是采用武力镇压与招抚相结合。戚继光是主剿派将领，坚定武力镇压。他的名声、功勋，也是从实战中得来。他刀下之鬼，多是中国沿海的百姓。他竭力维系的，是社会治安，是"片帆不得下海"政策下的社会安定。

1959年，郭沫若提出，评价历史人物应该以其对历史发展所起的作用为标准，强调把人物活动对历史发展所起的推动或阻碍作用，作为评价的基本标准。这一标准实际上是唯物史观的历史进步理论在人物评价研究中的具体化。如果用历史进步标准来衡量戚继光的贡献，恐怕对戚继光的历史形象，要大打一个折扣。因为戚继光武力维持的，是违背历史发展趋势的海禁和闭关锁国政策。戚继光消灭的，是追求生计的沿海百姓。

历史进步标准过于功利化，看似以历史演化进步为主线，实质上却是不合历史发展规律的。因为处于历史进程中的个人，无法先验先觉，洞察历史走向，并自觉地顺应历史发展规律。历史上没有这样的人。我们不能太苛求古人，不能太苛求戚继光。

若按中国传统的"三不朽"为标准，戚继光一生，功勋卓著，按照《明神宗实录》评价，"戚继光血战歼倭，勋垂闽浙，壮酋御虏，望著幽燕"。他有《纪效新书》和《练兵实记》留存于世，奠定了其世界军事家的地位。至于其操行，虽为史家诟病（与张居正关系），但他想必不是纯粹为个人利益和私心考虑。《万历十五年》评价，"戚继光的长处，在于他没有把这些人事上的才能（指搞关系——笔者注），当作投机取巧和升官发财的本钱，而只是作为建立新军和保卫国家的手段"。

中国自暴秦以来建立的体制，以及由这样的一个体制内化于民族性格之中的文化，个人，尤其是英雄人物，难为人。秦以来的社会结构中，从来没有建立起一个良好的社会激励结构，社会中，一个人的责任、权利和义务关系，都不是统一协调的。少数人拥有极大的权力，攫取极大的利益，却不负或负有极少的、不对称的责任和义务。有的人背负很大的责任，却几乎没有权利利益可言。民族的精英倍受磨难，为社会做出重大贡献的人反而受到惩罚，作恶多端之徒，往往活得有声有色、有滋有味。看看岳南先生的《南渡北归》，就知道笔者不是妄言。这样一个社会结构，竟然绵延了数千年，成为人类社会唯一留存的古文明，真是奇迹。这里面，有我们还没有认识到的奥秘，甚至或有其他文明所没有的优越性，不知道。肯定一些的，这样的体制，离人性距离远点。

越是英雄人物，越是难活出人样儿。就个人而言，戚继光，人中龙凤，老年却因无钱看病而亡。即便如此，相对历史上的其他英雄人物，如岳飞、袁崇焕等，他还是幸运很多。当然，其中自有戚继光聪明圆融之处。但是，相对一辈子日出而作、日落而息、儿孙绕膝、颐养天年、其乐融融的山中老翁，戚继光会如何评价自己的一生呢？

人生天地间，如果能够感知自我的存在，大约有几个递进的境界：自为、存在和自觉、自在。大约摸讲，自为是要有所作为，这类人最多，犹如田里的韭菜，只要雨水充足，就会一茬一茬地冒出来。戚断光一生有所作为，而且是大有作为，打了那么多的胜仗，作为兵家，维护了国土安全，功莫大焉。自为结出的硕果，就是存在，在历史上留下印记，长久留存于天地间。相传古罗马有一位皇帝追求长生，有一天他终于醒悟，人总是要死亡的，只有他的功德和思想能够永生。所以他著书立说，希望自己的影响能够长存世间。戚继光留下的《纪效新书》《练兵实记》，以及他的赫赫功勋和英名，已经与我们这个民族文化结合在一起，无法磨灭。从功利的层面上看，戚继光是成功的，人生外表光鲜。

戚继光有其自觉的一面，但从大的智慧方面讲，人很难超脱俗世环境，看到自身及其环境以外的东西，所以，很多人往往没有机会自觉。戚继光把所有的从事海上走私贸易的商人、海盗、山贼，都视同倭寇，除之而后快，他没有想到，生民多艰，海上贸易是沿海民众的生计。他可能也没有想到，倭寇肆掠，是朝廷海禁政策的原因。至于自在，就更谈不上了。戚继光是一把刀，一把握在统治者手中锋利的刀。他的一生，就是在千锤百炼，把自己锻造成一把百战百胜的战刀。一把刀的悲哀，是刀柄不能握在自己手里。

一个人一生的消耗，不需要多大的功业。

自由自在，才是人生的终极向往。

（本文写于 2018 年 5 月 27 日）

战与不战的真实含义

凡事将真实情况和道理搞清楚,是首要解决的问题。

否则,战与不战,只凭一时兴起,大言炎炎,不负责任,是危险的。

宋真宗景德元年,宋辽达成"澶渊之盟"(澶渊,现河南濮阳),宋朝每年给辽国绢二十万匹、银十万两,从而结束了双方长达25年的战争,双方边境安定。此后,宋在双方边境上的雄州、霸州等地设置榷场,用香料、犀角、象牙、茶叶、瓷器、漆器、稻米和丝织品等,交换辽的羊、马、骆驼等牲畜。双方民间的交易也很发达。

事实上,虽然后来辽国虽有乘势加码的行为,但总体上,息战和平之外,北宋每年从边境贸易中得到的好处,仅官方正式榷场的利润,就高于岁币支出,还不论民间贸易的好处。客观地讲,与敌对方达成和议,经济上能够获得好处,国民安居乐业。但是,久而久之,边民不识干戈,宋朝真宗、仁宗、英宗三朝"忘战去兵",部队"武备皆废",也是事实。更大的问题是,惯常以名教示人的儒家弟子,以为朝廷这种以贿赂换取和平的做法,是屈辱政策,是可忍孰不可忍。

不少文人,反对这一政策,甚至包括王安石、富弼等。

苏轼他老爸,同样大名鼎鼎的苏洵说,"愚以为天下之大计,不如勿赂"。在《几策·审敌》中,明确反对北宋向辽国支付岁币以换取和平的政策。说这种政策名为息民,实为残民(加重税赋),名为外忧,实为内忧（繁重的税赋使老百姓经受比战争更严重的苦难）。稍微对当时的情景有些常识，就知道苏洵在闭着眼睛胡扯。他的真实意图，是"以此为耻"，意气之争。古代文人，只论对错，罔顾事实，也是常态。

宋朝历代议和苟安国策，形成其积弱的国格，是事实。有宋一代，始终没有收复"幽云十六州"。若说宋朝积贫，则是不符合历史事实的。宋朝在经济、文化、技术等方面，都是中国古代王朝的顶峰。经济方面，宋代民间贸易、对外贸易高度发达，形成了环中国海庞大的货币共同体，这是至今还没有达到的高度。文化方面，儒家复兴在宋代。技术方面，四大发明中有三个是在宋朝出现或获得广泛应用的。

那么，问题就来了，宋朝那么强的经济、文化和技术实力，为什么没有转化为强盛的国力，一举平定天下，收复幽云十六州？

2017 年第 3 期《读书》上的一篇文章《大宋的幽云十六州》，作者提供了一条关键线索。

由于历史上多次民族大迁徙，汉人不是用血统定义的，而是用儒家文化定义的。儒家文化转化为日常伦理实践时，需要特定的、相对稳定的人际关系结构，这就要求人们过定居生活。定居就需要农耕，农业有一个硬性的约束条件，就是年降雨量不能少于 400 毫米。

中国地理上的 400 毫米等雨线，大致就是长城沿线。这就解释了，历代中原王朝，从来没有长期稳定可持续地越过长城的原因。长城以北的人们，只能过游牧生活，居无定所，儒家文化无处安放，他们就不能定义为汉人，只能是狄夷。中原王朝强大到能够扫平漠北时，事毕也必须撤军南返，无法在当地长期驻军，因为长期驻军必然狄夷化（游牧生存），就不是汉人的军队了。南方中原王朝的情况，大家都很熟悉，不再赘述。

有人说过，地理是历史的子宫。地理条件，在早期人类发展史上，是无法突破的硬约束。在这种情况下，宋辽订立"澶渊之盟"，对宋朝来讲，是用财政手段解决军事问题，避免草原上无序力量打击冲击，解除了历史上草原民族对中原民族的威胁。对辽来讲，掌控幽云十六州的可耕之地（当时辽国60%的人口都居住在此），再加上宋朝的岁币，从而确保了辽国的中央财政，使其走出了草原帝国"胡虏无百年之运"困境，国祚得以延续二百多年。宋仁宗去世时，宋朝使者去辽国通报，辽道宗握住宋使的手泣道："四十二年不识兵革矣。"

到宋徽宗时，君昏臣佞，宋徽宗听信谗言，联金攻辽，打破了这一平衡，结果是引火上身，自取灭亡。

世界上聪明人各自不同，而蠢货，都是相似的。

当时情况下，中原王朝选择与草原帝国合作，以财政手段解决军事问题，是一个成本最低的选择，也是一个双赢的选择。后来拒绝用财政手段解决军事问题的明朝，与宋朝正好形成鲜明的对比。明朝在经济、文化、技术等方面的成就，无法与宋朝相比。同时，明朝政治之黑暗、社会之沉闷、民众之苦难，也非宋朝可以比拟。原因是，要对付外来的威胁，朝廷就要加大社会动员的力度，集中资源以对付外来压力（战争）。社会动员，一是要将民众手中的物质资源，更多地拿到政府手中，加重掠夺；二是要严管社会，保证大家最好一个鼻孔出气，搞文字狱。在古代，国家强化社会动员能力，必然以牺牲个人自由解放为前提。

所以说，对老百姓来讲，最应该反对的，就是战争。

王朝没有外在的压力，自然不需要过分向社会索取。刀枪入库，马放南山，社会得以喘息，生产力得以恢复。像宋朝那样，长期与民生息的朝代，中国历史上也少见。国家不打仗了，政策必然宽松，民间的力量，自然就会牵引经济、文化和技术发展。宋朝的例子，是通过财政赎买的和平，造就了经济、文化和技术的大发展。至于经济实力增强以后，为何没有化为强大的军事力量，这是另外的话题。

人类社会的演化，有两条主线贯穿其中，即国家组织动员能力与人的自由解放。强化国家组织动员能力，短期会收到效果，但它必定侵犯人的自由解放，人没有自由解放，就没有积极性去创造，没有积极性去生产，长期下去，社会财富就会枯竭，结果是国家组织能力受到上限制约，也无法大幅提升。就像某些国家，强调人的自由解放，人的积极性高，创新和生产能够搞上去，经济、文化和技术能够得到大发展，但整个国家，因缺乏强力的组织手段、组织动员能力，拧不成一股绳，富而不强，在弱肉强食的环境下很容易被欺负，会显得很窝囊。就像当年的北宋、南宋一样。宋朝强大的经济力量，没有转化为强大的军事实力，就是因为国格偏弱，组织动员能力不行。

中国各代王朝，没有走出过这个困境。大概就是因为他们是王朝，一家之天下，利益结构上与老百姓总是对立的，所以无法走出这个困境。

战与不战，是发展模式的选择。

（本文写于 2018 年 6 月 21 日）

袁世凯

　　思忖半晌，也没想好，在"袁世凯"三字前面，安放个什么词合适。史书或演义上的，诸如"窃国大盗""窃国者""独夫民贼""乱世奸雄"等，大体上不甚合意。历史上的开国者，非盗即抢，"独夫民贼"这个词，也可普遍适用。袁世凯，在中国近现代化进程中，是一个独一无二的人物。只因晚年称帝，一生功业全被视为篡国作伪，牢牢钉在历史的耻辱柱上。

　　1912 年 2 月 12 日清帝颁布了退位诏书，结束了中华民族家天下的历史。如果从公元前 2206 年夏禹出生算起，家天下有 4118 年历史。如果从秦始皇公元前 221 年统一六国算起，也有 2133 年历史。数千年家天下，在袁世凯掌控下，不声不响地和平过渡到共和体制。从帝制到共和，虽说是民心所向，若无袁世凯操纵掌控，像西方社会资产阶级革命时期通常发生的大规模流血斗争，是避免不了的。曹操说的"设使天下无孤，不知几人称帝，几人称王"，相信不是妄语。袁世凯的历史功绩，本可以成为中国的华盛顿，然其晚年称帝的闹剧，使其一生功业被全盘否定，被烙上弄奸要诈的印记；本可获得名垂青史的美誉，一夜之间变成遗臭万年。自是历史最无情啊。

　　袁世凯起身行伍，一身本领皆是摸爬滚打而来，是历史上少有的治世之能人。他雄才大略，平生不治私产，唯好抓权秉政，知人善任。他勤于政务，事必躬亲，是清末民初中国政坛上最强有力的人物。辛亥前后天下归心，天下"非袁不可"，也是各派共识。

1884 年 12 月 4 日（甲申年）朝鲜发生了一次流血政变。这次政变目的是要脱离中国独立。时年 25 岁的袁世凯认为事态紧急，间不容发，力主入宫戡乱。为了打消众人的疑虑，他承诺"如果因为挑起争端而获罪，由我一人承当，决不牵连诸位"。6 日下午，他带领 1500 名士兵打进了朝鲜王宫，大败朝鲜亲日党，几个主要角色亡命日本。7 日，找到逃亡在外的国王并将其迎回宫中。袁世凯勇于任事、处事果断，屡建功勋，激起了吴兆有等将领的不满，弹劾他贪污军饷、挪用军饷。后来袁世凯到了天津，一句话也没有为自己辩解。李鸿章主动过问，袁世凯说："我若有错，谁都可以说。我若没有错，错就在说我的人，与我有何相干？"李鸿章眼前一亮："胆略兼优，能持大体。"

袁世凯数度驻守朝鲜前后 12 年，练就了外交和带兵的本领，他有胆有识，有智有勇，竭力维护了大清国的利益，被日本人视为眼中钉。不过，朝鲜只是袁世凯崭露头角之地，袁世凯一生事业的基础（班底），起步于天津小站督练新军。1895 年 11 月，袁世凯奉命督练小站的"定武军"。不久，扩编到 7300 人，改名为"新建陆军"。1902~1904 年间陆续编成北洋六镇，一镇 12512 人。

袁世凯勇于担负责任，他识才用才笼络人才，部属用命、效忠于他。正如王锡彤所说："（袁世凯）肩头有力，绝不透过于人。凡一才一艺，一经甄录，即各从其才之所堪而委。以力之所能胜，不求备于一人，亦不望人以份外。一事之成，而奖藉不遑；不成则自任其咎，不使人分谤。此其所以群流归仰，天下英雄咸乐为之尽死也。"（《抑斋自述》）督练陆军的班底，有些是他的亲信旧部，有些是北洋武备学堂的教习和学生，有些是淮军旧将，有些是由李鸿章及淮军将领引荐的人才。段祺瑞、王士珍、冯国璋、段芝贵、徐世昌、唐绍仪、周学熙、梁士诒等都是这个时期汇集在袁世凯周围的。这些人才，后来都成了北洋新军的高级将领。袁世凯运用德国操典练兵，律兵极其严格，他规定："临阵回顾、退缩及交头接耳者斩；遇差逃亡，临阵诈病者斩；结盟立会，造谣惑众者斩；持械斗殴及聚众哄闹者斩；黑夜惊叫疾走乱伍者斩。"他严正军纪，有错必究，绝不偏袒，练就了当时战斗力最强的军队。英国记者丁格尔说："袁把清朝军队中存在的缺陷降到了最低限度。"各镇大小军官均由袁世凯一手培植，以至于后来军中只知有袁世凯，不知有陆军大臣。

对袁世凯来说，权力才是最具体的现实。例如他调任直隶总督、北洋大臣之后，山东巡抚任上的权威仍隐隐在握。升迁内阁大学士身居外务大臣，依然可以左右以天津为中心的直隶的局面。法行人从法，法败法从人。世道纷纭时，人是决定性的因素，抓住了人，就抓住了一切。袁世凯能够抓住权力，与他识人用人笼络人有关，更有他驾驭人的本领。比如他与张之洞的关系。有次张之洞来津，大轿抬到大堂前，张鼾声如雷，袁世凯不令惊动，站在轿旁立候。张醒来后颇觉不安。后张、袁同调军机，在衙门一同出入，袁必随行在后，到门前袁必为张打帘，以示恭敬。后来载沣监国要杀袁（报出卖维新派之仇），张之洞力保使袁"开缺回籍养疴"。袁世凯回籍，清室命步兵统领派副将袁得亮带兵随行监视。袁世凯一句"咱们是本家"再加优越待遇，就把袁得亮收买了，这队人也成为袁宅的护卫。在开缺回籍的三年中，京中大员经常派人看望，借以通风报信、传递消息。他直隶总督任上的武巡捕唐玉山，没有去看望过。后来听说袁世凯被起用，星夜赶赴彰德，袁不见。后于袁赴广水时在车站叩头，袁亦没有理会。

义和团运动发生后，袁世凯在山东巡抚任上，实行保境安民，保护传教士，外国人颇赞赏他。拳乱最盛时，德州与直隶接壤处民众用白垩在壁上大书"山东地界"，义和团军不敢进犯。连李鸿章都恭维他说："幽蓟云扰，而齐鲁风澄。"他参加了刘坤一、张之洞发起的"东南互保"活动，保存了清朝的东南半壁江山，为日后两宫回銮、清朝的苟延残存打下了基础，慈禧等人对他颇有好感。辛丑议和后，朝廷中枢乏人，李鸿章猝然去世，临终前称"环顾宇内人才无出袁世凯右者"，保荐袁世凯继任直隶总督兼北洋大臣。相比李鸿章，袁世凯军权在握，成为左右晚清政局的权臣。举个例子，袁世凯贿赂公行，奕劻家有喜庆事，所有开销均由袁世凯支付，他在直隶总督任上亏空巨款一事，满朝竟装聋作哑，噤若寒蝉。

袁世凯的确是个实干家，在推动老旧帝国近现代化方面，做了不少好事。比如军事现代化、建立巡警制度，再如支持创办实业、发展商业，创办各式新式学堂，除了小学、中学、大学，还包括专科、技术、师范、医学、政治、军事等多种学堂。还督修了第一条中国人自己建造的京张铁路，以及推动对外开放，等等。

从甲午到辛亥17年间，中国内部已经形成三大政治势力。一是激烈的革命派，公开与清政府为敌，以推翻清政府为宗旨。二是温和的君主立宪派，试图对清朝体制加以改良。三是以袁世凯为核心的实力派。即便是第二、三派，也深受皇族抑制，深怀不满，武昌起义各省纷纷响应独立时，竟然没有一个君主立宪派人物与革命军作敌对行动的，可见大清不亡，老天都不容。

乱世之际，实力就是一切。清廷和革命派都把眼光移到袁世凯这边，时局已经到"非袁不可"的地步。袁世凯玩起"养敌自重"的套路，一方面，养革命党之敌来压制清廷，另一方面养清廷以压制革命党，伺机两家通吃，以谋取个人最大利益。他在辛亥年间，携压倒性的实力，以养敌、逼宫和向双方摊牌。多年权斗漩涡里成长起来的袁世凯深知，革命派可剿不可除，除则兔死狗烹。故1911年11月27日冯国璋拟乘胜渡江进攻武昌时，袁亲自打电话阻止。同时，他也知道，大清气数已尽，他也没有扶清灭革命党的兴趣和义务，大清已然成为他与革命党谈判争取利益的筹码。

当时的情况，清廷要对付革命党，非袁不可。袁本有实力剿除革命党，但他要养革命党以制清廷。革命党各派人物，甚至孙中山和黄兴（再三承诺袁出任第一任大总统）都认识到，推翻帝制，建立民国，非袁不可。立宪派也认识到非袁不足以稳时局。除清廷亲贵中少数激进分子之外，当时可以说是全国人同此心。袁世凯也认识到，民主共和已经成为必然趋势。不过，袁世凯心中的民主共和，与孙中山等心中的民主共和，应该不是一个意思。在革命党方面，虽然承认袁为将来共和政府的总统，认为非袁不能支撑此大局，但共和的基础应该建立在民权之上。而袁世凯心中只有共和国的大总统，还是一个要把共和国一切权力都揽入手中的大总统，是一个与皇帝类似的大总统。革命党所希望的，是清廷将一切权力交还国民，而袁世凯所希望的，是清帝将一切权力转交给他个人。这一认识上的根本分歧，导致了民国初年的乱局。

几个月内，袁世凯就将数千年传统帝制，和平地转换掉了。虽借时乘势，但袁的能力、办事效率的确世间罕见。然而，他不知道，由帝制转向共和，就是要将无限权力转成有限制的权力。当革命党希望用《临时约法》责任内阁制约束他时，袁世凯岂肯就范！政治讲究的是实力。当时的政党，虽然热闹，但均没有民众作基础，制度的背后，也没有民众拥护的力量。民众只知厌乱偷安，时局混乱，谁先乱，谁先输，谁添乱，谁倒霉。一时舆论时常责备革命党不安分。这种情况下，革命党的约法工具全成废物，也是必然。

当宋教仁案发生后，袁世凯积极备战，什么法律、国会，一切都不放在眼里。袁世凯有一谈话，足以表明心迹："可告国民党人云，我现已决心。孙（中山）、黄（兴）等无非意在捣乱，我决不能以四万万人财产生命付托之重而听人捣乱者。彼等皆谓我争总统，其实若有相当之人，我亦愿让。但自信政治经验，军事阅历，外交信用，颇不让人。则国民付托之重我亦未敢妄自推诿。彼等若有能力另组政府者，我即有能力毁除之。"

　　二次革命失败后，国会选袁世凯为第一任正式大总统，袁世凯随即以"叛乱"罪名下令解散国民党，驱逐国民党籍议员，国会被解散。接着以大总统令将内阁改为政治会议，成立约法会议。约法会议根据袁世凯的意见，通过《中华民国约法》，于1914年5月1日公布。新约法将内阁制改为总统制，并置立法为行政的附庸。根据新约法，袁世凯事实上、形式上已经成为独裁元首。1914年12月29日，袁世凯公布《修正大总统选举法》，规定总统任期十年，且可以连任，继任人由现任总统推荐。至此，袁世凯成为终身大总统，理论上可传子传孙。如果就此打住，袁世凯仍可携共和之功青史留名。可是，他没有忍住，亲自爬到帝制"火炉"之上。

　　袁世凯素无理想，对现代政治思想更是一无所知，这是时代关系，也是他成长经历中先天后天发展的结果。他只是一个实干家，他的政治倾向，主要是投机需要。就像他早年投机维新，一度成为最具维新头脑的封疆大吏，转手又告密亲手扼杀维新事业。处于历史关口的袁世凯，当然能感受到民主共和观念是人心所向、大势所趋，他自然知道抵抗无益，只有赞成共和才是唯一出路。他从来就不是一个真正的共和主义者。袁世凯在就任临时大总统的时期，日子的确不好过。在与革命党、国会、内阁争权过程中，实力在握、经验丰富的袁世凯逐渐将权力集中于一身，自然走向独裁之路。袁世凯将总统变成至高无上且可终身的地位，迎合了旧势力，使旧派人物自然联想到，终身制的总统与皇帝有什么不同呢？

　　当时的社会风气、政治环境仍有帝制滋生的土壤。民国初年，虽然共和了，皇帝观念在中国人心目中的神圣光环却没有与时消退。皇帝尊号在高官中间，照旧极得青睐。北洋政府的一些高官显宦和封疆大吏，每逢婚丧嫁娶，只弄到大总统的匾额还不过瘾，总要设法让溥仪也"赐"一块，才觉得体面。溥仪曾说起，为了一件黄马褂，为了将来续家谱时写上个清朝的官衔，每天都有人往紫禁城跑，或者从遥远的地方寄奏折来。辛亥革命时，革命军总司令黄兴致信袁世凯，希望他做中国的华盛顿。蔡元培知道后，致信黄兴，说袁不会做曾国藩，也不会做华盛顿，他只能做皇帝。

阎锡山回忆录中提到当时鼓动袁世凯称帝的几类人：一是长子袁克定想承大统；二是旧官僚意在封公封侯；三是清廷的亲贵，意在促袁失败，好复辟；四是黎元洪的羽翼，意在陷袁于不义，使黎能够继任总统；五是日英俄三国，意在中国分崩离析，使之永陷贫弱落后之境地，以保持它们在中国的利益。阎锡山说的只是表象，筹备帝制中的形形色色，都是袁世凯自导自演。晚年的袁世凯，没有意识到，一个人追求最大之权力，必承受最大之责任，将自己置于最危险的境地。尽管一帮劝进者打着为国家民族计的旗号，似乎还有人抱着虽千万人吾往矣的悲壮情绪，他不知道，后面等着他的，只有悲剧。袁世凯虽然是群雄中最强者，但他从来没有控制全国的能力。即便拥有控制全国的能力，他也无法转逆人心思共和的时代潮流。几近儿戏的称帝闹剧，使他先前为民主共和所做的一切，都被视为窃国谋篡。袁世凯一称帝，整个社会都有相同的感觉：被袁世凯骗了。

袁世凯称帝后，大儿子袁克定试图在家里搞一个向袁叩头称贺以定"君臣之分"的仪式。袁世凯的正式夫人，袁克定生母于夫人说："叫我磕头我不能磕，我活白了头发又出了皇上了。"说罢扬长而去，袁世凯的儿子、儿媳、姨太们一哄而散。他的嫡系，北洋三杰王士珍、段祺瑞、冯国璋都不支持、不赞成，北洋面临内部瓦解，袁众叛亲离。外国方面，曾经表示赞同的英、德等国忙于一战，自顾不暇。日本则坚决反对。国内更是一片反对。当云南、四川、湖广护国讨袁战争爆发后，袁世凯自知无力回天，宣布取消帝制，一共做了83天皇帝。搞笑的是，袁氏取年号"洪宪"，据说是要洪大宪法，真是视天下人若无物。

袁世凯称帝时，当初拥护他做大总统的一班新人离他而去；袁世凯宣布取消帝制时，支持他帝制活动的一帮旧人也寒心离去。届此，袁氏已经穷途末路。孙中山在《讨袁檄文》中说："天下有死灰复燃之皇帝，断无失节再醮之总统。"1916年6月6日，袁世凯在举国讨伐唾骂声中，带着万分羞愧死去。时人评价袁氏："总而言之，统而言之，不是东西。"

时任美国驻华公使芮恩施记载袁世凯的出丧："沿途许多人在沉默中旁观。没有人表现出悲伤的模样，而是表现出默不作声的冷淡。袁氏没有赢得民心，民众认为他是一个深居简出专横的人，他同民众打交道就是向他们征税和处他们以死刑。我认为，民众现在还没有把袁看作是他们的领袖。"是啊，共和国的含义是，政治事务不是一个人、一家人、一个党派的事务，而是所有的人都可以参与的事务。如果政治事务被袁氏垄断了，没有民众什么事，民众视其为路人，还算是客气。

没办法，时代不可违，潮流不可逆。再强的人，也拗不过时代。逆潮流而动，被历史抛弃，自取灭亡，是必然的结局。吕思勉评价朱温时说，当大局阽危之时，只要能保护国家，抗御外族，拯救人民的，就是有功的政治家。袁世凯事功应比朱温大很多，但翻遍史书，竟没有一人替袁氏辩解一二。一个人的幸与不幸，都与他生活的时代息息相关。袁世凯的不幸，是他生活的时代，不是朱温生活的时代。在民主共和时代，他没有控制住自己的脚步，跌进万劫不复的深渊。

袁世凯的一生，是个悲剧。

（本文写于 2017 年 5 月 12 日）

天　下

原来中国历代皇帝做的梦，是天下。

有人将天下观看作是中华文明的基石。我反对这样的说法。

鄙以为，天下一统是一种理想模式，是中国式的乌托邦。将其看作皇帝的梦想，更为准确。中国历史几千年，普通百姓见惯了"城头变幻大王旗"，别说天下，就是王朝更迭、皇帝换人，面朝黄土背朝天的老百姓，一样完粮纳税，这些与他们有什么关系！即便蛮夷入主中原，那些习惯了逆来顺受的百姓，鲜有为了反抗蛮夷入侵而起来造反的。家是各自的家，国是皇帝的家。有了家国，皇帝老儿还不满足，还要家天下。这些本质上是皇帝的私产、皇帝的欲望，天下乃帝王之物，其兴衰成败，统一分裂，奉送割让，与"无论魏晋，不知有汉"的老百姓，有什么关系呢？

清朝之后，中国已经有了很大的变化，随着皇帝被扫入历史垃圾堆，民族国家意识苏醒。日本入侵中国那些年，特别是日寇已经占领大半个中国的情况下，相当多的中国人，包括老百姓，真正投降和臣服的很少，顽强坚持抵抗到最后的，仍是主流。这与历史上蒙古骑兵清军入主中原时一马平川的情势，形成了鲜明对比。

历史的车轮滚滚向前，中国也在进步。

天下观

相对完整的天下观，形成于西周，包括以下四个方面的内容：

一是"天圆地方"的空间结构。天像一个锅盖一样，笼罩在大地上。这倒符合古时候人们直观的体验。这样一个结构，意味着：天罩着地，地有中心，有边缘，这样的一个空间物理结构。

二是世间万物同源，地上的一切物，都笼罩在天的下面，处于天道的支配之下。天是万物的主宰。

三是华夏是天下的中心，文明从中心向四周，呈圈状梯次递减，就像落入水面的石子荡起的波纹。中心是华夏，周边是四夷，治理天下就是要以华夏化狄夷，最后天下一家。

四是皇帝为天子，天子是天唯一的代表，代表天主宰地面上的一切，教化万物，养护百姓。

仔细审视一下天下观，是不是与亲缘结合而成的家的结构，有很大程度上的类同之处？中国之为中国，在古代时候，已经达到了那个时候自然人力的极限。东及于海，西至沙漠，北到长城，南逾岭表。当时条件下，由己及人，由家及国及天下，囿于视野所限，还不算太过分。中国历史上的天下，总体上说是家的隐喻。

古代中国的天下体系

古代中国的天下体系，主要有三个方面的内容：

一是文化上的华夷秩序，治理行为上主要是"教化"，以华化夷。

二是政治上的宗藩关系，治理行为上主要是"臣服"，外藩臣服中华。

三是经济上的朝贡贸易，治理行为上主要是"赏赐"，量中华之物力，结四夷之欢心。

如果这样的一个体系建立起来，皇帝的感觉肯定是爽死了，天下的家长，人间的上帝！

古代中国与西方在政治上最大的差别，就是天下观。历史上，除了中国以外，没有任何一个国家，有这样的想法，更没有这样的败家行为。包括同样受儒家文化熏染的东邻日本，在他们有实力开疆拓土时，虽名义上搞个什么"大东亚共荣"，实际上也是与西方列强一样，强力推行以"征服+掠夺"为主的殖民文化。

天下观对中国政治文化的影响

天下观对中国政治文化的影响，持久而深远。

自秦始皇帝开始，皇帝的玉玺上就刻着八个字"受命于天，既寿永昌"，直到皇权制度终结。两千多年来，历代统治者都宣称，自己是天的代表，受天的委托教化、养护万民。天下总体上就像皇帝的一个家，既然是家，大家都是一家人，只有亲疏关系，没有对立、内外。本土之外的他乡，只是遥远的、陌生的需要教化的，并不是对立的和需要征服的。以至于中华帝国，在历史上竟然没有明确的地理界限和文化界限。甚至新中国成立后，在与社会主义兄弟国家（如越南、朝鲜）的领土争议问题处理上，民族国家意识有时还让步于传统天下观念。

中国历史上的文明程度和物质力量，可在一定程度上支撑天下体系，也可以支撑我们的老祖宗建立一个更大的帝国。即便文明已经衰落的明朝，郑和下西洋时，也有能力将所到之处，都变成中国的属地。但是，他们什么都没有做。后世子孙，只能眼睁睁地看着别人建立了"日不落帝国"，受尽欺凌。与日本的关系也是这样，中日直接交往，大约也有两千多年。其中有两千年中国强大，日本弱小，但中国强大时，虽与日本也有战争，但从来没有想着去征服日本，把日本纳入版图。近一百多年来，日本强大，中国弱小，但日本人毫不犹豫地入侵中国，妄想把中国纳入日本版图，在中国殖民。

天下观影响了中华帝国，在历史上没有发挥出应有的潜力，变为一个更大的强国。历代王朝，皇帝都重视统治的持久性，而不是开疆拓土。他们追求的是，生活的稳定性以及社会的和谐统一，而不是发展速度和效率的最大化。受天下观影响最大的，是中国的国内政治，从来不是国际政治。嘴上说是天下，可能皇帝心里，没有超出家的范围，只是幻想着把天下当作他自己的家。所谓天下的"天"，就是历代皇帝坐井观天的"天"。

天下观和天朝意识

天下观和天朝意识，是中国历史上虚骄的自欺。

从历史上的表现来看，中国的天下观念，从西周到汉代，有比较具体的意义。到唐朝时，天子已经是中国皇帝与可汗双重身份，已经与纯粹的天下观有所不同。宋代以下，中国与多国打交道甚多，上下已经明白，中国已经是多国多文化体制中的一员，自诩自己身居天下之中，只能是自欺欺人。明朝朱元璋和朱棣曾经做过家天下的努力，没支撑几年，财力不支，就歇息了，将国门关了起来。

清朝是少数民族入主中原，按有的学者解释，他们承认汉文化，同化于汉文化，也是有资格承继天下正统的。此论正当与否，按下不论。但晚清时分，天下体系彻底破产之后，天朝观念仍在，晚清有为大臣们日思夜想的，就是通过他们的努力，恢复理想中的天下秩序。

现实是最好的老师。晚清时分，天下体系彻底分崩离析之后，与国外打交道的李鸿章等人，认识到中国只是世界上一落后国家的现实，认识到世界上国与国之间充满竞争的现实，似乎开始萌生现代国家意识。但在他们的认识里，仍坚持认为，中国只要认真地学习西方的技术，就可以迅速地强盛起来，重振雄风，重回在传统天下观中固有的地位。

陈独秀 1904 年《说国家》一文讲道，甲午海战和八国联军事件之后，他才知道，世界上的人，原来分作一国一国的，彼此疆界，各不相下。我们中国，也是世界万国之一国。百余年前，读书人只知华夷之别，不知有国。中国文化自欺欺人，竟然到了这个地步！

天下观的遗毒

现代国家建立以后，天下观的遗毒，仍在对现代国家意识产生干扰。如民族国家的身份认同，以及在此意识下，建立正确处理国家及其对外关系的政策。再如，处理对外关系时无法排除意识形态的影响，有时甚至会损害国家利益等。

天下观是一剂致幻毒药，饮了使人疯狂，力竭而亡。

稍有理性，就不会认同，重回天下体系。因为现代道德上的平等观，会拒绝有损尊严的华夷秩序；经济上互惠互利要求，会否定虚荣输血的朝贡贸易。宗藩关系，相对于独立自主的现代国家来说，更是扯淡。

中国根子上是个和平属性的国家，历史上远远强于四邻时，也没有去殖民他国，何况在国力不足时。但是，国际社会似乎并不认同中国和平国家的身份，中国威胁论时不时出现，甚至国内还有主动配合声音（虚骄好胜心态），以至于谦谦君子屡被误读为争强好战之人，在国际形象以及国际市场竞争中处于被动地位。原因大概是，天下观政治文化的影响。中国稍有能力，就会按捺不住，要做大家的家长，期盼万国来朝。人家不会理解，也不认同，你内心所想，做家长是为了照顾他们。这样，结果就是，无贼之实，却硬生生顶着贼的名义。这种傻事，归根结底，就是天下观闹的。

（本文写于 2018 年 6 月 2 日）

商业密码：历史上中国社会的商品市场交换结构与网络

当我们习惯于用总量和结构分析经济问题时，我们可能忽视了一个更重要的问题，就是这些总量和结构是如何实现的？回归本源，从商品交换的基本实现途径说起，看看市场交换是如何实现的，然后再反思一下，在日常的经济分析中，到底遗漏了哪些重要的关键的密码。

中国的商品交换市场结构和网络，具有独特性。可以说，在皇权社会时期，中国经济交换的市场网络，是纵向的，或者更准确地讲是呈金字塔形状的。市场具有明显的层次性、中心性。中心城市的市场，联系着若干个区域中心城市的市场。区域中心的市场，联系着次一级的市场，依次类推，最后是底层的熟人市场。这个市场网络的关键是，两个平等市场之间的联系，更多不是它们直接发生联系，而是通过高一级的市场通道来产生联系。原因一是习惯，二是陌生社会信任问题，三是政府政策不允许较大范围横向之间的互通有无。

基本的市场交换一般在熟人社会的界域内，市场交换发生在熟人之间。这种乡村小区域的市场，不依赖外来力量，是一个依靠自发秩序的、纯粹的、横向的交换市场。这样一种在熟人社会里满足于自给自足的商品集散结构，应该说是千年不变的。但是，熟人的界线是狭小的，据研究，一个人一生的熟人范围，在 150 人左右。大概这样的市场半径，只在一个村子周边。

再往上，是乡镇集市。我的家乡在豫南桐柏县毛集镇，镇子街头是远近闻名的商品集散地。记得小时候赶集，每逢双日，十里八乡的乡亲们都到镇子上交换所需商品，这个市场的范围是一个镇子（事实上已经有管理者了，当时好像叫市管会），大约能够覆盖的人群总共有上万人。大约每年农历四月初八有几天庙会，那时远处的做小生意的商人也会赶来凑热闹。这时候，这个镇子就是区域里的一个中心。

翻阅文献，大约从唐宋时期，这种乡镇集市就已经存在，在固定地方定期开市，附近的居民与外来商人之间交换彼此需要的物品。不过，大多数情况下，官方会规定村镇集市所能覆盖的村落居民的范围。不在此范围内的居民，一般不允许到这个集市上交易。清朝末年，不少地方县志上，对此都有记载。这种规定应该是普遍现象。还有需要说明的，就是定期市的设立和废止，必须向知县申请，得到许可。有专门的市场管理人员负责征税，提供公平秤、量斗等市场交易所需设施。乡镇集市，就是一个受到管理的市场了。

再往上，是城市里面的"市"。这种市自古以来就有。最初的市，大约是规定进行买卖的专门的地方。后来在市里有了常设的商店，市就成为在城市里专门的区域商店林立的地方。从汉到隋唐的市，都设在城市内专门的区域内。如汉长安的东市、西市，隋长安的都会市、利人市，唐长安的东市、西市，洛阳的南市、北市等。在市内，同业的商店各自聚焦成街，最初叫肆、列，后来多专称为行。城市之外，还有草市，为相对比较粗俗、不甚规范的民间市场，是过往客商、连接乡村集市与城市市场的一个过渡地带。

到南宋时，商业繁荣起来，逐渐破除了商业在城市内的空间、时间限制，可以在城市内任何地方开设商店，也可以在任何时间营业。市制逐渐走向开放，整个城市都可以做商业的区域了。商家可以朝大街开门启户

（汉唐时期似乎是不允许的），商店开设在城内外到处沿街的地方，还会有专门的集中游乐的场所，酒楼、旅舍临街屹立，这种情形大概是从宋代开始出现的。

在集市上交易的商品，大多是米粮、蔬菜、茶盐、农具等生活必需品。大城市的交易市场，商品的品种相应丰富得多。也有专门交易一两种物品的市场，大多是大宗的粮油丝茶等产品交易。有时候，镇子里的一些头面人物（商人），会收集一些特产一类的货物到一个大的中心（如县城、省城），有的东西会在大的中心集散，还有一些会向更大的中心聚拢。商品由小中心到大中心再到全国性的区域中心（比如现在的武汉），集中起来以后就会向需要它的其他地方分散，沿着类似的路线，资源再流通到需要它的地方。

有意思的是，相同层级的市场，很少有（大规模的）横向联系。一是官方规定不允许（如规定乡镇集市的范围），二是横向之间，陌生人之间，社会信任以及信息提供等市场交换所需要的要件不具备。如果甲地的乡镇集市要与乙地的乡镇集市发生联系，必须通过它们共同的上级（同省不同市，省就是它们共同的上级），才能实现。有文献记载，清乾隆十三、十四年（1748、1749 年），山东有灾，山东商人获准领票由海路到奉天买粮。乾隆三十年（1765 年），山海关监督金简奏请允许商人自由贩运，被户部、盛京将军复议驳回，继续实行旧制。其实，改革开放以前，我国商品流通的通道大体也是这样的。即便相邻两个县，如果不是一个省的，相互之间若有大宗的商品流转需要，还是要走省际之间的通道，直接交易是不被允许的。当时还有个罪名叫"投机倒把罪"。

几千年来，中国的市场交换，就是这样的一个网状结构。这样一个结构，首先是各地满足于自给自足，底层的商品集散结构是千年不变的（"文革"时期也存在）。但对于一个有志于全国市场的大商人而言，打通由小中心到大中心的通道（反之相同），是其命脉之所在。在古代社会，谁能打通，谁能通行无阻？只有政府，只有权力。

大约从汉代开始，文官从地方走出去，赴京（或其他地方）上任，后面必定跟着一群小商人。等京官告老还乡，也会有几乎同样的一批商人，跟着他还乡。到宋代，官宦人家，大约官与商已经成为了一家，老大做官，兄弟经商，在一家之中官商一体了。

这样的一个市场结构与网络，能够满足居民低层次的生活必需品的余缺调剂需求，但是，市场自身的力量，不足以推动商品交换的扩大。因为全国不是一个依靠经济力量就能够统一的市场。借助交换本身产生的收益，不足以打通全国市场。即便打通，各种不确定因素，也会使交易成本大到无利可图。没有大的市场，就没有大的生意，也不会产生大规模的社会化大生产。这就是历史上中国经济的大致情况。

那个时候，经济只有依靠政治才能发展壮大。具体到商人，只有依靠官员的力量，才能在不同的市场间腾挪获利。他生意的上限，是其依靠官员影响力的范围。特别是在历史上，科技不发达，商品多为资源型产品，获利主要靠地区间的腾挪，更是如此。看看吧，历史上的大商人，都是依附于权力的资源型投机商，并无二样。所以说，有志于做一个大商人，可行的途径是，与权力结盟，搞资源型投机生意。

改革开放以来，在朱镕基的大力推动下，1992 年的价格改革和 1994 年的新税制，迅速统一了全国的市场。不过，千年商业历史的影响隐隐地还在。不管是金融领域，还是商业领域，大多数仍是资源型投机企业，不过是借了互联网的途径而已。

（本文写于 2018 年 2 月 28 日）

第 三 章

社会原理

论机会主义

本文谈论的是经济学视野里的机会主义。

经济学视野里的机会主义，是对人类（经济主体）行为的假设。经济学研究的出发点，是建立在人是自利的、人是有限理性的、人是机会主义的这三个重要行为假设的基础之上的。客观世界的信息不对称、市场不完全、司法和合同不完备等，更是强化了这三个重要假设的现实意义。

我们知道，市场是最有效的资源配置方式。现代社会和现代经济，都是建立在市场的基础之上的。既然市场是最有效的资源配置方式，一切生产和交换由市场来组织即可，为什么市场中出现了企业这类组织？因为企业内部决策和运转，靠的是行政指令，而不是市场机制。

原因在于，市场运行、价格机制发挥作用，需要支付交易成本，获取市场信息、谈判、讨价还价以及履行合同，均需要支付成本。

科斯在《企业的性质》一文中，发现了市场机制，也就是价格机制的运行成本——交易费用。解释了企业的存在及其边界。企业是价格机制的替代物，是节约市场交易费用的制度安排。企业取代市场，通过订立长期契约替代一系列短期契约，将部分市场交易行为内部化，机会主义受到限制，各种活动能够得到有效的监督和审核，争端或纠纷能够得到及时避免和解决，信息不对称情况能够得到改善，从而节约了交易费用。这样，企业按照行政（权威）指令配置资源组织生产节约的市场交易费用，与企业自身运营增加的管理成本的均衡，决定了企业的边界。沿着科斯开辟的路径，新制度经济学家进一步分析了市场交易费用的构成：交易费用主要由交易因素和人的因素构成。交易因素是指市场的不确定性、潜在交易对手数量、交易物品的技术特性、交易频率等，人的因素主要是指有限理性及机会主义等。

威廉姆森认为，机会主义是人的行为的天然动因，是人不择手段、不按规则追求自我利益的行为。机会主义者通常采取微妙、狡猾的形式，包括说谎、欺骗、偷窃等形式，在信息不充分、信息披露不完全的条件下，故意去形成误导、曲解、使人模糊或混乱等行为，以便自己从中"浑水摸鱼"。克莱因认为机会主义是理性人追逐自身利益这一逻辑的自然结果。杨小凯和黄有光也有类似观点，他们认为，机会主义是人们追求自利过程中，"不惜损人，只要利己"的对策行为。

人们（企业、政府等经济主体可作人格化假设，包括自然人和法人）都是自利的，在不完全契约下，人必然会产生机会主义倾向，而机会主义行为会通过欺诈、制造虚假信息、不履约或不完全履约等手段，谋取利益（前提是不遵循规则的预期收益大于成本），并由此提高交易成本。

机会主义行为的发生，有个前提条件，即契约的不完备性。如果契约是完备的，就没有发生机会主义行为的空间。契约越不完备，其执行成本越高，机会主义行为越容易出现。

一个完备的契约，是一个完全信息的契约，即契约条款明确规定了参与人各种可能行为及后果，而且所有行为都是可以观察到的。一个有效的契约，是能够产生正收益的契约，即契约的执行成本是可以承受且小于履行契约的收益，如果发生违约，违约者的惩罚成本大于违约的收益。

一般而言，完备的契约在现实中是不存在的。契约的不完备性，主要有四种情况：一是立约语言的不准确、不清晰带来的契约条款的模棱两可和不清晰。二是由于无法准确预知未来，对一些事项没有事先约定。三是立约方约定的条款，执行成本超过履约收益。四是信息不对称。这四种情况，都是无法事前消除的。所以，契约的不完备性，如同信息不对称、市场不完全一样，是市场经济中的常态。

现代社会中，人是社会化生存的，对外的一切行动，都在契约之中，都受明示的或隐含的契约约束。由于契约不完备，人的本性之中的机会主义行为，就是社会经济中的常态。人的机会主义行为提高了交易成本，提高了交易达成的门槛，降低了交易效率和社会福利水平。如何尽可能地防止和避免机会主义？

首先的考虑，是制订尽可能完备的合同，尽可能地限制机会主义的空间。在信息不对称、未来不确定的客观情况下，合同的完备性，取决于合同制订者的治理能力。一般而言，越是复杂的事情，正确的解决办法，一定是简单的。简单的不一定正确，但正确的一定是简单的。正如当年朱镕基总理的"约法三章"，复杂混乱的金融局面，一下子就控制住、回归秩序了。

其次是契约参与方自我监督合同的执行。一般而言，参与方利益所在，他有积极性监督对方履约。但是，当一方参与人超过2人，就会存在"搭便车"行为。面对对方机会主义行为，理性的参与者，会计算自己出面惩罚机会主义者的收益和成本。可以预期的是，挑战对方机会主义行为，可能受到反击或报复。虽然有可能挑战成功，但制约对方机会主义行为、保证履约的收益，是所有参与者共享，而成本，却是由挑战者自己承担。如果大家都预期到这一点，就不会有人出面实施参与方自我监督。此外，机会主义者还会通过贿赂个别表现出积极意向的参与人，对参与方采取分化策略，使契约执行的自我监督形同虚设。日常生活中，我们常见大众一般不会众志成城地反抗那些明显侵害他们利益的行为，就是这个道理。

最后是引入第三方权威机构实施外部监督，比如政府、法院等。引入法院、仲裁等第三方机构，制定监督规则，监督契约各方履约，是当前主要的合同履约保障机制。但是，外部规则一定会产生租金，市场均衡价格与规则监督之下的价格之间的差额，就是租金。一般而言，第三方机构强制介入合同履行（在交易双方能够正常履约的情况下），以及租金水平高于交易参与任何一方的交易剩余，都可视为第三方权威机构无效。有时候，如果一些市场监管机构取消了，市场反而更繁荣，或者有些新兴的市场范畴，正是没有或缺乏监管的原因，发展得很好，这些都可以证明，一些第三方权威机构，的确是无效的。

引入第三方权威机构，设置规则就会产生租金，就为机会主义者寻租留下了空间。经济利益的刺激，极易形成合同参与者与规则执行者（监管者）之间的串谋，规则执行者保护机会主义者，双方共享租金。

上述都是新制度经济学家研究的结论。笔者已经有十多年没有读过相关书籍和文献，凭过去的印象罗列一二，谈些粗浅的道理，就教于方家。

如果机会主义行为得不到有效遏制，机会主义者总是能从违规中获益，其他人就会效仿，结果是契约失去约束作用，社会经济面临崩溃。常见有人说社会诚信的道德问题，说这些问题是世风日下和经济滑坡的根源。这是他们凭感觉而不是凭科学，没有抓住问题的根源。当前这么高的社会化水平、这么大的经济总量，现代市场经济运行，如果主要靠个人自律、靠诚信度、靠道德意识，基本上是隔靴搔痒，抓不住痛处。

必须建立健全制度。如果没有更多的办法事前识别、防范机会主义行为，那么就在事后严惩机会主义行为。这才是解决问题的正确方向。如果我们对侵害消费者利益的行为、对制售假药的行为、对危害环境的行为等，抓住一个，严惩一个，罚他倾家荡产，让他牢底坐穿，相信这种情况，基本上能够从根子上杜绝。否则，再大的领导批示，批示的再多，也只能是走走过场。

治理机会主义，短期靠政策，长期靠制度；权宜之计靠政策，根本措施靠制度。有些事，不是不能为。

当然，微观个体要对付交易对手的机会主义行为，主要还是靠聪明才智。现有的研究成果和思路，也有一些成熟的办法。

（本文写于 2018 年 8 月 9 日）

权力本位和金钱本位

权力本位与金钱本位只是俗称，它们分别还有文雅的说法。

权力本位可表述为官本位。只不过官是正式的权力，是国家政权所赋予的权力。众所周知，社会上还有非正式的权力（比如黑社会）。有时，非正式的权力与正式权力一样发挥作用，甚至比正式权力更起作用。

金钱本位可表述为资本本位。只不过资本只是金钱的一部分。用来组织社会生产、参与财富创造活动的金钱，才能称为资本。通常，巧取豪夺来的、用于炫耀性消费的，叫做金钱更为合适。千万别让金钱玷污了资本的好名声。

本位是指原来的位置，引申为事物的起点或根本之所在。一个社会，以什么为本位，意味着这个社会建立在什么基础之上。社会靠什么组织起来的？社会靠什么来协调运转？社会的激励结构是个什么样子？权力本位或金钱本位，回答的是这些问题。

人类社会将人们组织起来的手段，不外乎三种：一是思想控制，让人们不假思索地跟随，比如宗教、思想灌输等；二是武力胁迫，让人们畏惧，不得不跟随，如集中营、严刑酷法；三是利益诱导，用经济的手段，让人们从你所希望的行为中获利。这三者虽可同时使用，但存在以谁为主的问题。

思想控制依赖的手段是宗教信仰。武力胁迫依赖的手段是权力。利益诱导依赖的手段是金钱。所以说，人类社会先后或共存三种本位形态：信仰本位、权力本位和金钱本位。

历史地讲，按照先后次序，最早出现的应是信仰本位。在人类社会早期，来自于神的神秘力量，主宰着人类社会的活动。逐渐开化以后，神权慢慢地让渡给世俗的权力，封建主以等级和权力建构着社会，权力本位占据统治地位。再往后来，特别是工业革命以后，资本主义大行其道，金钱取代权力，成为社会的主宰力量。

如果我们承认，人类社会是不断进步向前的，就必须承认，权力本位对信仰本位的取代、金钱本位对权力本位的取代，都是社会进步的特征。

现代社会中，整个经济中使用货币所占的百分比能够衡量经济进步的状况。在金钱普遍使用的背后，是完完整整的一部文艺复兴以来从人权到一系列市场要素确立演化的现代的制度文明史。在封建社会里，人们之间的经济关系以社会等级和权力为基础，金钱使用受到严格限制而居于被支配地位。社会向现代演化的过程，正是经济的逐渐货币化从社会内部消融与解构了中世纪的封建秩序，逐渐确立现代市场社会的制度特征。

一是社会等级观念的消除与平等观念的确立。一旦取消对金钱的种种限制，那些禁锢人们思想和行为的等级观念就会很快被神通广大的金钱抹平。货币化进程使一个由拥有不同货币量的平等人所组成的平民社会取代了那种靠着血统等先天禀赋差异支撑的等级社会。这一变化从社会政治的角度讲，是人类的解放；从经济的角度讲，是效率的提升、生产力的解放。

二是平等自由的市场交易成为资源配置的首要方式。等级社会资源配置的主要方式是经济权力，谁拥有权力谁就拥有一切，比如皇帝可以没有限制地将其辖内平民甚至是官员的财产充公。如宋太祖所言："富室田连阡陌，为国守财尔！缓急盗贼发，边境扰动，兼并之财，乐于输纳，皆我之物。"直接抢过来，效率高，省得征税、发债，麻烦！计划经济实质上也是一种权力经济，权力以计划的面目出现，计划经济事实上也是以权力来配置资源。我国经济改革是从计划经济向市场经济转轨过渡的过程，在这一过程中，正是金钱在越来越多的领域取代计划权力，成为资源配置的基础性手段。诸如生产资料配置的货币化、住房货币化、后勤服务货币化等。

三是经济货币化必然带来人们的生活方式和伦理规范的变化。金钱本位的逐渐确立，使人们之间的社会关系发生了一种质的变化。这种变化表现在，人们之间存在的血缘的、信仰的、土地的关系开始松弛，它们的黏着力在下降，它溶解了传统的社会关系，而使个人从传统的关系中独立出来，越来越成为孤立的个人。比如，货币经济内含独立人格和自由民主观，倡导尊重自己同时尊重他人的伦理规范。随着市场的发展，每一个经济主体都成为一个独立的利益主体，在利益的引导下，通过货币这一工具来决策和行动。只要自己的行为是符合法律和市场规范的，各经济主体可自由地选择他自己的行动，而无须违心地遵从别的什么意志。同时，金钱的使用扩大了市场范围和人们之间的联系，密切了不同民族与文化之间的交流和相互理解、相互尊重。再如，金钱本位内含平等互利观，倡导互惠互利的行为规范，等等。

金钱本位的确立必然带来注重效率的价值取向。现实中，只要存在着不同的利益主体的需求冲突，竞争就会发生。施蒂格勒说过，竞争并不仅仅是资本主义自由竞争时代的产物，它至少与人类历史一样长久。封建等级权力本位社会里，竞争只能是权力的竞争，权力竞争的手段主要是取悦上级，以及上级的上级，直至皇帝。在计划经济时期，不同经济主体之间（包括国有企业之间）的竞争是为了多完成计划指标或争取更多的计划调配的资源，竞争的手段也是取悦上级，取得手中握有计划指标的上级的信任和赏识。只有市场经济下的竞争是为了取得更大的市场势力或更广阔的发展空间，竞争的目的是取得市场的认可，其手段必然是较低的价格和较好的商品和服务的品质。

所以说，尽管本人内心对金钱的感觉也不是那么美好，但我们有理由相信，金钱本位是比权力本位更好的一种社会形态。

金钱和权力，只是工具。金钱和权力上表现出来的善与恶，都是人为的。封建社会有大量有责任、有担当、爱民如子的好官，资本主义社会有更多对社会大众敲骨吸髓的资本家，但是比较起来，以金钱本位为主的资本主义社会（或市场经济社会），还是比以权力本位为主的封建社会，于国于民，都要好很多。所以说，当大家在谴责金钱不讲道义的时候，一定要想到，背后还有吃人不吐骨头的权力，在等着填补大家把金钱赶走后空余出来的位置。

人类社会非组织起来，不能生存。要生存，要过上好日子，就要承担组织化、秩序化的成本。特别对弱者而言，讲规则，是第一重要的。如果社会或一个组织内，没有规则，不讲规则，弱者就是被鱼肉的对象。所以说，如果明白了这个道理，弱者就应该懂得，主动自觉维护规则是多么重要。在体制面前，几乎每个人，都是弱者。

不是在金钱本位时，权力就不发生作用；也不是在权力本位时，金钱就不发生作用。一个好的社会，会尽力维护它的本位，防止另外可以竞争的因素发挥作用。比如发达的资本主义国家，毫不例外地严格限制权力的作用。再如过去封建社会，权力阶层也是竭力地限制商人的行为。

否则，像有的国家那样，一方面金钱本位大行其道，另一方面权力本位也并行不悖。社会忍受滥钱与滥权双重压力，这就是很糟糕的社会形态。

还有人会讲，既然权力本位和金钱本位都不是理想的社会形态，能否找到一个更好的社会形态？从人类社会发展到今天的经验来看，权力和金钱之外，社会组织化的手段还有一种，即信仰。当今社会，文明开化，科学发展到今天，信仰，只能是私人问题，不可能成为整个社会的驱动力量。如果狂热的宗教信仰成为主宰社会的重要力量，那就是灾难。市场经济社会就是金钱本位。

世界上，如果以民富国强为目标，还有更好的经验吗？

（本文写于 2018 年 3 月 4 日）

人类的宿命

要么有一个先天的上帝，要么人类自己制造一个上帝。这，就是人类的宿命。

近期阿尔法狗以较大优势战胜著名围棋国手柯洁，引发了人机关系的讨论，人工智能真的可以完胜人类吗？有人说，如果人类把一切可工具化的都工具化了，有创造力的人类活动，是否只剩下文学艺术了，只有文学艺术才是人类维护为人尊严的最后自留地。

作家韩少功《当机器人成立作家协会》（《读书》2017 年第 6 期）中列举了两首诗：

其一：

西窗楼角听潮声，水上征帆一点轻。

清秋暮时烟雨远，只身醉梦白云生。

其二：

西津江口月初弦，水气昏昏上接天。

清渚白沙茫不辨，只应灯火是渔船。

并说明两首诗分别来自宋代的秦观和 IBM 公司的一个玩诗的小软件"偶得"。看到后感到好玩，便将这两首诗发到朋友圈，让大家猜哪个是人写的，哪个是机器写的。大约有 20 多位好友参与，结果大吃一惊：竟有将近一半猜错。看来在文学艺术领域，也未必是人类的自留地。

《红楼梦》里有个"香菱学诗"的故事，透着诗的玄机。香菱向黛玉学诗，黛玉道："不过是起承转合，当中承转是两副对子，平声对仄声，虚的对实的，实的对虚的，若是果有了奇句，连平仄虚实不对都使得的。"香菱笑道："……如今听你一说，原来这些格调规矩竟是末事，只要词句新奇为上。"黛玉道："词句究竟还是末事，第一立意要紧。若意趣真了，连词句不用修饰，自是好的，这叫做不以词害意。"可见诗的妙处，只在意境。上面两首诗，第一首虽然工整，用词讲究，终究不知所云。第二首读着亲切，眼前不由得浮起一幅远眺傍晚江边的优美图画。显然，第二首应是秦观作品。机器写作，接近乱真，只是意思上还差着那么一层。我觉得，意境这玩意儿，不是机器不会，而是机器还没有学会。等"偶得"们学会了，高大上的诗人作家们，就该回家歇着了。

当前的人机对比很有意思。在一些人类觉得困难的事情上，机器觉得太简单了，比如微积分、金融市场策略、翻译等。对一些人类觉得"伸手就能做到"的容易事情，比如移动、直觉、情感，对电脑来说太难了。计算机科学家 Donald Knuth 说过："人工智能已经在几乎所有需要思考的领域超过了人类，但是在那些人类和其他动物不需要思考就能完成的事情上，还差得很远。"有人解释道，之所以这样，是因为机器善于处理符合逻辑有规律的事情，那些（已经进化上千万年）靠经验的人类行动，机器还没有足够的时间去学习掌握。那么，如果给机器足够的时间学习、进化，结果会怎么样？会完胜人类吗？

现实中，逻辑和数学是指导人类追求真理的捷径，或唯一的路径，科学探索都是人类用理性指向未知领域。到今天为止，人类积累下来的科学知识，都是建立在逻辑和数学的基础上。问题是，在绝对理性上，逻辑和数学可能不能代表一切。1931 年由奥地利数学家哥德尔证明的不完全性定理表明，任何无矛盾的公理体系，只要包含初等算术的陈述，则必定存在一个不可判定命题，用这组公理既不能证明又不能证伪。也就是说，绝大多数真理，都是公理化的漏网之鱼。英国哲学家罗素也提出过一个悖论：据说塞尔维亚有一位理发师，他只给所有不给自己理发的人理发，不给那些给自己理发的人理发。问：他要不要给自己理发呢？如果他给自己理发，他就属于那些给自己理发的人，因此他不能给自己理发。如果他不给自己理发，他就属于那些不给自己理发的人，因此他就应该给自己理发。看来逻辑并不是严密的，绝对可靠的，逻辑似有漏洞。既然逻辑不严密、不可靠，那么，建立在逻辑运算基础上的电脑，是否存在致命的先天漏洞？牛津大学的哲学家 Colin Lucas 正是从这一角度确信：根据哥德尔不完全性定理，机器人不可能具有人类心智。

事实上，大量的人类活动，做不到遵循逻辑和数学，或者说，有非常大比例的人类行为，并不符合逻辑，也不符合自然规律，但是，这并不妨碍人总体上依然在进化，人的智识水平不断在提升。既然人类能够在不那么符合逻辑和规律的情况下学习、试错，找到正确的途径，我想人类制造的智能机器，或许会更擅长这一些。只要留给它们足够的时间，让它们学习并掌握人类的经验知识。

我们天然地认为人是特殊的，是万物灵长，是宇宙精华之所系。事实并非如此。科学越发展，我们越会发现，自然界中，不仅人类社会的生存系统具有复杂性，各类不同的系统中也存在类似的复杂性，甚至有极大可能比人类社会更复杂。当我们在大自然面前束手无策时，有时人类不得不承认，大自然不可抗拒。这其实就是说，人类还没拥有别的物种所具有的智能和能力。比如一朵云对其所处的不同热环境发生的反应。我们常说"自然之道"，要师法自然，就是承认自然比我们高明。

尤瓦尔·赫拉利在《人类简史》中说："我们这个物种是凭借想象的能力以及讲故事的能力成为这个世界的主宰的，金钱、民族、宗教、人权等等都是虚构出来的、让自己相信的故事。"不仅这些社会化的产物，就连人类赖以生存的物质，也都是宇宙中现成的，我们只是根据自己的需要来做出选择而已。实际上，人类对比大自然中的生物，比如说生命的韧性不如小草，虽一岁一枯荣，但小草的生命可以一直延续，我们可曾见到，哪个人可以重生？再比如身体的自愈能力，人类比不上动物。奔跑能力、适应自然的能力，人类在所有物种中都不占有优势。不同的是，在大自然生态系统中，并不优秀的人类，学会了使用工具，学会了组织化、社会化，自以为是万物的主宰。或许真有一个上帝存在，导演着大自然这个巨大的系统，将人安置在生物系统领导者的地位。

科学家描绘的生命的起源，是从无机物到有机小分子，从有机小分子到有机大分子，从生物的大分子演化到原始单细胞的生命，再经过漫长自然演化到人。假设人类发现并掌握这一过程所有的知识，生命演化所需要的各种条件，相信机器能更好地掌握和运用这些知识，能更好地控制环境，更方便、更快地培育出更好的生命。所以说，如果我们相信科学，科学得不出人与机器不同的结论。如果我们不相信科学，那么，我们就要承认，人是经过长期自然演化而来的说法就是在扯淡。言外之意，就是有一个造物主在安排着这一切。

问题是超级人工智能要来了。

当前，弱人工智能无处不在，比如我们使用的手机、手表，各类自动化的机器设备等。人类已经掌握了弱人工智能，正处于通往超级人工智能的路上。在提升计算机处理速度方面，在硬件上已经能够支撑强人工智能了（比如天河二号，人脑大约每秒能够进行1亿亿次计算，天河二号每秒能进行3.4亿亿次计算），相信十年以内，就能以低廉的价格买到能够支持强人工智能的计算机硬件。在软件方面，科学家正在通过抄袭人脑、模仿生物演化来让计算机变得更智能。有人还在尝试直接把计算机变成科学家，让它们自己修改自己的代码以改进它们自己的人工智能。

超级人工智能一旦被创造出来，将是地球有史以来最强大的东西。所有生物，包括人类，都只能屈居其下。想一下，一个比我们聪明百倍、千倍甚至数亿倍的大脑，说不定能够随时随地操纵这个世界所有粒子的位置。在我们想象里，只属于全能上帝的能力，比如操控大自然，对于一个超级人工智能来说，可能就像按一下开关那么简单。一个超级人工智能出生的时候，对我们来说就是一个全能的上帝降临地球。什么时候来呢？多数科学家承认，2040~2060 年间，是一个实现超级人工智能的合理预测。

超级人工智能是一定要来临的，问题是人机的主从关系会不会改变。有人说，超级人工智能的来临，要么是人类历史上最好的事，要么是最糟的。如果人类真像当前科学宣称的是进化而来的话，机器肯定也会学到进化的经验知识，会做得更好，从而成为人类制造的后天来临的上帝，主宰这个地球和人类的命运。这种情况是最糟的。如果像 Colin Lucas 说的那样，根据哥德尔不完全性定理，机器人不可能具有人类心智。就会存在一个先天的上帝，在俯视着这一切，它不会容忍人工智能迈过它设置的"坎儿"，超级人工智能只能局限于技术应用层面，从而造福人类社会。这是历史上最好的事。

对人类而言，总是要有一个上帝，先天的或者后天的，俯瞰着人类的活动。这就是人类的宿命。相比而言，我觉得一个先天的上帝对人类会比较好。因为后天的超级人工智能，会带着它的制造者的偏执和统治欲"基因"，人类在它的统治下，将苦不堪言。或许，在超级人工智能治下，人类已不复存在。这，应当不仅仅是危言耸听。

（本文写于 2018 年 6 月 6 日）

信任和信用

交易对手值得信任，是交易成立的前提。在典型的经济框架中，诚实守信不需要研究，因为它是市场制度的基础。诚实守信一旦从隐含的市场前提走向明确的市场关系，信用关系便筑就了一种高级的市场形式——金融。由表及里，沿着金融—信用—信任线索，从社会的层面来寻找经济领域信用问题的根源，需要讨论一对关系密切的概念：信用和信任。比如，我们有时说某人讲信用，也就意味着这个人在某些方面值得信任；反过来讲，说某人值得信任，同时意味着这个人至少主观上讲信用。但二者也有明显区别。无论在伦理学、社会学还是经济学的角度，信用都是授信人和受信人之间存在的一种关系，具体而实在；而信任，则更多地体现为一种心理状态，一种对合理行为的预期，抽象而具体。信用与信任的关系是明确的，信任是基础，是信用关系发生的前提，无信任则无信用。信用则是信任的"外用"，是信任的具体表现和商业应用。

我们先探究一下信任的来源。

在一些西方文献中，信任问题同民主制度和经济发展水平联系起来。实证研究发现，民主制度下社会信任度的确较高。但是，民主与信任相关并不意味着民主导致了信任，而极有可能意味着是信任导致了民主。同样，研究发现较高的经济发展水平与较高的社会信任之间具有相关性，但这也并不意味着是较高的经济发展水平导致了较高的社会信任。为了避免倒果为因的逻辑错误，我们遵循概念间关系，用信任的父概念或同级别概念来解构信任。按此思路筛选，有关信任来源的理论主要有以下几种：

一是信任来源于文化。

如福山就认为信任来自"先天的道德共识"，是本社会共享的道德规范的产物。[①]

什托姆普卡也指出，正是文化规则在共同决定某个社会在某一确定的历史时刻的信任或不信任程度时，可能扮演一个强有力的角色。[②]

亨廷顿也认为，信任最容易从共同的价值观和文化中产生。[③]

用文化差异解释不同社会信任程度的高低是可以被接受的。Inglehart利用大规模的跨国时间序列数据证明，有些社会具有高信任度的政治文化，而另一些社会的政治文化却是以低信任度为特征的。他对几十个国家（包括中国）进行"世界价值调查"后发现，一般而言，受新教和儒家学说影响的国家比受天主教、东正教和伊斯兰教影响的国家更容易产生信任。这似乎印证了信任来源于文化。但是，在相同文化背景下，为什么还存在社会信任差异呢？看来，仅从文化层面来解读信任是不够的。

二是信任来源于制度。

制度学派认为某些制度环境比其他制度环境更有利于信任感的产生。比如，一个有效的政府对高度的社会信任感至关重要，健全的法制对维持社会信任必不可少。进一步，如果增强制度的透明度，并真实地向公民负责，人们就会增强对制度本身公正性、稳定性的信心，这种信心反过来可以增强人们彼此间的信任感。

与文化论者相同，制度论者也不能解释同一社会不同群体之间信任程

---

① [美] 弗兰西斯·福山. 信任：社会道德与繁荣的创造 [M]. 呼和浩特：远方出版社，1998：36.
② [波兰] 彼得·什托姆普卡. 信任：一种社会学理论 [M]. 北京：中华书局，2005：39-40.
③ [美] 塞缪尔·亨廷顿. 文明的冲突与世界秩序的重建 [M]. 北京：新华出版社，1999：136.

度的差异。制度论者坚持透明的制度、正式的规则可以在陌生人之间创造信任的基础，从而将信任扩大到地缘和血缘的自然圈子之外。但制度很少是中性的，从制度中得益的团体可能会产生较高的信任度，那些从制度中受益较少甚至损失的团体必然会产生较低的信任度。此外，制度与信任的影响可能是双向的，特别是在社会转型时期，较多的表现可能是社会信任影响制度绩效。

三是信任来源于理性选择。

理性选择理论认为，理性人在决定是否信任他人时必须权衡两样东西，一是潜在收益与潜在损失的比较，二是对方失信的概率。在博弈论文献中，与信任有关的研究主要包括导致博弈合作均衡的无名氏定理的证明和扩展、声誉机制的形成、合作机制的演进等几个方面。这些理论认为，信任是在重复博弈中当事人谋求长期利益最大化的手段，用他们的语言说，多次重复且无限期的游戏可能诱导人们合作（守信）。

但是，人们在处理相互关系时，理性并非是唯一主要的准则；理性选择理论假设所有的交易对手都是同质的，事实上，信任在不同阶层的人和不同类型组织中的分布，从来就是不均匀的；还有，为什么陌生人之间也会存在信任，这是理性选择理论无法解释的。

也有学者综合了上述理论，如张维迎认为，人们之所以讲信誉，是为了长远利益考虑，长远利益又是需要明晰产权来加以保证的，信任（信誉）就是建立在产权制度及其所保证的稳定预期和重复博弈基础之上的。这也是制度经济学的一个基本观点：制度协调人们的各种行动，建立起信任，并能减少人们在知识搜寻上的消耗。进一步，对预期抱有信心，正是我们定义的信任；而以过去的经验预见未来，正是信任的一种根据和形式。

这些信任来源理论都有其合理性，都可为我们讨论中国社会信任问题提供参照。

西方学者习惯把中国视为一个低信任度社会。如美国传教士 A. H. 史密斯在《中国人的性格》中，马克斯·韦伯在《儒教与道教》中，S. 戈登·雷丁在《华人资本主义精神》中，以及福山在《信任：社会道德与繁荣的创造》中，都把中国社会归为低信任度社会。

但实证研究结果却表明，中国是一个高信任度国家。由 Inglehart 主持的"世界价值研究计划" 1990 年第一次将中国包括在调查对象中，中国人相信大多数人值得信任的比例高达 60%，在被调查的 41 个国家中排列第四，高于包括美国在内的大多数西方发达国家。1993 年日本学者针对同一问题在中国进行了调查，他们的结果虽然比 Inglehart 的要低一些，但仍然高于所有非民主国家和新兴民主国家。1996 年，Inglehart 进行了新一轮的"世界价值调查"，结果与前两次大同小异，仍有超过 50%的中国人说，他们相信大多数人值得信任。

事实上，个体对信任的感受与其交际面高度相关。改革开放初期中国的情况，可能是狭窄的交际面（接近于熟人社会），使人们维持了一个较高的社会信任水平。改革开放后，市场范围扩大、人际交往范围扩大会带来信用缺失之感；但政府政策、经济发展带来的实惠，提升了人们对政府的信任以及应对未来的信心。这样，在国家经济蒸蒸日上时期，人们的社会信任感就会较高。上述实证调查正是处于这样的时期。

进一步地，中国的社会信任特征是明显的。一是纵向信任体系发达。在社会容忍限度内，中国历代政府对社会的控制力都是其他国家望尘莫及的，中国人超出人际及经验之外的交往需求，对政府的信任是唯一的选择，多年来仍牢牢萦绕在国人心头的"青天情结"就是例证。二是私人信任发达。费孝通指出，"乡土社会里从熟悉得到信任。这信任并非没有根据的，其实最可靠也没有了，因为这是规矩。……乡土社会的信用并不是对契约的重视，而是发生于对一种行为的规矩熟悉到不假思索时的可靠性。"中国社会的关系格局是这样的：亲人间的信任高于朋友间的信任，朋友间的信任高于熟人间的信任，熟人间的信任又高于对陌生人的信任。

与西方国家不同的是，自秦始皇统一中国以来，中国社会长期地维持着一个以忠孝为纲、以上下尊卑顺序为常，连续的、稳定的纵向社会结构。皇权天授，至高无上，正所谓"普天之下，莫非王土，率土之滨，莫非王臣"（《诗经·小雅·北山》）。整个社会被分为三六九等，名分、位次成为芸芸众生之间最为重要的关系特征，形成了臣下对皇帝、下级对上级的人身依附关系，整个社会都被网络在这种上下有序、长幼有别的人际关系之中。甚至到现在，"官本位"仍旧是社会上普遍的行为准则。在纵向结构中，皇权就是天，就是主宰。社会发展最终取决于君主的个人禀赋，君主贤明的，一时间就会政通人和、国泰民安；君主昏庸的，往往是朝纲颓废，社会混乱，甚至刀兵四起，国破家亡。这就是所谓的"其人存，则其政举；其人亡，则其政息"（《礼记·中庸》）。

社会信任链条也必然是纵向的。"人所以立，信、知、勇也，信不叛君，知不害民，勇不作乱"（《左传·成公十七年》），"弃君之命，不信"（《左传·宣公二年》）。可见，这种"信"更多地要求的是下对上、臣民对君主的忠诚与顺从。"上好信，则民莫敢不用情，夫如是，则四方之民襁负其子而至矣"（《论语·子路》），"君子行忠信，可以保一国"（《孟子·离娄下》），可见，帝王的"信"是一种治国之术、驭民之策。对民众而言，"信之所以为信者，道也；信而不道，何以为道"（《春秋榖梁传》），"信"是在"道"的制约下的"信"，以遵从社会等级制度为前提和要求的"信"。

社会之所以组织在一起，单靠纵向的威权是不够的。社会底层横向层面的网络结构，也是重要的维度。几千年来，中国人的社会交往和行为模式以家庭为基点，家庭按长幼有序的家庭伦理建构起来，亲情成为人们最珍贵的情感之一，血缘关系成为中国人最牢固的信任纽带。家庭成为人们社会交往的参照系，朋友关系、上下级关系、同事关系以及邻里关系都被明示的或暗示的赋予类似于某种血缘的关系，并成为人们借以相互交流、传递信息的重要纽带和基石。

在以血缘、地缘关系建立起来的社会信任结构中，社会交往更多的是建立在相互了解基础上的交往，且没有普遍的行为标准，"一定要问清楚对象是谁，和自己什么关系后，才能决定拿出什么标准来"，在处理经济问题时，人们彼此认定的都是具体的人，而不是什么抽象的原则和法律条文，抽象的原则和法律条文必须依靠人的权威（比如说官员的权威）才能起作用。结果是，在亲朋好友交往圈子内，大家都保持着较强的信任，一旦超出了这个圈子，又都表现出强烈的不信任。马克思有个比喻，他说东方民族的人民就像一个大麻袋里的土豆，一个个慈眉善目的受气样，彼此分散，没啥组织。事实也是如此，中国社会是由血缘和地缘关系扭结起来的一个个互不相干的圈子组成的，圈子内部高度信任，圈子外部的信任，唯有靠"官"来"兜着"，如果"官"这个麻袋破了，人民只能是"一盘散沙"。

中国历史上的社会结构和文化习俗，决定了中国社会信任呈现出纵向的信任体系发达和私人（小范围）信任发达的特征。但这种信任结构与市场经济体制的要求是相异的。一是市场交易的进行依赖于交易参与方自主、平等的关系，如果一个社会把人分为三六九等，可以相信，人的不平等必然是交易机会的不平等，交易的空间和范围将受到限制，进而影响分工的范围和效率，依赖于交易过程中人的互动所催生的规则难以确立，将从根本上束缚市场经济的发展。二是建立在熟人社会背景下人际间的信任关系，将严重束缚市场范围的扩展。百余年来，不乏有学者断言，中国传统社会不能自发生长出市场经济体制，不可能存在资本主义制度的萌芽。

然而，百余年来，西风东渐，也影响着中国的信任结构。

百余年前，西方列强的坚船利炮打开了中国大门，西风东渐，晚清李鸿章称之为"三千余年一大变局"。在国人救亡图存的过程中，西方市场经济及其理念的影响不容忽视。比如改革开放 40 年来，建立健全市场经济体制已经成为官方明确的方向，中国的法律结构等市场制度构件俨然与西方发达市场经济国家并无二样。但是，社会信任问题逐渐浮上水面，并有从经济层面向社会政治层面蔓延的趋势。一个可能的解释是，在社会经济转型中，中国传统文化与现代市场经济的要求不相适应性越来越突出。计划经济时代，一切经济活动都由计划来指导，对政府计划指令信任取代了一切。在改革开放初期，分工和交易都在有限的范围内进行，由地缘、血缘等特殊的纽带维持的信任，基本上可以满足经济活动的需求。况且，从解放生产力所得到的实惠，给人们带来的空前的满足感，抵消了市场范围扩大带来的交易成本增大的不便。随着市场的深化和市场范围的扩大，交易范围的扩展和交易程度的深化，人们对信任的需求必然快速增加。但是，社会还没有实现从熟人社会向匿名社会的转型，人格化交易仍旧是人们的思维定式。面对陌生的环境，难以避免的是机会主义大行其道，作为消费者，个体希望购买到一流的产品和服务，而作为生产者，又往往抵挡不住假冒伪劣的利益诱惑。市场深化甚至带来了一些极其恶劣的信任问题。

在由社会文化、市场经验提供的社会信任不足以满足快速增长的社会信任需求之时，由政府提供并强化的纵向社会信任就成为维持社会经济秩序的重要选择。强化金融控制、加强中央集权等措施就成为发展战略的首选。但是，"权力经济"是与市场经济发展方向相悖的，在"权力经济"下滋生的一些不法官员机会主义行为，又加剧了社会信任程度的下降。中国目前似乎遇到了不易求解的难题：为维持社会经济快速发展，需要政府强化对社会经济的控制来提供（纵向的）社会信任；强化纵向的社会信任必然与市场经济发展的内在要求相悖。不强化政府控制，就难以维持一个稳定的经济秩序；强化政府控制，又将与市场体制渐行渐远。有意思的是，中国改革开放以来，社会信任似乎越来越多地依靠政府提供。

问题是，我们一定要一个市场经济体制吗？如果对这个问题有非议，理论和实践，自然就会向传统体制回归。相信不少人有这样的感受。

我们回过头来，回顾一下历史上的信用活动。

中国古代信用活动长期不发达，宋代以前多以实物借贷为主。信用活动到两汉时期便渐成规模，但一直到清中后期没有实质性的变化。唐代商业发达，非汉代能比，但信用活动并不如商业发展迅速。宋代生产和商业较唐代又有显著发展，但信用活动和信用机构也没有同比例发展。元代的信用活动沿袭宋代，规模与发展却不如宋代。明代及以后，信用机构逐渐增多。中国古代信用活动有两个主要特点，贷款多为短期高息，且贷款多用于消费而非资本创造。这两个特点，从古代一直到南京国民政府时期，都没有实质性改观。

中西比较的角度，首先是古代中国利率要高于西方。汉代的利率，据王莽实行政府信用以济贫民时征收的利率（应为当时较低）为月息 3%，年息为 36%。同时期古罗马法定最高利率为一分二厘，而实际通行的是六厘。据考证，古代中国借贷利率，唐代为每月 6%～10%，宋、元、明时期为月息 3%～5%。如此高的利率，借贷用途只能是生计而非生产。

其次是信用机构发展方面，西方远比中国发达。一是货币兑换业的发展，西欧古代小国林立，跨境贸易频繁，多种货币混用于一个市场，对货币鉴定和兑换的需求很大。二是西方汇票业务一经出现，便迅速发展，成为金融机构的一大盈利来源。但古代中国就不同了。一是中国内陆市场较大且长期封闭，货币差异性小。故中国的货币兑换业，无论是在发展程度上还是其在信用发展史的重要性上，都远不如西方。二是纸币流通解决了长途贸易货币携带的问题，导致最早出现在唐代的货币汇兑业，到宋朝中后期时却销声匿迹了。纸币最早在中国出现，一个决定性的原因，就是古代中国政府的社会经济控制能力，而这种能力，恰恰是由纵向社会结构所决定的。

最后是政府在信用活动中扮演的角色。西方有"不出代议士不纳税"，而古代中国是"民不出租赋则诛"。古代西方社会（如英国）政府多向民间借款，英格兰银行就是为了方便为政府筹款而设立的，在很大程度上是政府借贷需求促进了信用行业的发达，催生了现代的金融市场和金融体制。而古代中国官方多有救济性质的官方放贷活动的记载，鲜有政府向民间借款的记录。原因是政府一可增加赋税，二可发行纸币（或铸大钱）来聚敛，三可随意查没官员富户财产。如宋太祖曾讲过："富室田连阡陌，为国守财尔。缓急盗贼窃发，边境扰动，兼并之财，乐于输纳，皆我之物。"（《历代兵制·卷八·宋》）政府只有强行征收的意识，缺少向民间借款的意识。纵向社会中，政府如此行为，商业信用无发展必要，亦无发展之途径，故中国古代信用事业长期不发达，信用机构亦不发达。

清朝后期，受外国资本侵扰，中国的信用及金融事业，呈现出纷繁复杂的一面，各类金融机构逐次登场。到中华民国南京国民政府时期，加强对金融业的统制，引入国外现代金融制度，中国的信用和金融事业才逐渐走向与世界金融体制接轨。

19世纪后半期到20世纪初，中国信用机构主要以钱庄和票号为主。一般而言，钱庄势力范围以长江以南为中心，营业范围局限于本地，存放款以一般商人为对象，注重个人信用，少发纸币，做兑换、买卖金银、交换票据以及贴现等业务；票号势力以黄河流域为大本营，兼及长江一带，票号分号遍布全国，代理国库省库，交结官吏，发行小额纸币，存款以官款为大宗，亦放款给官吏、大商人及钱庄，经营各地及各省往来汇兑业务。票号直接参与清政府财政运作，获得高额利润，对资本利润自然不屑经营；钱庄在当时经济条件下也有广泛的经济基础和发展余地（多为洋商银行买办），也没有改组为银行的必要。

后来旧式金融机构的没落和现代金融机构的兴起，背后的推手也是政府。清政府的没落直接导致票号垮台。南京国民政府时期，采用了三个主要措施改造传统的钱庄业：一是坚持以《银行法》统辖钱庄业，以法律形式确立现代银行业在中国近代金融的代表地位；二是废两改元，使钱庄掌握控制的洋厘和银拆两大行市即告消失，堵塞了钱庄玩弄"两元"和"厘拆"的生利途径；三是借金融危机，钱庄处境困难之际，国民政府财政部通过拨公债2500万元抵押贷款，以救济的名义，将钱庄处于控制之下，此后，大批钱庄自动歇业。与此同时，南京国民政府也加快了现代金融体系建设的步伐。于1928年10月6日公布了《中央银行条例》，11月在上海成立中央银行，并于1934年、1935年两次增资1亿元，提升中央银行的地位。1928年10月和11月，对当时国内最大的两家银行中国银行和交通银行进行改造。1930年成立邮政汇业储金局，1935年成立中央信托局，1935年将豫鄂皖赣四省农民银行改组为中国农民银行。"四行二局"的现代金融体系格局初步形成。

中国新式银行的兴起，主要是出于官办实业和政府财政上的需要。在资金构成上，纯粹的工商业投资很少，军阀官僚地主的投资占据相当大的比重。银行资金使用的对象也主要是政府财政。一是投机于公债，1921~1934年，全国28家重要银行投资有价证券（主要为公债）数额从5400万元上升到4.8亿元，增长率达774%。二是贷款方面，银行放款于政府机关的比例占一半以上，放款于工业的比例才10%左右。20世纪20年代末到30年代中期，由于世界经济危机影响，中国经济出现了农村金融枯竭与都市现金膨胀的现象，但在工农业衰败当中，唯有银行业独得繁荣。从1928年到1934年，全国28家主要银行纯收益从1277万元上升到3125万元，增长146%。

近代中国银行业的发展，不论是现代金融体系格局的建立，还是银行业的"繁荣"，都与政府有直接的关系，大多是政府一手操纵的结果。近代银行与政府的从属关系昭然若揭。

可见，社会信任来源与历史上信用活动表现，都能一一对应。

社会信任决定信用活动。中国社会的纵向系统特别是自上而下的强制性社会信任系统十分发达，决定着信用活动或信用机构只有在政府的支撑下才能蓬勃发展；横向的信任体系不发达，决定着私人之间的借贷，只能局限在熟人之间，由横向信任支撑的非正规金融，只是零散的，并不能形成规模。

40年的改革开放，我们成功地克隆了一个市场经济的外壳，但社会经济运转的灵魂，仍在相当程度上保持着纵向机制下的特征。中国这样的大国，历来稳定都是压倒一切的任务，但有时似乎是稳定越来越多地依赖效率，这是一个亘古未有的局面，看来社会发展似乎步入某种临界状态。金融是社会经济活动的总枢纽，感受性最为敏锐，社会经济的变迁，无不首先在金融上反映出来。当前巨额的金融资产，一方面是政府动员社会资源能力的反映，另一方面也是风险的积聚。从根本上讲，可持续性只能是建立在效率的基础上，否则就是灾难。

当前是一个困难的时刻，对内对外的要求，虽表象各异，但根子上还是社会信任结构和信用关系问题。人民币国际化推动信用活动迈出国界，基于纵向社会信任的国内金融，面对国际市场时，矛盾和不适应就会显现出来。当前经济发展已经进入消费时代，个人信用将取代政府信用成为信用活动中的主体，如何将纵向的金融体制，与横向的（数以亿计的消费者）融资需求对接，也是一个不小的挑战。换句话说，如何使一个纵向的金融安排去满足横向的金融需求，这是个难题。

从社会信任层面，寻找突破口。

一是加快政治体制改革步伐，主要是如何解开依靠权力来约束权力的死结。

二是如何做到官不与民争利。

三是开放。

四是增加社会政治的透明度，重视回应互联网上的关切。

我们只是谈到信任对信用的影响和制约。我们不否认信用也会影响到信任，比如金融危机会对社会经济产生重大影响。但是，一般来讲，市场构件反过来形塑它的母体社会时，代价都是高昂的。

(本文写于 2018 年 6 月 6 日)

产权保护的核心是保护法人财产权

公司，是人类社会最重要的经济组织，也是人类社会最重要的社会组织。公司是现代社会的基本构件，一个个自由的人，经由公司组织起来，心甘情愿地成为现代化社会这部大机器上的一个个小小的齿轮。经由公司奇妙转换，个人弱小的生产能力，组合为强大的社会产出能力，经济增长，民生改善，国家富强。几百年来，现代化和富强的奥秘，有很多是在公司这里。

18 世纪之后，西方迅速赶上东方并将东方国家远远地甩在后面，很大原因就是西方发明了公司这类经济组织。19 世纪以后，美国赶超英国成为世界第一大强国，就是因为现代化大型公司率先在美国崛起。公司，太重要了。

一个多世纪前，中国从西方引入公司制度，并于 1903 年制定了最早的公司法《钦定大清商律·公司律》，作为近代化努力的一个注脚。中华民国时期，分别于 1914 年和 1929 年公布了《公司条例》和《公司法》，1946 年又对《公司法》进行了修改。新中国成立后，从 50 年代后半期开始，公司制度从中国的历史舞台上消失了近 30 年。

改革开放以后，逐渐恢复了作为法人的公司，并于 1993 年制定了新的《公司法》。《公司法》颁布仅仅 25 年，现代公司在中国大地上的重新探索，也不到 40 年的时间。现代公司文化，还没有融入中国社会的主流文化。大多数公司徒有其表，就连理论研究和改革实践是否触及了真问题，还是有疑问的。

比如，近40年来，关于企业改革，经常提及的话题，就是产权明晰和产权保护。所谓产权明晰，暗含之义是国有产权不明晰。事实上，各级国有产权由各级国资委履行出资人职责，哪有不明晰之处？产权保护，更是语焉不详。在中国当前公司治理架构中，股东特别是控股股东，不论国有民营，现实表现都是很强势的一方，谈不上对他们的产权保护。

这个问题的由来，是前一阶段学习梳理公司的历史时，发现中国的公司，不论国有还是民营，都有一个共同的弊端，即法人人格不独立。公司的控股股东，往往通过对经营者的支配，实现其对公司法人财产权的侵害。这种现象司空见惯，以至于大家不觉得是一个问题。国有公司就不说了，很多民营公司（特别是民营金融控股公司），往往通过对公司法人财产权的侵害，破坏有限责任原则，自己获取利益，却把包袱甩给社会。

笔者觉得，当下谈现代企业制度，首先就是公司制度的完善。谈产权保护，首先是法人财产权的保护。

股东个人财产和公司法人财产是两个相互分隔的权利。

法人概念的滥觞，罗马法中有一些警句，如"凡团体所有即非个人所有"，"欠团体之物非欠个人之物，团体所欠之物非个人所欠之物"等，已经将法人与组成法人的成员分隔开来看待。

19世纪末，英国法典中明确规定法人资格原则：一是公司法人是一个独立于成员（股东）而存在的经济实体，它不因其发起人及其成员或经理的死亡而终止，具有相对的持久性；二是它可以以法人资格起诉其中的任何成员，它也可被其中任何成员起诉；三是它可以以自己的名义对出资者提供的包括动产和不动产在内的所有财产享有所有权。几乎与此同时，美国的司法实践也认为，公司法人财产是完全属于公司法人所有，而非股东所有，任何股东作为个人，无权干预公司法人对自己的法定财产行使各项法定权利。股东所有的只是股票和相应的股权。

尽管公司法人财产来源于股东出资，但是，投资者一旦出资经法定程序成立了公司，公司的法人地位即告确立，法人财产权取得了独立的形态，自然而然地与出资人的财产相分离。法人作为一个独立的民事主体，具有独立的法人财产权，这是其作为独立民事主体存在和进行民事活动的物质基础，是其享有民事权利和承担民事义务的前提条件。

有限责任制度，更是将公司法人财产权和股东个人财产权分隔开来。股东作为法人的投资者，仅以出资额度为限承担责任，承担有限责任的股东，如果对其投资的公司法人财产享有权利，显然与公正原则相悖。

公司的财产只能是法人的，不是股东或其他任何人的，任何股东个人没有权力去直接支配公司的法人财产，或对法人财产权提出要求（除非公司终止清算）。这个道理应当是公认的。但是，现实中，我们对这一法律常识，并没有清楚和正确的认识。比如，前些年提"国有资产保值增值"，国有资产如果是指国有控股公司的资产，这种说法从法律关系上讲，就不严谨。国有控股公司的资产应该是公司法人的财产，国有的只能是股权形态的资本。

在公司成立以及其运营之后，股东的股权和公司的法人财产权，实质上已经分离。但是，源于股东出资设立公司行为而相伴产生的这两种权利，又有着相对独立又彼此制衡的关系。举个不恰当的例子，股东股权相对于公司法人财产权，犹如货币相对于商品。股权是虚拟的所有权，法人财产权是具体的、实在的所有权。股权保值增值独立于公司生产经营过程之外，体现为股票市场（广义）上的资本运作。法人财产权的经营管理包括投入产出具体的实体经济活动，通过创造或提供物质产品或服务来实现保值增值。源于投资者投资行为而伴生的两类权利，彼此相互独立又相互制衡的运动规律，是人类社会组织革命性的变革。这种安排，使公司真正摆脱出资者控制，获得独立的、完整的财产权利。有了这种权利，公司的续存和生产规模不断扩大就有了保证，整个社会的生产力得到极大的解放。

投资者选择出资成立企业，将自己的财产以出资额度为限让渡给法人，目的是获取股东个人财产权的放大，也就是牟利。投资者一旦将自己的一部分资本注入公司之后，就与公司的其他资本融为一体，形成一个不可分割或分解的整体资本，投资者能够看到的就是作为整体资本而存在的公司法人资本，只能由公司法人按照公司章程占有、使用、处置和分配的法人财产权。任何一个投资者，都不再拥有相对其出资额的那部分资本原本意义上的所有权，因为那种所有权已经在产权关系转换中让渡给公司法人了。投资者拥有的所有权，就是股权。非经法人终止清算时，股东按照股份多少分割剩余财产，法人存续经营期间，股权不指向法人任何一种或任何份额的财产权利。这里的界限，是非常清晰的。

股东股权主要通过两个途径对法人财产权实施约束。一是股东通过在股东大会上用"手"投票和在股票市场上用"脚"投票，对公司法人施加股权约束，使公司行为符合股东利益；二是代表股东利益的董事会，通过控制重大战略决策权、经理任免权、监督权等方式，对经营者施加法人财产权约束，以确保公司稳定发展。

但是在我们的实践中，对公司法人财产权完整性的认识以及股东个人财产与公司法人财产之间关系的认识，并没有取得这样的共识。不论国有公司的国家股东，还是民营公司控股的民营股东，都认为公司财产就是他们自己的财产，经常以股东身份、通过控制经营层插手公司，左右公司的经营行为和发展战略，决定公司的人事安排，随意处理公司内部的利益分配关系。公司法人意识淡薄，公司俨然是控股股东的附属物。公司法人人格的独立性和有限责任制度的严肃性，被抛于脑后。

所以说，产权保护的核心是保护法人财产权。

现代企业制度一个基本的原则是产权明晰。但产权明晰，绝对不应该只是单方面强调投资者个人的股权。公司制度下的产权明晰，应该包括出资人按出资额度多少享有公司的股权，和公司作为独立法人享有股东投资形成的全部法人财产权。现实中，由于股权是明晰的且权责主体是确定的，股权一旦被侵犯，立即就会有人出来主张权利。但是，公司法人财产权虽然也是明晰的，但权责主体是不明晰的，法人财产权受到侵犯时，特别是受到控股股东的侵犯时，很少有人会站出来主张权利。这一现状，也客观上造成了法人财产权易受到侵犯。

所以说，现代企业制度强调产权明晰，主要指向应当是法人财产权明晰，重要方向是保障法人财产权不受侵犯。

法人财产权的保护，最大的障碍，是处理好国有资本与国有公司法人财产权的关系。

国有控股公司投资形成的国有产权并不缺位，缺位的是国有控股公司的资本化行为。国有产权与生俱来的一个问题是，股东所有权与行政权的重合。国有产权的行使者（国资委），既非财产的集合体，亦非人的集合体，而是受托履行行政管理职能的政府机构，政企不分，是必然的。这是国有企业先天性的问题。现实中的表现是，国有控股公司目标不稳定，企业行为不稳定，或因履行公共服务职能而不讲盈利，或借行政垄断资源在市场上巧取豪夺、赚取暴利。离真正的现代企业，还有一定的距离。

所以说，对国有公司来讲，通过建立现代公司制度，使国有出资人的所有权与法人财产权分离，使拥有法人财产权的企业能够摆脱对政府机构的依附地位，又使国家在享有国有资本投资收益的同时，解除对国有企业承担的无限责任。这样，就有可能实现在不改变企业所有制的前提下，把国有企业改造成市场竞争主体和法人实体。

国企改革从管企业到管资本转化，简单讲，就是这个逻辑。当然，这是个正确的方向。

如果能落实，将会有一个全新的局面。真正的企业家将会出现，带动整个经济社会快速发展。因为，法人财产权完整性是企业家安身立命之所在。

（本文写于 2018 年 5 月 18 日）

技术进步才是社会发展的原动力

涉猎制度研究的经济学家大多持有这样一个观点，制度重于技术。即对一个社会或组织发展来讲，制度变革的重要性大于技术创新，或制度因素比技术因素更具生产能力。记得吴敬琏曾经有一篇《制度重于技术》的文章，讲的就是这个道理。我感觉这种说法是有问题的。

因为在基础的层面上，技术可能比制度更具持久的影响力。如果一项技术被人们普遍采用熟练运用，技术本身就会成为人们日常生活行为的一部分，成为生活的工具，技术也就可以看作是习惯或文化，抑或他们扬言的制度的一部分。如同今天的互联网，不论在哪个生活空间，不论在何种社会制度下，互联网提供了一个人际交往的空间，大家可以借此交流分享经验，比较借鉴，以至于上升到制度竞争层面。当人际间的隔阂藩篱被打开之后，人与人之间、群体与群体之间、社会与社会之间，更多的是相同的关怀——吃饭、睡觉、学习、工作、喜怒哀乐、主张权利等。到那个时候，大多数人会逐渐觉醒，人都是一样的人，都会有过上好日子的诉求。对老百姓来说，过上好日子才是真切的。老百姓食不果腹，你就是说得天花乱坠，他也不信你。一切反动派（逆历史潮流者）都将被扫进历史的垃圾堆，或早或晚。

不能小瞧了技术进步在推动社会和组织变革过程中的基础性作用。举个高大上的例子。百年前中国就有人断言，世界上所有现代化的国家都是强国，中国要想走向自强，必须走现代化之路。现代化从何而来？应当是从产业革命而来。为什么这么说呢？因为产业革命催生了资本主义文明和现代社会。产业革命极大地提高了社会生产能力，进一步深化了社会分工。分工深化和产出能力的提高，对市场交换提出了更高的要求。因为生产出来的东西需要卖出去，从事专业化生产的人也需要大量购买生活所需商品。所以，市场是社会是否进步的要件。我们知道，市场的要义是契约自由，交易对手之间需要平等的社会地位。如果交易对手的社会地位不平等，必然会影响交易的效率，进而影响市场的广度、深度和弹性。交易对手之间平等地位需求，推动了社会新兴力量，推翻了封建贵族领主制，走向自由平等的现代社会。是产业革命推动了社会进步，进入到现代社会。进一步的问题是，产业革命由何而来？应当是技术进步，比如蒸汽机的发明，人类社会才会有社会化大生产的可能。以往很多经济学家声称，是金融革命推动了产业革命。我觉得这是附会。英国的金融革命，包括国债的发行和转让、英格兰银行体系的建立，以及银行券的广泛使用，为蒸汽机投入生产使用提供了物质上的便利，但人们认识到现代社会化大生产的可能，一定取决于技术进步。技术进步使人类认识到行为可能性的边界，金融革命以及制度变迁只是人类为了达到由技术进步认识到的可能边界所做的现实努力。从另一个角度讲，是钱多了没事干在那琢磨技术革新，还是发现了技术进步扩大生产规模的可能性再去募集资金使之成为现实？我想应该是后者。所以说，技术，才是原动力。是技术进步引致制度变迁，现代化由此而来。可惜的是，一些制度经济学家所做的研究以及政策建议，恰好与这一历史过程反过来。他们一般会说，要先有一个好的市场，活跃交易推动产出需求，进而推动技术革新，进而推动增长和进步。理论逻辑上没有问题，只是现实的路走起来有点难。鼓励创新，技术进步才是牛鼻子啊。

互联网的出现和迅猛发展，正在改变工业革命以来商业社会的规则。试举几例。现代经济学或者说现代资本主义逻辑的两个假设前提，正在受到互联网时代的挑战。这两个前提，一个是稀缺性，另一个是人的自私性，或者说人的物质欲望的无限性。物品的稀缺性激发了人类不断提升产出效率的欲望，分工越来越细化，市场范围越来越拓展，分工深化和大规模的社会化大生产提升的生产效率，与由此而增加的交易成本费用，使整个社会运行的神经绷得越来越紧：一方面，社会产出能力越来越强大，产能过剩逐渐成为一个突出问题；另一方面，社会潜伏的危机和脆弱性问题也越来越突出。现代商业社会的发展逻辑接近走向极致。互联网的日臻完善将改变这一切。在万物互联社会里，物品的稀缺性有望得到极大程度的改善。过去由信息、距离等导致的物质资源配置空间不平衡而产生的稀缺性，将因信息相对充分，以及物流能力的极大提升而得到改善。由生长、生产周期等时间性原因导致的稀缺性，也将会因为人们掌握大数据（充分信息）而事先反应得到较好解决。

人们超出自身所需的物质占有欲望，主要是来自感知未来不确定性而带来的不安全感。当大数据、信息相对充分使人们对未来生活有了相对稳定的预期后，当物质需求在可以预期的范围内得到保障后，人们对物的欲望无限性也将改变。就像当年伟人在日常生活中不需要钱一样，万物互联社会里的人们，得不到的恐惧会逐渐消失，人们追求的目标也将由物质财富趋势性地转移到更能实现人的自由和人生价值的方向。资本主义时代人的逐利行为，在万物互联时代将逐渐淡化。

智能化和 3D 打印引领的制造业民主化，将改变当前市场资本主义时代大规模社会化大生产的产出格局。就连能源供给，也因基于自给自足的能源互联网，打破大规模生产的模式。社会基本的财产权利制度也会受到挑战。越来越多的共享体验，使物质范畴的"你的"与"我的"之间的区别将呈现局限性，甚至有些不合时宜。一些产权保护的观念正在转变，相对于特斯拉电动车专利的开放、微软 Windows 10 免费升级和谷歌的安卓开源，华为公司过分张扬的知识产权保护（所谓"核保护伞"），以及近些年广为流行的拥有标准制定权就有话语权的说法，都是值得反思的。

展望未来，万物互联将推动建立在稀缺性和人类物质欲望无限性（自私性）基础上的现代化，发生根本性的变化。在由分布协作的点对点网络协调的万物互联世界里，开放、共享等互联网思维理念，将引领人类新生活。由技术进步推动社会经济运行交易成本的大幅下降，将引导企业规模逐渐小型化。在企业治理方面，利润最大化以及股东回报第一的传统思维，将受到"以给客户创造价值为中心"的新的企业价值观的挑战。新的社会经济组织将不断涌现，人们会越来越多地依靠使用价值和分享价值来组织经济生活，而不是像过去那样依靠交换价值。可以观察到的是，有不少人生产的产品（当前主要是文化产品），以在网络上免费共享为乐。

技术进步又到了一个新的历史关口，我们要赶上时代进步的步伐。可喜的是，在互联网应用方面，我国已经有不少走在了世界的前列。比如网络支付，再比如微信等应用。以中国人的聪明才智，本来可以做得更好。基辛格《论中国》中有一句话："现代技术的本质是普及同化，这对任何社会的独特性都是威胁，而中国社会恰恰以独一无二为标榜。"从这个角度来看，中国社会制度千余年来，尤其是在民族心理特征上，试图通过强调中华文化的独特性来保持心理上的某种优越感，还没有实质性的改变。基辛格提出的问题还可以这样表述，在技术标准化全球盛行的大环境下，一个开放的社会强调独特性，还能坚持多久？

空谈制度变迁，必然要走到迷信强权那一套。比如前些年吆喝顶层设计的，如今怎么看？与其躲在书斋里奢谈制度变迁，不如以积极姿态投入社会，看一看互联网带来的变化。近代中国二百年来的耻辱，就是由于错失现代化的机遇而导致。当前又是时间关口。只有引领而不是限制互联网以及由互联网带来的技术进步，才能不再错失民族发展的机遇。

天下兴亡，匹夫有责。

（本文写于 2017 年 9 月 29 日）

第四章

改革开放
四十年

四十年国企改革之小议

　　改革开放已经四十年了。经济领域的改革，从大的方面说分两类，一类是自下而上的改革，一类是自上而下的改革。

　　自下而上的经济改革，就是在底层，或原来计划经济的边缘或最薄弱处，人们依据生存或效率的经验指引，所做出的制度创新，得到上层的承认，并以制度化的方式固化下来，成为社会主义初级阶段经济体制的有机组成部分。比如，家庭联产承包、乡镇企业、城市个体私营经济等。家族联产承包已经成为农村基本的经济制度，乡镇企业和个体私营经济已经发展成为当前的民营经济。毫无疑问，这些改革是成功的，当前国民经济中最有效率的那部分，就是民营经济，大家看一看 2017 年各省 GDP 增长情况，再看看数据背后的经济结构，就知道了。不仅是效率，在解决就业等民生问题方面，民营经济也是主要力量。

　　自上而下的经济改革，四十年来的一条主线，就是国企改革。可以说，经济领域的改革，主要是围绕着国企改革这条主线展开的，比如说金融体制改革。当时成立证券市场时，刘鸿儒老先生给时任国家领导人讲得很清楚，大意是利用证券市场的方式，方便从社会上聚拢资金，而且没有还的约束（包袱）。如此好的制度不为社会主义所用太可惜了。成立之初的证券市场就是为国企改革服务的，当时上市是各省各行业分指标的。大家可以梳理一下银行信贷政策和信贷制度的改革，多数都是服从服务于国企改革需要的。

国企随着改革进程逐步壮大，也是不争的事实。在我国经济走出国门、走向世界的过程中，能够代表国家参与国际市场竞争的，主要还是国企。

四十年来国企改革的路线，也是清晰的，从一开始搞活国有企业，到搞好国有企业，到国有资产保值增值，再到现在做强做优、做大国有资本，四十年来的线条也是清晰的。

但是，国有企业改革受到的诟病，还是比较多的。比如说效率问题、治理问题、委托代理问题等，好像都没有得到令人满意的解决。好像许多涉及国企的问题，已经越来越讲不清楚了。过去还有产权改革优先还是市场竞争机制优先的讨论，现在连相关的讨论也越来越少了。

笔者有三个方面的认识，野人献曝，分享一下。

一是越来越觉得，国企不是一个理论问题，而是一个现实问题。所以，硬是将国有经济往价值理性上靠，会混淆其工具理性的意义。站在意识形态角度解读国有经济，效果会适得其反。马克思说过，生产体系不仅生产产品，它还生产意识形态。真知灼见。

二是国有经济的边界问题。如果反思一下：为什么会有国企？这个问题历史地看，当年管仲在齐国搞盐的专营，开了国有经济的先河。管仲相桓公，霸诸侯，一匡天下，国有经济出力不少。其后是桑弘羊搞盐铁专营，搞平准。国有经济在强国方面，的确出力不少，贡献很大。新中国成立以来，迅速建立起来的国有经济体系，在提升综合国力、经济体系现代化过程中居功至伟。这些都是不争的事实。但是，有两个问题需要问一下：其一是国有经济在历史上存在过，但都是较短时期（相对历史长河），甚至特殊时期（强敌环伺），国有经济能否作为一种常态永久存在？历史上没有先例。其二是国有经济存在以及其发挥作用的地方，就是在经济领域，是解决国家对经济资源的组织能力和控制能力的一种手段，是特殊时期对税收更有效率的一种取代。如果国企的存在，反而在经济上拖累了国家，这种国企是否还有存在的理由，这是值得思考的问题。还有一点，就是防止国企跨越经济领域到政治领域去表现，这是要命的地方。

三是整个经济体系的激励结构问题。大到整个国民经济体系，小到一个组织，如果有一个好的正向的激励机制，干好事的人能够得到好报，干坏事的人能够得到惩罚，整个体系就会向好的方向发展。如果没有这样的激励结构，这个体系就不可能搞好。这是常识。但是，国企作为一个部门的存在，从整个国民经济体系来看，是有助于完善经济体系，还是拖累了经济体系建立良好正向的激励结构？国企作为一个个体的存在，其内部的治理机制是否是清晰的、明确的，有一个正向的激励结构？

现在已经有人讲，我们是国企，不能眼睛只盯住利润。这种说法，往好的方面理解，大致意思可能是，我们是国企，要带头做市场上的守法公民，要带头履行企业的社会责任，不能不顾形象，在市场上巧取豪夺。

如果企业真的不讲利润了，后果将是灾难性的。这是令人担心的地方。

（本文写于 2018 年 2 月 4 日）

银行的基因

银行不是我大中华自产的，而是 19 世纪末漂洋过海从外面的世界过来的。就像番茄 17 世纪初来到中国一样。与番茄不同的是，番茄是民间种植的，老百姓自种自享，番茄倒也在中国这个异国他乡生机盎然，俨然就是我们自己的东西。以至于大众宣泄爱国情绪反洋货时，根本没有人想到，番茄也是地地道道的西洋种。银行这玩意儿在中国，历来是政府官方垄断，晚清时期、南京国民政府时期和当今政府，都是如此。不知道有没有人想到，家门口的银行，政府的买卖，也是学西方的。近十多年来，老百姓对银行时有不满，时不时地要抱怨一下排队呀、收费呀之类的问题。但他们无论什么时候，都没有起过像砸日本车那样的心思，想过去砸大约跟洋车同时来到中国的银行。主张反对西化的人们，肯定也没有想到，保管他们财富的银行，原本也是西方的东西。

静下心来想想，中国的老百姓从中国的银行得到的好处、方便肯定是有的，如果没有银行，生存没问题，但生活质量就很难保证了。若在经济利益上考量，算一算经济账，老百姓从银行那里，是吃亏还是占了便宜，还真是不好说。比如说"利率倒挂"，有时存款利率低于通货膨胀率，有时贷款利率低于存款利率，再比如信贷结构，70%以上的资金都贷给了国有企业等。银行好似从民间抽血输送给政府产业的管道。虽然国有经济的收益最后也落实到具体的人身上，但经由银行这类组织，原本属于大部分人的利益，经过银行这只政府有形的手，输送给了一小部分人，总觉得哪里不对劲。

若按这样的分析，应该是老百姓越来越穷，一小部分人越来越富。现实是，一小部分人越来越富是真实的，但老百姓也没有越来越穷，也是慢慢富裕起来。原因是，银行这类经济动员组织，不仅仅是利益结构调整的渠道，同时也是利益总量扩张的加速器。比如说，一个社会一年的产出是100时，占人口数量10%的甲方分配30，占人口数量90%的乙方分配70。经由一个银行参与其中且非常卖力的复杂过程，当这个社会一年产出增加到300时，甲方分配150，乙方分配150，虽然在比例上吃亏，但乙方的收入，总量上还是增加了一倍多。老百姓还是得到了实惠，获得感很强。

不过，这种发展模式不可长期、持久。制约这种发展模式的，是货币化收益的拐点。

自然规律是，爬坡的时候很慢，下坡的时候，一下子就滑下去了。

银行的基因

银行这类组织，早期主要有两个来源——金匠和货币兑换商。在金属货币流通时，这些商人的存在，是方便货币鉴定、保管、兑换和长途运输的需要。专业借贷机构的兴起，伴随着银行券的流通，债务货币进入市场，银行逐渐垄断了货币市场，成为专门机构。后来中央银行制度的兴起，以及不兑现纸币占据流通市场，银行的地位更加重要。当今社会上，经由银行业务创造的存款货币供给，占货币供应量的至少95%以上。现钞流通量，占社会货币供应量的比例不足5%。大家觉得方便的移动支付、第三方支付等，使用的都是银行货币，最终都要到银行去清算。银行的重要性可见一斑。谁掌握了银行，谁就掌握了经济命脉。这好像是哪位革命导师说的话。

不清楚西方发达市场经济国家的银行要听谁的话。中国的银行，历来是听政府的话。不论是南京国民政府时期的银行，还是新中国的银行，都是这样。因为中国的银行，都是政府出面组建的，依靠的都是政府的信用。所以，中国的银行基因，是纯种的政府基因。而像日本、德国那样的银行体制，可以看作是政府与社会杂交的结果。

1990 年，国家有关部门就安排企业职工生活下发通知，要求各银行安排"必不可少的安定团结资金"，"要千方百计把九〇年元、二月份的工资发到职工手中"，"允许贷款适当延期，并不予罚息"等。由于被救济的企业，大多是效益较差，接近或临近淘汰的企业，贷款投放进去，很快分光吃净，形成银行新的不良贷款。国家政府要求银行贷款给企业发放工资（还是"饺子贷款""馒头贷款"等各种名目），这种如今看来是不可理解的事例，在当年是常态。想来也是当初人们纯朴，把银行的钱贷给企业发工资，钱直接落入老百姓的腰包。总好于若干年后，银行的钱好像都贷给了所谓的央企，再经由它们，绕过几个环节（央企办金融），利率提高几倍，以各种金融创新的名义，流入民营企业。十多年来，老百姓办的企业，一般利润水平的，还真熬不过去。金融市场化过程中，出现了逆市场化过程的"逆淘汰"，值得反思。

中国银行业改革逻辑

从整体上考虑，回想一下 40 年来的银行制度，特别是前 20 年的银行改革与发展，大体上，事物的逻辑是这样的：

在开启由计划经济向市场经济转轨之路后，国家的财政能力首先经受考验。原来那种以工农产品价格"剪刀差"的形式，向中央财政归集资金的做法，慢慢失效了。一方面，改革面临着逐渐放开价格体系的压力，那种压低农业部门价格，提高工业部门价格，然后从工业部门拿走经济剩余的做法，慢慢失去了前提条件。另一方面，工业生产由计划集中转向市场扩散，国家管理控制的国有企业（当时叫国营企业）越来越少，加之国企改革以"减税让利"为突破口，政府财源越来越少。数据显示，从1978年改革开放以来，财政收入占GDP的比重，逐年下滑，一直到1996年开始回升。

在收入增长乏力的情况下，工业化过程中不断扩大投入的需要，以及市场化改革过程中就业、社会保障等诸多隐性问题的显性化，不断扩大财政支出具有刚性约束。

改革一开始，中央政府就面临着这样一个尴尬的局面：财政入不敷出。政府要干事，没钱怎么办？历史上尝试过的办法，一是像英国17世纪时那样，国王打仗没钱，只有向社会上借，由此催生光荣革命，并由此逐渐发展起来一个副产品——现代的金融体系。二是像中国过去的封建王朝时期，征收、罚没、抄家、吃大户，等等，理论上，生民小命都是皇上的，那些身外之物钱财难道还能是哪个人的吗？但是，现代的情况与过去不同。改革初期，国家已经开始尝试发行国库券，记得当时国库券利率比银行存款还高，但推行起来，手续繁琐，费用高昂，收效甚微。于是，银行这一制度设置，便担当起历史重任。

我国改革的初始条件中，与其他类似国家（前苏联东欧国家）不同的是，我国改革初期，经济处于一种低货币化的状态。比如，俄罗斯1990年时M2/GDP为100%，我国1978年时这一数字为25%。这一特殊国情的政策含义是，货币超额发行而无过大通货膨胀压力，从而使政府可以通过发行货币（获取货币发行收益），以弥补财政收入不足。易纲当年（1996）有个估计，1978~1992年间，我国货币发行收益约占GDP的3%。按这个口径计算，1992年的货币发行收益，占当年的财政收入的比例超过23%。现实中银行资金对财政的隐性支出，肯定远远超过这个数字。

中国银行业改革与发展历程

国家获取货币化收益的渠道是什么？当然是金融。那些年，我国金融的含义就是银行。笔者觉得，我国银行改革的指挥棒，是经济货币化进程中，货币发行收益与成本的衡量。我们借此来回顾一下中国银行业改革的历程。

在1978~1984年间，货币化收益处于递增阶段。在低经济货币化状态的改革早期，经济货币化进程，意味着国家只要印钞票，投入市场就可换取资源，还不用担心物价问题。由于银行组织自身所具备的创造信用货币、支付清算和储蓄向投资转化的功能，建立一个强大的银行体系有利于推进经济货币化的进程。为了有效地动员和配置货币化收益，国家着手建立银行体系，先后分设了四大专业银行。

1979年中国农业银行恢复成立，集中办理农村信贷。随后，中国银行从中国人民银行分离出来，中国人民建设银行（1996年更名为中国建设银行）从财政部分离出来。1984年中国工商银行从中国人民银行分设出来，集中办理城市工商业信贷业务。四大专业银行业务严格划分，分别在工商企业流动资金、农村、外汇和基本建设四大领域占据垄断地位，并使其触角深入到社会经济的方方面面。在这一阶段，四大银行的经营成果及收支由国家统揽，银行充当财政钱库和出纳的地位没有得到改变。在社会金融资源总量快速增长和国家动员金融资源的能力不断上升的过程中，国家一直控制着社会金融资源，而银行，当时称四大专业银行，主要是国家控制金融资源的工具或称抓手。

1985~1993年间是货币化收益由增到减的转折区间，也是我国批准成立主要的9家全国性、区域性股份制商业银行的时间区间，亦是社会办金融活动最活跃的时期。这些绝非巧合。

我国经济改革的渐进过程是，先不触动旧体制，在旧体制外培育新体制，体制外力量的成长一方面给整个市场带来竞争活力，另一方面为体制内改革创造条件（就业、收入分配等）。在政策环境的引导下，我国经济体制改革比较成功地经历着一个诱致性制度变迁的过程。在经济货币化收益由递增到递减的转折中，1985 年出现的 8.8% 的通货膨胀，以及 1988 年 18.5% 的通货膨胀，着实惊吓到了当时的一些马克思主义经济学家。当时经济学界的争论很是激烈，但是，再高明的理论，也超不过现实。人们终于接受，在社会主义国家，也会发生通货膨胀。国家认识到了超额货币发行的弊端，加快银行改革被提上议事日程。一是加快银行改革可望动员更多的储蓄资源，提高资金配置的效率。二是加快银行改革可以调整货币需求的结构性矛盾，从而延伸货币化收益递增的区间。三是金融资源的相对价格逐渐上升，使其日益成为一种主要的稀缺资源，各经济主体（特别是地方政府）对金融资源的争夺意识明显加强。

在以上因素的作用下，遵循渐进改革的逻辑，国家在 1985～1993 年间先后成立了 9 家股份制商业银行。1986 年 7 月 24 日，国务院批准恢复设立交通银行，总部位于上海。1987 年 4 月，由国有企业兴办的银行，招商银行在深圳成立。稍晚几天，中信集团银行部改组设立中信银行。1987 年 12 月，在深圳 6 家信用社基础上成立深圳发展银行（现平安银行）。1988 年 8 月，在福兴财务公司基础上改组成立福建兴业银行。1988 年 9 月，成立广州发展银行。1992 年 8 月，中国光大银行成立。1992 年 10 月，华夏银行宣告成立。1993 年 1 月，上海浦东发展银行正式开业。

这些银行的成立，是天时、地利、人和的结果，偶然性与必然性杂陈其中。国家给了牌照，孩子出生了，就要让他们长大成人。于是，中国银行业市场逐渐引入竞争机制，四大银行的分式逐渐淡化，银行业改革开始启动，金融资源被国家控制的状况有所松动。在这一时期，非正规的金融市场上的金融活动日益活跃，出现了社会办金融现象（当时的情况主要是各家银行的地方机构搞一些体制外的资金市场活动，印象中当时金融机构的党委关系在地方）并逐渐升温，整个国内金融市场呈现出一种活跃的但有些失控的状态。

但是，国家通过银行部门（主要是四大银行）对国有经济进行输血、补贴，使金融资源长期地、持续地、不计成本地流入到国有经济部门。1989 年时，银行贷款利率已经高于国有工业企业的资金利润率。1993 年时，国有工业企业的资金利润率已经不抵银行存款利率。但这些都没有改变四大专业银行的贷款投向。

1993 年之后，我国货币化收益明显处于递减阶段（1993 年、1994 年出现了恶性通货膨胀，物价上涨率一度超过 24%）。伴随着渐进改革的深入，社会矛盾逐渐显现。在此条件下，如果国家不弱化以征收铸币税来弥补财政支出的缺口的手段，可能因严重的通货膨胀而导致社会动荡。为了既能稳定地控制金融资源服务于改革开放大局，又能合理控制通货膨胀不致失控引发社会冲突，国家提出了"治理金融环境，整顿金融秩序"。当时朱镕基在全国金融工作会上提出"约法三章"：一是立即停止和认真清理一切违章拆借，已违章拆借的资金要限期收回；二是任何金融机构不得变相提高存贷款利率，不准用提高存款利率的办法搞"储蓄大战"，不得向贷款对象收取回扣；三是立即停止向银行自己兴办的各种经济实体注入信贷资金，银行要与自己兴办的各种经济实体彻底脱钩。逐渐取缔了社会办金融活动，使金融资源向体制内回归。社会上自发的随着经济市场化伴生的金融活动试验宣告失败。

1993 年国务院颁布的《关于金融体制改革的决定》，规划了现代化金融体制的蓝图。当时这个文件的理念是先进的，但在实践中，一开始并没有落实到位。比如，在成立了政策性银行以后，国有银行仍然无法摆脱政策性业务的负担。新设立的股份制商业银行也得不到与四大银行在市场上的平等竞争地位，国家在金融政策上明显地偏向四大银行。原因可能是，国家需要一个能够有效动员储蓄的银行制度，以掌握更多的金融资源，而垄断性金融安排具有储蓄动员的比较优势。尽管国家于 1993 年明确提出国有银行商业化改革的方向，但是，相对于为国企注资以保持社会稳定（硬的政治约束）而言，国有银行商业化处于相对不重要的地位。国家的套利行为使银行改革成了社会稳定、推动经济体制渐进改革顺利进行的工具。

1995年6月，我国召开了首次全国银行业经营管理工作会议，这个至今没有引起关注的会议，应当是中国银行业发展史上的一个里程碑。朱镕基在会上指出，我国银行业在改革中发展，已成为支持我国经济发展的主要资金渠道。主要问题是：逾期贷款比例较高，资金周转速度较慢，经营效益较低。要求各家银行把工作重点转移到加强经营管理和提高资金使用效益上来，尽快把我国各专业银行办成具有国际先进经营管理水平的商业银行。提出要贯彻好《中国人民银行法》，充分发挥人民银行在国务院领导下独立执行货币政策和对金融机构实行监督管理的作用。根据《商业银行法》，把国家专业银行改革为国有商业银行。此外，再发展一些股份制商业银行（和城市商业银行），鼓励银行业之间的竞争。提出银行业要分业经营。各个国家专业银行要与所属信托投资公司彻底脱钩。要求商业银行必须坚持实行自主经营、自担风险、自负盈亏、自我约束的经营机制。任何单位和个人不得干涉银行依法开展业务。对强令银行放款或者摊派资金的违法行为，银行要坚决加以抵制。银行要努力提高盈利水平。对银行利润计划的完成要进行认真考核，连续三年亏损的，行长要"退位让贤"。

自此以后，中国银行业改革与发展迈入了一个新的阶段。专业银行向商业银行转变，商业化，成为银行改革的主旋律。后来虽有反复，但方向没有变化。

1995年银行改革与发展的转折不是偶然的。根据统计资料，我国财政收入占GDP的比重，从1978年开始逐年下滑，到1996年触底转折开始上升。经由分税制改革，国家的财政能力开始恢复。银行，才得以慢慢地淡化了财政职能，开始了商业化之旅。

结语

金融制度，特别是央行和几大银行，在维持中国改革开放渐进稳定展开过程中的作用，居功至伟。在这个过程中，人民银行的再贷款，一直是基础货币投放的主要渠道。在人民银行的资产负债表上，再贷款占总资产的比例，从 1978 年一直到 20 世纪 90 年代中期以前，大多数年份在 3/4 以上。据此，中国市场上的货币供给，在 20 世纪 90 年代中期之前，主要的渠道是人民银行的再贷款。还有必要解释一下，再贷款，是人民银行对专业银行发放的贷款，且当年主要是信用放款，放款额度由国家政策确定。当时的货币供给机制大略是这样的，人民银行根据需要（政策需要和专业银行经营需要）向专业银行发放再贷款，专业银行根据信贷计划和信贷规模向企业发放贷款，这些贷款转化为银行存款，形成流通中的货币。

事实上，市场发展起来以后，民间的力量，以及地方政府发展经济的冲动，自然会对金融资源提出要求。所以说，改革开放前 20 年，货币的投放，也不仅仅是中央政府一家决定的。银行贷款的投向，虽以国有经济为主，但乡镇企业和沿海开放城市的经济，也是雨露均沾。当年学界讨论比较热烈的"倒逼机制"问题，就是市场力量的反映。

客观地讲，经济市场化的过程中，相对充裕的货币供给，对于发现市场机会、促成市场交易达成，有着积极的意义。缺少货币，没有办法去活跃经过"文革"洗劫早已千疮百孔的市场。因为我们的市场面对着更大的不确定性，更不完备的合同，不完善的法律和执法等，缺少中介，没有第三者，在这种情况下，货币的及时出现，面对面即时结清，很大程度上消除了人们对未来不确定性的担忧，果断抓住市场机会。所以说，改革初期人民银行以信用贷款方式向社会投放基础货币，相对充裕的货币供给，不仅仅是执行财政职能，客观上也起到了活跃市场、促进经济快速增长的作用。如果说货币银行在中国有什么奥秘的话，大概就是这些。别的什么，靠超额发行货币来解决问题，早晚都要还的。

可以说，改革开放初期，货币金融对改革的促进以及拉动经济增长的作用，是通过银行完成的。而银行，事实上就是政府的职能部门。我国的银行，出生时，就植入了政府的基因，是政府政策设计承担具体任务的政府机构。驱使银行商业化改革的背景，首先是分税制改革以后，国家财政能力的恢复以及对未来财政收入增长的良好预期。其次是货币化收益递减，货币化成本上升，国家担心银行体系出问题。决策者已经认识到，经济规律制约着摄取货币化收益这个过程不能无限期地重复下去。一个健康的银行体系的重要性，超过了银行作为财政能力支撑的重要性。后来内外形势的变化，驱动银行开始商业化改革。内在的驱动因素是经济规律，银行的钱是要还的，恶性通货膨胀既是我们不愿意看到的，也是我们承受不起的，银行必须改善经营管理。外在的因素，一是国内市场格局发生了变化，国有经济的成分在变小，其他经济的成分在增大；二是对外经济所占比例越来越大，已经不允许我们再关起门自己算自己的账了。所以说，1995 年全国银行业经营管理工作会议以后，银行开始了商业化改革之路。

（本文写于 2018 年 6 月 18 日）

聊聊当年的不良贷款

20 世纪 90 年代中期，经济货币化收益递减，国有银行体系稳健性问题浮出水面之后，国家开始推动专业银行商业化改革。当时普遍认为，银行商业化改革有两个突破口：一是取消贷款限额管理，实行资产负债管理；二是解决存量不良资产。第一个问题是管理体制和政策问题，相对较软；第二个问题却是一个历史遗留下来的需要真金白银投入的硬问题。

2000 年之前，国有银行的不良贷款，被视为机密，从未对外披露过。

当时的情况是，专业银行为国企做了 40 多年（新中国成立以来）的资金支持者，承担了改革以来国企转制的全部困难与成本，2/3 的贷款被国企长期占用无法收回，其中至少 1/5 以上的贷款为不良贷款，实际上已经损失。1995 年前后，政策性银行成立后，仍有大量隐性的政策性贷款和业务留存在各专业银行。比如工商银行，据不完全统计，当时仅国家文件正式批准的各类挂账、停息、免息、减息贷款本金，就占其贷款总额的 1/10。在三家政策性银行成立，剥离专业银行政策性业务的过程中，各专业银行的政策性业务还在新增。到 1994 年 8 月末，专业银行发放的救灾生活费和清欠贷款，不降反而大幅上升。这在一定程度上也反映出当年中央政府财政能力状况，以及四大国有银行在激进转型中的重要作用。

为推动专业银行商业化改革，中国人民银行从 1998 年 1 月 1 日开始，取消对国有商业银行的贷款限额控制，实行资产负债比例管理和风险管理。同年，财政部发行 2700 亿元特别国债，用于补充四大银行的资本金。其中，工商银行 850 亿元，农业银行 933 亿元，中国银行 425 亿元，建设银行 492 亿元。1998 年 6 月完成后，各银行资本充足率达到标准。

这些动作完成以后，不良贷款问题，成为专业银行商业化改革过程中必须啃下的一块硬骨头。

2003 年前，国有银行不良贷款率统计估算不完整，标准不统一。按照人民银行制定的《贷款通则》，依据财政部金融企业财务会计制度，贷款被划分为正常、逾期、呆滞和呆账四类，后三类合称为不良贷款，当时称为"一逾两呆"，在认定和操作上的弹性较大。直到 2002 年，人民银行要求全面推行贷款五级分类方法，贷款分为正常、关注、次级、可疑、损失五类，后三类为不良贷款。

当时，不良贷款数额相对比较准确的数字比较缺乏。统计的原因、分类标准的原因，以及认识上的原因，都使社会上对银行不良贷款数额的看法，存在较大差异。2003 年之后，对不良贷款率真实性的讨论仍在继续。比如 2003 年，标准普尔估算中国内地国有银行的不良贷款率为 40%，而同期银监会公布的不良贷款率为 24.13%。

尽管如此，大体上，四大国有银行的不良贷款率，事后还是能够整理一个反映变化脉络的数字。1990 年末，为 12%；1995 年末，为 21.4%；1999 年末，为 34%；2000 年末，为 29.18%；2006 年末，为 9.22%；2007 年末，为 6.17%；2008 年末（四大银行股份化改造的最后一家农业银行基本完成整体改制），降到 2.42%，趋于正常。

2000 年前后，有关国有银行已经技术上破产的说法不绝于耳。1994~2005 年期间，四大银行不良贷款占 GDP 的比重均超过 10%，最高的 1999 年达到 30.5%。1994~2005 年期间，四大银行不良贷款占财政收入的比重，除 2003 年外，其余各年均超过 100%。最高的 1999 年，达到当年财政收入的 2.18 倍。1999 年四大银行不良贷款数额高，不是因为那一年银行经营出了什么问题，而是 1999 年国家开始着手处置四大银行不良贷款，一些过去隐藏起来的不良贷款暴露出来而已。

国有银行自主处置不良资产，当时主要有三个手段。一是采取催收、诉讼等手段依法收贷。二是利用呆账准备金核销一部分呆账贷款本息。当时银行不能自作主张用利润冲减坏账，利润是利润，坏账是坏账，政府为了税收，获取当期收入，不允许银行自行冲减。三是通过债转股、债务重组、自主剥离转化等手段，减轻压力。

当时国有银行自主处置不良资产，效率不高，效果不明显。如果仅靠国家维持国有银行垄断地位，靠保护性利差，指望国有银行通过自身经营逐年消化不良贷款，记得当年世界银行一个报告上有测算，顺利的话，大约需要二三十年的时间。时间上是不允许的。

1999 年，国家成立华融、长城、东方和信达四家资产管理公司，收购处置从国有银行剥离的一部分不良资产。当时国家给四家资产管理公司的政策包括：

一是资产处置损失由财政兜底。

二是资产管理公司的资金来源是，资本金由财政拨付（注册资本金除东方资产由财政部拨入 60 亿元人民币、5 亿美元外，其他三家公司均为 100 亿元人民币），划拨央行给国有银行的再贷款，发行金融债券。

三是减免税费。

四是赋予四大资产管理公司一些资产处置手段。主要有：追偿债务，对所购不良贷款形成的资产进行租赁或者以其他方式转让、重组，债权转股权，资产管理范围内的公司上市推荐及债券股票承销，发行金融债券以及向金融机构借款，财务及法律咨询，资产及项目评估，向人民银行申请再贷款，以及通过吸收外资对其所拥有的资产进行重组与处置等。

此外，国家在银行不良资产处置上优化了执法环境，财政部 2001 年同意以回收现金的 1%～1.2% 作为四大资产管理公司的奖励基金，等等。

四大资产管理公司处置国有银行不良资产，大约经过了三个阶段。

第一个阶段是，1999 年成立时，国有银行的不良资产实行政策性剥离，四大资产管理公司政策性接收。资产管理公司按照不良资产的账面价值从国有银行购买接收，处置损失体现在资产管理公司账面上，最终由国家承担。四家资产管理公司累计对口从四大银行以及交通银行接收不良贷款达 14322 亿元。

由国家出面，对四大银行的不良贷款埋单，是有其合理性的。2004 年 5 月周小川在北京的一个论坛上发表演讲，第一次提到了银行不良资产的构成：30%由于各级政府的行政干预；30%是支持国企形成的；10%是行政和司法环境的原因；10%是由于国家主导的产业结构调整（当时所谓的关停并转）；20%是银行自身经营问题。根据他的分类，至少银行不良贷款 2/3 以上都可以算在政府的头上。事实上，从货币政策视角看，改革开放前 20 年，国家对银行经营的影响，一是信贷计划根据国家经济增长和物价控制目标来制订，并在实施中根据经济增长和物价控制的需要随时调整；二是根据国家产业政策导向确定信贷投向；三是银行承担社会救济职能，为特困企业发放安定团结贷款，财政行为信贷化。当时的银行，有人说是第二财政，也不是虚言。

既然银行不良贷款的形成，直接原因是政府，那么处置这些不良贷款，由国家来埋单，就是理所当然。到 2000 年底，四大银行剥离不良贷款后，不良贷款比率平均下降 10 个百分点。2000 年底，四大银行不良贷款率为 25%左右，其中呆账占 3%左右。

第二个阶段的不良资产剥离，在 2004～2005 年期间。采取的方式是国有银行政策性剥离，资产管理公司商业化接收、自负盈亏。2003 年底，在对中国银行、建设银行注资（共 450 亿美元）进行股份化改造时，核销了中国银行 1400 亿元、建设银行 569 亿元损失类贷款。随后，在 2004 年将中国银行 1498 亿元、建设银行 1289 亿元可疑类贷款以 50%的价格，剥离给信达资产管理公司。2005 年 4 月，工商银行股份制改革启动，汇金公司注资 150 亿美元。2005 年 5 月，工商银行 2460 亿元损失类不良贷款等值剥离给华融资产管理公司。2005 年 6 月又将工商银行 4590 亿元可疑类贷款按地区分为 35 个资产包，出售给四家资产管理公司。

第三个阶段是实行国有银行商业化剥离，资产管理公司商业化购买、自负盈亏。国有银行根据改制和上市需要，自主剥离不良资产，资产管理公司按照商业化原则购买，剥离损失体现在国有银行账面上，由银行自担。银行不良资产处置实现市场化。

四家资产管理公司处置不良资产的手段主要有依法清收、以物抵债、债务重组、债转股、打包出售、资产证券化、信托处置、破产清算等。

截至 2009 年，四家资产管理公司共接收、收购和受托管理不良资产达到 3.4 万亿元。在国有银行不良贷款处置过程中，起到关键作用的是前两个阶段的政策性剥离。而四家资产管理公司处置银行政策性剥离不良资产的情况，到 2000 年底时，资产回收率为 35.73%，现金回收率为 23.92%。到 2006 年 3 月，四家资产管理公司已经累计处置第一次政策性剥离的不良资产 8663.4 亿元，处置进度完成近 70%，资产回收率 24.2%，现金回收率 20.84%。基本上实现了以较小的成本处置回收资产的设立初衷。

以四家资产管理公司为主体的不良资产处置方式，与改革同步，逐渐向市场化过渡，定价方式逐步实现了按照账面价到参照市场价再到完全市场价的过渡，不良资产剥离过程中的损失，也逐渐从资产管理公司（国家）承担到银行分担再到银行承担全部损失的过渡。

银行不良贷款的处置活动，带来了一系列的积极效应。丰富了金融产品，增加了投资渠道，提供了新的交易平台，吸引国内外更多的投资者、民营资本、国外资本参与到不良资产的投资过程之中，推动了金融体系的完善和市场化金融机制的深化。

以成立四家资产管理公司为主，剥离处置国有银行巨额不良资产的改革是成功的。一是稳步消解了历史包袱，二是增强了对国有银行的市场约束，三是维护和提升了国内外各界对国有银行的信心，四是活跃了金融市场。

回想一下，本世纪初，国家着手处理国有银行的历史欠账，面对占GDP 10%以上、年度财政收入 1 倍以上的巨额不良贷款，在国内外各方均不看好的情况下，中国政府顶住压力，大胆改革创新，推动不良资产快速处置。

在当年国有银行背负沉重包袱的困难时期，中国不仅没有发生像世界上类似情况国家那样的银行系统性危机，且在解决这一问题的过程中，也没有出现明显的通货膨胀。这里面的原因和逻辑，值得进一步认识和总结。有一点可以肯定，主要发生在 1999 ~ 2006 年间，国家统一部署处置银行不良贷款，推动国有银行股份化改制，无论是从经济上还是从社会政治上看，都是一个了不起的成就。

2009 年农行改制基本完成。到 2009 年底，工商银行、中国银行和建设银行的资本充足率分别为 12.36%、11.14% 和 11.70%，不良贷款率分别为 1.54%、1.52% 和 1.50%，税前利润分别为 1672.48 亿元、1110.97 亿元和 1387.25 亿元。如果将四大银行不良贷款处置和股份化改制看作是一单生意，这也是一单漂亮的生意，不仅解决了历史包袱，而且获利丰厚。

总结当年处置银行不良资产的成功经验，一是时机把握得好。面临"入世"契机，市场范围和容量扩展在即，中国经济大发展可期，为应对"入世"后市场化金融服务的需要，果断出手，处置不良资产，推动银行商业化改造，修复国民经济运转的血液系统。二是账算得清楚，纪律执行严格，整个过程有条不紊。三是领导人决心坚定，没有动摇，整个过程中不是没有杂音，比如面对改制上市贱卖国有资产的质疑等，这些杂音没有对改革实践产生影响，没有阻碍改革步伐。

处置不良资产和银行股份化改制上市，都是在政府一手掌控下实现的。遗憾的是，我们造了一个市场化、现代化商业银行制度的外壳，却没有赋予它更多的市场化、商业化内容。在中国，政治决定经济，经济（国企）决定金融，除了改革前期地方政府干预得到实质性的纠正之外，在中央政府层面，银行还是国有银行。周小川于 2003 年提出金融生态概念，是有先见之明的。可惜的是，在整体的制度环境中，仅仅希望金融单兵突破，是不可能的。

后来，国有商业银行在市场化的路面上，在商业化的大棒指挥下，信贷资金投放逐渐出现中长期化趋势，主动地向央企、向地方政府项目靠拢（无处不在的体制的力量），结果就是国有企业杠杆率高企，形成了新的资产质量隐患。有人（谭小芬，2016）研究了 2500 多家非金融类上市企业的杠杆率，发现私营企业杠杆率中值从 2006 年的 125% 下降到 2013 年的 55%，国有企业杠杆率的中值从 2006 年的 292.43% 上升到 2013 的 349.81%。到 2015 年底，中国国有企业负债占整体非金融企业负债的比例在 70% 左右，占 GDP 的比重高达 116.8%。有人说，当前的信贷投放，国企超过 70%，这一比例甚至比 1999 年开始处置银行不良资产时的国企贷款占比都高（当时人民银行一份总结银行支持国企发展的文件中提到，国企贷款占比 58% 左右，不到 60%）。还有人质疑，国民经济中占比更高的民营经济、其他经济成分，没有银行的贷款投入，是怎么成长起来的？答案也是在明面上的，有形形色色的资金掮客，主力是各大企业集团的金融板块。一些企业集团甚至主业不挣钱，挣钱主要靠搞金融。明面上金融市场化改革如火如荼，根子上还是国家信誉在起作用，有企业依靠国家信誉支撑贩卖资金。受损害的，是国民经济的运转效率。

十多年的经济高速增长，掩盖了一些问题。当经济增长速度慢下来以后，高杠杆，就不能视而不见了。有人说，降杠杆，是金融问题，是金融部门的事，开的是严监管的药方。我倒觉得，高杠杆问题的实质，是经济结构需要大的调整，落到实处，是国企，特别是大型央企实质性改革问题。

高杠杆问题，可能比当年处置银行不良资产更难。因为它更隐蔽，牵扯的利益主体更多、更固化。对此，增量手段的空间有限了。而且，不能心太急。

（本文写于 2018 年 6 月 28 日）

不良贷款的社会损失

肉烂在锅里，是一句口头禅。

千万不要小瞧这句口头禅。因为关键时候，说不准，贵单位一些重要政策工具出台的背后，有关决策者，心中所想，可能就是这句口头禅。

《小兵张嘎》中有句经典："别看今天闹得欢，就怕以后拉清单。"小张嘎这句话，意思就是，今天我斗不过你，或者今天我没空收拾你，改天我有时间了，或者我有能力了，再和你算账不迟。若心中想到改天要算账，今天就要想办法把肉留在锅里。所以说，一般来说，如果遇到不尽如人意的但是情势所迫一定要往前走的事情，首先要确保肉烂在锅里，以供将来有条件时，好算账。

说点正事。

当年在银行工作时，有次搞调研，和一位老信贷人员喝酒聊天。他一番话语，我一直没有忘。比如说，国有银行给国有企业发放一笔贷款，最差的情况是，这笔贷款成为呆账，银行收不回来了，最后核销了。从银行来看，这笔贷款损失了。但是从整个国家来看，从整个国民经济循环来看，这笔资金似乎还在，并没有损失。他说，这笔钱，无论是国有企业消费了，还是国有企业转移给别人消费了，它还是在整个国民经济系统中循环，转化为了其他行业、其他产业、其他企业或个人的产值、收入，并继续为国家贡献税收，并没有消失。他的意思是说，国有银行形成一笔坏账，看起来国有银行损失了一笔资金，但整个国民经济却没有形成这一损失，至少是没有形成这么多损失。他说的应该有道理。

他可能不知道，大概很多人都不知道，银行的呆账损失，最后核销了的贷款，由于由这笔贷款形成的存款无法消失（因为不是企业还贷），就需要有相应的安排来平衡银行的资产负债表。除非拖着不办，以不良贷款或者其他名目一直记在银行的账上。否则，要么是用银行的利润冲抵，要么是央行发行货币（再贷款等）弥补。在如今的货币供应体制下，如果采用银行利润冲抵的方式，放贷时产生的存款的增加，最终会以减少银行所有者权益的方式，来平衡资产减值情况下的银行资产负债表。这样做的后果，就是银行经营状况的恶化。如果银行经营预算约束有弹性（例如国家信誉背书），这样做做也无妨，就是明面上不好看，与外人的生意不好做了。如果是央行发行货币弥补，直接向国有银行发放再贷款（或其他类似形式），来购买国有银行的不良贷款，平衡国有银行的资产负债表，欠债国有企业无妨，国有银行无妨。社会上只是凭空多了一些货币而已。

在国有银行制度下，银行不良贷款损失，最终会通过货币发行的渠道转嫁给全社会，带来的是通货膨胀的压力。我们老百姓，不会看到这个过程中复杂的银行资产负债表游戏，大略也感受不到些许货币超发的影响（超发太多另说）。这些问题略去不讲。

我们只想说说，银行是国家的，企业是国家的，大家同在一个锅里吃饭。国有银行的贷款损失，肉烂在了锅里，并没有消失，所有在这个锅里吃饭的人，都有份。没有在这个锅里吃饭的人，吃点亏。因为他们一样负担物价上涨的成本，却没有吃到锅里的饭。大家，特别是基层的人群，可劲儿地往体制内挤，至少他们的直觉是对的。

如是，不良贷款这档子事，并没有有的人说的那样可怕。反正肉烂在锅里，大可不用着急，早晚腾出手来收拾都行。

常识告诉我们，事情不仅仅是这样的。

一般情况下，信贷市场的垄断者（国有银行）偏好以较高的利率发放较少的信贷，以攫取垄断利润（这里的较高和较少是相对于市场均衡水平而言的）。这种情况下，国有银行可获取垄断利润，但这种垄断行为也将带来整个市场的无谓损失，即"哈伯格三角"。

但是，国有银行的行为与一般市场上的垄断者不同。因为国有银行对信贷市场的垄断是国家人为设定的垄断，国有银行必须按照政府意志，以较低的利率水平，满足国有企业刚性的信贷需求。在体制安排的激励结构下，国有银行自身的预算软约束及道德风险问题，使其有扩大信贷供给以获取好处（逢迎上好、挟财自重等）的激励。这样，国有银行超出市场均衡水平发放低于市场均衡水平利率的贷款，就成为常态。

如此行为，不仅理论上的垄断租金完全消失了，反而形成了垄断者及相关方实际的损失。直观地说，损失分为三个部分：一是利息损失，即低利率造成国有银行的利润损失；二是本金损失，即不良贷款损失；三是国民经济的效率损失（类似于哈伯格三角的无谓损失）。

前两类损失，转移给了国有经济，所谓肉烂在锅里，只是福利的转移，国家左口袋里的钱装进了右口袋。积累到一定程度，国家会以超发货币的形式埋单。关键是第三类损失，国民经济的效率损失。

国民经济的效率损失也可分为三部分：一是市场主体在争夺信贷资源博弈中所支付的成本，由于信贷资源的廉价性（国家压低利率），使得各市场主体支付交易成本以夺取信贷资源的意愿较高；二是机会成本损失，即信贷资源不能得到优化配置带来的效率损失，本来这些宝贵的资金资源，是有可能投入到更好的项目和企业中去的；三是国有银行垄断经营下X-无效率导致的损失。

这种信贷体制下，国民经济的效率损失，证明了国家控制金融产权的安排，存在着一个成本递增的机制。一方面国有银行在项目选择上，习惯于搭便车（各级政府和央企的），没有自担风险寻找市场上的好项目的激励；另一方面，（市场主体争夺信贷资源的）交易成本与（国有银行垄断经营的）X-无效率两者之间，具有互相增强的机制。问题只会越积越多，无法消除。可以预期，即使没有外来冲击，经济规律也会决定，这种金融体制模式，不能永远地存在下去。由国有银行发放不良贷款带来的国民经济的效率损失，最终将由财政埋单，使财政负担加重。理论上讲，当国家感到控制金融的成本超过收益时，就会有放松金融控制的激励，甚至有逐步从金融领域退出的激励。

仔细审视我们的金融制度，事实上就是一个没有风险分担机制、分散机制、释放机制，却有风险积累和放大机制的安排。这使得金融领域的政府角色，时不时地就面对着两难选择：控制，难堪重负；不控制，难堪其乱。

肉烂在锅里，这种农业社会的思维模式，在现代社会里已经过时了。大胆想一想，需要一个多大的锅，才能盛得下不断增多的肉。如果不想回到过去，人为减少肉的产出（饿肚子），那么，就要允许外面的到里边来，也要允许里面的到外边去。

事实上，早年的那个锅，已经不在了，尽管它还停留在一些人的观念里。现如今，中央与地方，国有与民营，中资与外资，大家你中有我，我中有你，都混杂在一起。现今世界，已经不是一个天下就可以囊括的。

有一系列的考验，在那里等着，如金融稳定、财政能力、资本不足，等等。金融改革在一些关键问题上，等待实现突破。

国有银行信贷投向问题，对国民经济造成的影响，一是不良贷款最终形成通货膨胀压力，二是国民经济效率损失最终形成财政负担。在预算软约束的环境内，财政负担，极易还原为通货膨胀压力。最终，肉有没有烂在锅里，不知道。但是，背锅的，就是大家，所有人。

早年的那个锅，已经不在了。聚九州之铁，再铸一个，也难。

（本文写于 2018 年 7 月 4 日）

地方政府的债

　　历史上，中央与地方的关系，有时类似母公司与子公司，有时类似总公司与分公司，或两种类型并存。大体上，总分公司制下，政令畅通，中央控制力强，一片升平景象。母子公司制下，有些割据的意思。两者比较，总分公司类型要好于母子公司类型。

　　大约七年前夏天的一个下午，在王府井附近一个考究的院子里，一个读书会上，听黄宗智先生讲灰色经济，主要内容是改革开放以来经济增长的故事，以及中西部某直辖市的经验模式。他讲道，改革开放 30 多年来，中国经济刚走过两个阶段。前一个阶段从 1978 年到 1993 年，大约 15 年。是以家庭联产承包制、发展乡镇企业为代表的，以解放农村生产力，以农民为主力的经济发展时期，通过激发农村的生产热情，实现了十多年的高速增长。但是，在落后技术条件没有得到实质改善的情况下，高速发展很快逼近了农村地区的生产可能性边界，出现了一些问题，在农村劳动生产率问题、乡镇企业问题、通货膨胀问题等一系列问题倒逼下，以分税制改革为界限，财政和政绩双重激励下，一个新的市场主力出现了，即地方政府。这一时期大约从 1994 年到现在，分税制及一系列改革将地方政府打造成一个超级大商人，发展经济、招商引资成为各地历届政府的主题，扩大投资成为主线。地方政府作为经济发展的主力军，推动中国经济实现了多年的高速发展。但地方政府作为经济发展的主力军，问题也积累了很多：公平问题、环境问题、稳定问题，等等。

在听黄宗智先生当时讲的这个道理以前，我看过张五常先生的《中国的经济制度》。张五常认为，地方政府之间的竞争，导致了中国经济的高速增长。各地地方政府，通过掌握出售土地以及税收优惠，以此招商引资，争抢企业在本地入驻。只要这点做得成功的地方政府，就是优胜者。中国改革开放前30年的经济发展，就是得益于这样的竞争。在他的定义里，所谓地方政府，是指中国法律认可能够行使土地所有权主体的地方政府，一般是区县一级政府。

后来，在科斯等《变革中国》一书中，也描述过这一道理。他们认为，这是理解中国特色社会主义市场经济成功的关键。

地方政府的动力

地方政府的动力，直接来自GDP竞赛、收入激励和晋升激励。雄心勃勃的地方首长，以极大的热情投入到区域竞争之中，竞相招商引资，打造形形色色的工业园区。投资和经济绩效主导了这一切，为了更好的经济表现，各地政府八仙过海，各显神通，积极尝试适合自身发展的办法。从1995年一直到2010年前后，整个中国似乎变成了一个巨大的经济实验室。优胜者被提拔到更高一级的领导位置上，从而使成功的经验在更广泛的范围内推广。就这样，中国广袤的空间优势，直接转化为经济增长的速度优势。

至少在那个高速发展的15年（1995~2010年），从制度表现来看，就是这样走过来的。中国地方政府的首长，就像一个超级大商人一样，把他们所有能够组织起来的生产要素组织起来，更好地为企业生产所用。一般情况下，市场发达国家，价格和市场信息可以引导生产要素流动到需要它们的地方去。但在中国，地方政府以更高的效率填补了市场发育的不足（主要是法律和产权界定的不完善，很多事情还需要政府说了算），从而实现了市场体制完善与经济高速增长同步进行。这一点，在世界范围内，史无前例。

要保护地方政府发展经济的积极性。因为经济就是民生，人民群众过上好日子，才是硬道理。得人心的、务实的做法，已经被证实是积极有效的做法，就是让地方政府更好地发挥其在组织生产发展经济中的作用。在司法和市场中介服务等发展不成熟的情况下，没有找到合适的替代角色之前，保护地方政府发展地方经济的积极性，至关重要。

先试着回答一个问题，地方政府是如何成为一个独立的利益主体的？为什么各级地方政府不约而同地将发展经济置于各项工作的首位？我们知道，在现有政体下，地方政府相对于中央政府，类似于一个分公司，而不是子公司。经济上应当依附于中央政府，而不是独立于中央政府，是什么原因，使地方政府成为一个经济上独立于中央政府的存在？

改革初期中国财政制度的变化

在改革初期，有三个因素推动了中国财政制度的变化。一是非国有企业（乡镇企业、联营企业和私营企业）的快速增长，改变了国有企业一统天下的局面。亏损的国有企业越来越多，造成了国家财政的沉重负担，政府不得不去寻找其他的收入来源。二是改革使地方政府的政治权力得到了增强，自然使各级地方政府在财政领域提出相应的决策权要求。三是由于地方政府更接近微观经济主体，在资源配置上具有信息优势。为了使地方政府有动力去努力提高财政收入和推动经济增长，就必须改变集中的财政制度。改革初期的实践也证实，财政权力和责任向各级地方政府的转移有助于提高经济效率，财政分权能够导致省一级的资本投资的增加从而带来经济增长，可以通过提高资源配置效率而推动经济增长。既然如此，改革就应致力于进一步巩固分权化改革的成果并使之制度化。

就这样，以"放权让利"为突破口的改革使地方政府可供支配的经济资源迅速增加，"分灶吃饭"的财政体制令地方政府支配自有财力的权限扩大。伴随着国有企业管辖权的下放，地方政府扩大了其对经济资源的支配权，得到了可自由支配的财政收入，并承担地方对财政预算的责任，极大地调动了地方政府发展地方经济的积极性。由此地方政府具备了作为利益主体的制度基础。

地方政府的财政收入，主要取决于与中央分享的财政收入比例，和与地方经济发展水平相联系的财政收入规模。财政收入分享比例确定的主动权在中央政府手中，一经确定，若干年内不变。这样，地方政府的利益就与本地区经济发展水平直接地联系在一起。地方政府行政长官的职务的升迁、权力的稳定（经济发展可以淡化很多社会矛盾）、对资源的支配能力以及灰色收入等也与本地区的经济发展水平密切相关。

现行制度框架为地方政府发展地方经济，追求地方财政收入最大化提供了多重激励，一是控制地方性经济资源以及经济决策权的激励，地方政府偏好的满足在很大程度上取决于其实际掌握的财权。二是乌纱帽激励，对地方政绩的评价与考核办法强调与其管辖地区经济发展业绩直接挂钩，并且这种业绩又主要以上了多少项目、搞了几大工程、经济增长速度多少等指标衡量。三是发展地方经济可以缓解许多社会矛盾，地方社会稳定、利益冲突等问题都可以通过大力发展地方经济得到好转。由此，地方政府成为推动经济发展的一支重要的、决定性的力量。由于地方行政长官的任期限制，"一届新的领导班子，一个新的发展思路，几大经济振兴工程"的现象比比皆是。

但是，分税制以来，中央与地方在财权与事权上的配置是不对称的。这种不对称，一方面鞭策承担了过多的事权而缺乏相应的财权保障的地方政府，努力发展经济以弥补财政能力的不足；另一方面，由于是"分公司"，地方政府也倾向于过度投资，反正成功了是政绩，失败了由中央政府兜着。拿经济学的术语来讲，地方政府的道德风险问题，没有引起足够重视。

地方政府的资金来源

接下来的问题是，地方政府发展经济需要投入，钱从哪里来？

按照常识，自我积累以外，钱的来源渠道，只能有两个：财政和金融。

1978~1994 年，国家财政收入占 GDP 的比重，从 30% 多一路下滑到 10%。在这个过程中，中央和地方政府的财政需要，往往通过银行信贷的渠道缓解。1993 年，中央强化金融纪律，改革金融体制，在很大程度上约束了地方政府直接干预银行发放贷款的行为。1994 年分税制改革，带来的一大变化是，中央和地方政府在全国财政收入结构中的变化。1994 年以前，地方财政收入占全国财政收入的比重，一直在 70% 以上；而 1994 年以后，这一比例从未超过 50%。地方政府只能依靠把经济发展的盘子做大，以获取更多的财政收入以满足履职的需要。而依靠财政积累投入发展经济，地方政府的这条路走不通，只能靠借钱投资了。

二十多年来，地方政府融入资金的主要渠道，按次序是：银行、信托类、发债。地方政府大体上有三种主要模式获取资金：一是地方政府通过土地、国有企业等资产注资成立融资平台公司，再将资产抵押取得银行、信托贷款；二是以地方财政与融资平台公司签订的基础设施建设回购协议（或形形色色的财政担保）作为政府信用背书，向银行、信托筹集资金；三是发债融资，即地方融资平台作为发行主体，发行企业债、中期票据、短期融资券、PPN 等募集资金。

一开始，银行贷款是主渠道。2009 年"4 万亿"以后，国家察觉到地方债务膨胀的压力，银监会于 2010 年连续发文，清理地方政府融资平台贷款，要求各家银行不得新增此类贷款。但是，地方政府对建设资金的渴求，并没有因为信贷渠道的收紧而降下来。各种影子银行规模快速膨胀，通过信托贷款、委托贷款等渠道，银行资金持续向地方融资平台输血。在国家严令制止的情况下，影子银行受到控制，地方政府的融资渠道又转向发债为主。这段话总结起来容易，对于不熟悉金融市场操作，却要负责筹集资金的地方政府官员来讲，如何在不断变化的政策框框下借到钱，就是一连串的血泪史啊。许多有些地方关系的资金掮客，挣的就是地方政府在金融市场上信息不对称的钱。

融资平台发债，起源于 1997 年上海浦东建设债券。2009 年中央"4万亿"要求地方配套 1.25 万亿，借这个势，2009 年融资平台债从过去的不足千亿，一跃超过 3000 亿规模。从此，发债这一渠道，也开始进入到地方政府融资者的眼里。从那以后，各地政府纷纷尝试发债融资。直到现在，随着政策变化和市场形势的变化，地方政府融资平台债，时而受追捧，如 2012 年 4 月至 2013 年 11 月，2014 年 3~11 月，平台债在市场上更受欢迎；时而受冷落，如 2013 年 12 月至 2014 年 2 月期间受影子银行监管影响，2014 年 12 月受国发 43 号文及中证登质押回购新规的影响等。受欢迎也好，受冷落也好，地方政府发债融资的热情不减，该发的债、该借的钱，是硬约束，一点儿也不马虎。

为了满足不断提高的发债标准，试图以较低的利率实现顺利发行，地方政府玩起了做大融资平台资产实力和收入能力的游戏。

为了扩大政府融资平台的资产规模以显示实力，地方政府将土地、股权、公益类资产（如高速公路等）等能产生或不能产生现金流的资产，均注入到平台公司。中央政府已经意识到，平台为了上规模，将一些未来不产生收入的资产注入平台，只会推升债务规模，增加地方债务风险。国家发改委对注入平台的资产进行了明确规定，严禁将公立医院、公立学校、公共文化设施、公园、公共广场、机关事业单位办公楼等公益性资产及储备土地使用权计入申报企业资产，阻断了平台公司通过虚假注入资产的方式增加公司的资产规模。

为了增加平台公司的收入，地方政府也是想尽办法。如有的地方政将本地区能产生现金流的资源，如政府代建项目回款、土地出让收入返还、污水处理收入、供水收入、公交运营收入、安置房出让或回购收入等注入到平台公司。更有甚者，虚构贸易以快速增加平台公司收入规模。收入扩大了，但如何保证平台公司的利润为正，也是一个不小的考验。因为公益性资产定价受限，而运营成本和财务费用高企，很难盈利。这种情况下，各种政府补贴，便成为平台公司利润表中最大的一块资金来源了。但是，各种补贴也是受限的。体现在利润表里的补贴也有约束，因为发改委有规定，补贴与收入比例不能超过 3∶7，也就是说 3 亿元的补贴，需要有 7 亿元的收入才行。没关系，可以通过贸易方式来增加收入。

如此做手脚发债，不出问题是不可能的。

地方政府资金来源的主渠道，渐次从银行贷款过渡到信托类贷款再到发债，也体现了中央对此类问题的监管要求和重视程度。与银行贷款、信托类贷款资金来源渠道相比，发债融资的规模、问题都是显性的，隐藏不住。所以，一旦地方债务有问题，中央就能立马察觉，马上应对。

地方债务置换

地方债务置换，就是在财政部甄别存量债务的基础上，以低息的 3~10 年期政府直接债务，置换高息的 3~5 年期城投债、短期银行贷款和 1~2 年期的信托。2015 年 3 月 12 日，财政部发文确认置换首批 1 万亿元地方债，置换债券由地方政府自发自还，并且必须用于当年到期的债务。截至 2017 年底全国地方政府已累计发行置换债券 10.9 万亿元。债务置换实施后，地方政府融资平台存量债务风险进一步缓释，融资成本下降。同时，通过期限的置换，合法地延长债务期限，使债务结构更加合理，在一定程度上化解了债务风险，减轻了偿还压力，也大大减轻了债务滚动压力，避免了地方政府资金链断裂，维系了化解债务与稳增长之间的平衡。

地方债务置换的实质是，中央政府给地方政府政策（背书），将地方政府融资平台债置换成显性的地方政府债，债券利率下降，债券期限拉长，地方政府发行的高收益的短期债务转化为低收益的长期债务。地方政府减轻偿债压力、降低偿债成本。接盘的银行拿这些债券做抵押，从央行获取成本更低廉的基础货币，以弥补其在债务置换过程中的损失。在这个过程中，地方政府获益，出资方银行没有损失。不过是央行借此放水，最终由全社会埋单。

地方债务置换减轻了地方政府的偿债成本，将问题往后推了推。置换没有解决地方政府的债务问题，仅仅是为解决问题争取了时间。

地方政府的债

地方政府的债，总体上是一个什么情况呢？

据统计，到2016年底，全国8700多只地方政府融资平台债余额为7.39万亿元，占人民币贷款余额的约7%。但是，2016年全年地方政府融资平台债发行2.48万亿元，占全年人民币贷款增加额的19.6%。融资平台债以公司债为主，占2/3强。中期票据和定向工具分别占18%和13%。在使用方向上，用于市政建设和基建类的占60%以上，综合类占20%，公用事业类占10%。

按照有关数据计算，到2017年8月底，全国地方政府融资平台债2018~2020年到期分别为0.9万亿元、1.2万亿元和1.4万亿元，而2016年全国财政盈余为2.36万亿元。总体上，近几年地方政府融资平台债风险可控，政府偿债能力没有问题。

但是，地方政府融资平台债的周转，已经陷入不良循环。虽可借新还旧，但总体上需要借更多的新，才能保证还旧，滚雪球似的，越滚越大，高杠杆由此形成。主要原因是，融资平台债发行主体负债率高，利润率低，投资收益不能覆盖发债成本。

2016年末，全国8700多只融资平台债发行主体平均资产负债率为

57.3%，平均资产报酬率为 1.92%。这些地方融资平台用超过 6% 的发债成本，只能产生不足 2% 的回报率，总体上是亏本生意。发的越多，亏空越大。

个别省份、个别城市的偿债压力很大。有的地方债务率超过了 300%，有的地方新发行融资平台债 90% 以上用于偿还旧债，潜在风险暴露的可能性日益加大。如果没有进一步的措施，2018 年爆发几处地方政府融资平台债务违约事件，也不是不可能。

有人研究地方政府融资平台债务率与地方基础设施投资之间的关系发现，当债务率超过一定比例后，过高的债务率反而会抑制地方的基础设施投资（大体上至少有 10% 以上的地方是这样）。在一些地方，发债的目的就是维系资金链条不断裂，发的新债都用于偿还旧债了，拿什么去投资。至于基础设施建设的初心，已经顾不上了。

已经持续 20 多年的地方政府主导经济发展模式，弊端逐渐显现。就经济论经济，算算成本收益账，也不可持续。但是，形势所迫，预计地方政府的债务，还要持续膨胀下去。举个例子，东部某市从 2010 年开始发行融资平台债，到 2017 年 8 月底，发行规模近千亿。在这 8 年间，该市换了 5 任市委书记，基本上每个现任领导任期内发债数量都要大于上届领导任期内发债数量。如 2015 年 4 月至 2017 年 3 月那任市委书记任期内，发债规模为 460.2 亿元，是上届领导任期内（2013 年 5 月至 2015 年 3 月）发债数量的 2 倍以上，且发行的新债中，1/3 以上的都是用于归还旧债。甚至某一时段发行的新债，完全就是为了偿还旧债。这种形势，若靠欠债的地方政府本身，已经沦为借新还旧的融资平台债的发行，怎么能够停下来？

但是，不用过分担心地方政府债务的偿还能力问题。因为现有体制下，地方政府是分公司，不是子公司，分公司欠的债，总公司有义务偿还。当前政体下不可能允许，也不可能存在地方政府破产问题。所以，地方政府的债，早晚会由中央政府担负起来。

不过，在正常货币量已经见顶的情况下，中央政府即使能够担负起地方政府的债务负担，也是个大包袱，难以持续。

本文只是走马观花。研究地方政府的债务问题，是理解改革开放政策变化和未来走向的一个恰当的视角。1994年以来，中央政府与地方政府的财权事权配置不合理，以及由此积累下来的地方财政缺口问题，将来可能会让中央政府加倍弥补。所以说，如果没有一个好的、均衡的、正向的激励机制，靠个人能力以及短期政策调整，长远来看都是无济于事的。

在中国历史上，政府是没有借债习惯的。不过，现在是中国特色社会主义市场经济时代。

回过头来再看地方政府的债以及当前流行的高杠杆，事实上这些是国有银行不良资产新的表现形式。包袱一直都背在中央政府身上。不少地方政府，可能压根儿就没有想过，借的债以及棚改贷款，真的要还。

再回过头来看看，那些去杠杆的举措，严监管、堵通道之类的，可能只是明知不可为而为之的应急之策。如果尺度把握不好，国企和地方政府的杠杆没有降下来，却把民营经济的来钱渠道堵住了。要知道，1999～2006年那个时候解决不良贷款，真正靠银行自己解决的，不到10%，现在也一样。

据有关资料，从2010年到现在，大约七八年时间，中国总债务从占GDP不到80%，快速增长到超过GDP的300%。这是个令人担忧的事情，且当前债务增长的趋势，要想抑制住，很有难度。

况且这些债务，大多是用房产、土地等资产抵押的债务，市场风险很大。一旦经济下行，抵押资产价格缩水，优质债务就有可能变为不良债务。所以说，当前的高杠杆，是不良资产的新的表现形式。

过去，要求经济增长保持一定的速度，是吃饭财政、就业等的需要。现如今，努力保持经济增长，又多了一个目标，经济安全的需要。

　　以经济论经济，地方政府这个经济增长的发动机，如果熄火后，可替代的、新的发动机在哪里？要知道，在中国社会经济格局中，调动经济主体的积极性，远比任何宏观调控工具都有效。因为我们面对的是一个不完善的市场。就像在一个法律和执法存在严重缺陷的地方生活，要维护公平正义，还要靠人。

　　在未来中国经济发展大局中，谁将取代地方政府担当大任？

　　地方政府的债，不可小视，也不容小视。

（本文写于 2018 年 7 月 9 日）

国企改革四十年

国企改革贯穿改革开放四十年，一直在进行。国有企业的数目、国有经济占比虽呈下降趋势，但国有企业却是越做越大。2016年底，100多家央企实现销售收入约27万亿元，占国有企业（还有近10万家各类地方国企）实现销售收入（46万亿元）的59%，占我国GDP（约74.4万亿元）的36%。进入世界500强的国有企业超过80家。当前，中国经济的问题以及优势、劣势都能从国有企业特别是央企身上找到根源。时至今日，40年过去了，改革的突破口，还是在国企。

改革前的企业时代旧照

新中国成立以后，在城市里推行以公私合营为主的社会主义改造，在农村开展人民公社运动，使复杂多元的经济成分，较快统一为全民所有和集体所有。当时人们相信，社会主义的本质特征，在经济基础方面的体现，就是生产资料公有制，基本形式是全民所有制和集体所有制。改革前的企业类型，大体上只有国营、地方国营和集体企业三种形式，几乎100%的公有制。改革前，国家已经发现公有制企业的生产积极性和生产效率问题，从1957年开始调整国有企业的隶属关系，将中央各部委管理的国有企业大部分下放到地方，结果是企业活力没有提升且带来了混乱，1960年这些下放企业重新收归中央。1970年又尝试国有企业管理权下放，且配套扩大了地方计划权力，结果造成基建、工资和商品粮销售等方面的混乱。

改革之初，经济体系中不存在真正的定价机制，价格在很大程度上由政府部门确定，既无法反映商品的稀缺程度，也无法反映商品的质量高低，这意味着企业没有动力改进产品。甚至在后来的放权让利改革过程中，鞭打快牛的现象一直存在，无法解决"好企业背负沉重包袱不能继续增长，坏企业能够持续地享受补贴而不会破产关门"的问题。企业眼里，除了国家计划之外，没有别的激励机制。企业经营更是处于一种由多重条块块编织而成的蜘蛛网似的监管结构中，聪明的企业热衷于和政府监管机构搞好关系以获取"租金"收益，而非提高生产效率或提高产品质量。工人的收入，更是与企业生产效率无关，并且企业本身没有招聘或辞退员工的自由。国有企业改革，就是在这样一个基础上开始的。

改革之初，有超过 200 万家国有和集体企业，1.1 亿职工，其中国有企业 8000 万人，集体企业超过 3000 万人。

国企改革从放权让利开始

随着改革开放大幕拉开，国企领域的改革，还是从尝试放权让利开始。不过，与过去调整隶属关系和下放管辖权不同，1978 年开始的国企改革，放权让利直接到企业层面，从扩大企业自主权开始。

试点工作最初从四川开始。1978 年底，四川省首先在 6 个地方国营企业试点，主要是在发动职工增产增收的基础上，企业可以提取一定的利润留成，职工可以得到一定的奖金。这种做法调动了职工的积极性，效果明显。1979 年即将试点扩大到四川的 100 个工业企业，当年就取得良好效果。试点企业工业总产值比上年增长 14.9%，利润增长 33%，上缴利润增长 24.2%。1979 年 7 月 13 日，国务院下达了《关于扩大国营工业企业经营管理自主权的若干规定》（简称"扩权十条"）等一系列文件，政府向企业让渡了一定的生产自主权、原料选购权、劳动用工权和产品销售权等经营权，并将扩大企业自主权试点推向全国。扩大企业自主权，实现了增产增收，国家和企业都增加了收入。初期改革试点的成功，一是改革没有涉及"姓资姓社"的问题，是在不改变产权现状的框架内进行的，阻力较小，可以被多方接受；二是政府、企业和员工都从改革中获益，调动了各方的积极性。特别是政府，虽然让了一部分利，但经济总量的增加，使政府的收入绝对量也有较大增加。但是，实践中也出现了企业突破计划约束、重复建设、多发滥发奖金的现象。

1981 年开始推行工业经济责任制。引入责任制是扩大企业自主权自然地延伸和深入，也是农村领域联产承包责任制的成功实践在工业领域的模仿，更是国家急于将企业创收的责任落实下去，因为 1980 年财政非常紧张，国家急于增加财政收入。实行经济责任制，在分配方面主要有三种做法：利润留成、盈亏包干和以税代利、自负盈亏。同时企业内部也实行责任制，将企业的责任落实到职工身上，实行全面的经济核算。推行责任制取得了较好的成效：一是企业经营管理得到全面加强，大锅饭问题得到一定程度的解决；二是企业自主权进一步扩大，统收统支的情况有较大松动，企业有了一定的财权；三是财政增收效果明显。1981 年财政赤字从上年的 127 亿元减少到 25 亿元。经济责任制在工业企业的推行，主要困难是企业内部经济责任难以落实到位，企业与国家之间经济责任与计划管理不好协调等。

1980 年国家开始尝试在 400 多个企业中进行以税代利的试点，收到较好效果。1983 年开始实行利改税。一开始实行税利并存制度，从 1983 年 6 月 1 日开征国营企业所得税，并对税后利润采取多种形式在企业和国家之间进行分配。在扩大了企业的自主权方面，利改税比经济责任制更进了一步，1984 年国营企业留存利润占比，由改革前的 5% 上升至 25%。从 1984 年 10 月 1 日开始，实行国营企业完全向国家交税，不再实行税利并存制度。

利改税是一个明显的进步，理论上有利于营造公平竞争的环境。但是，由于当时经济环境、价格体系的问题，企业不可能成为自主经营的主体，且企业之间苦乐不均、鞭打快牛问题比较突出，影响了企业的积极性和发展后劲。加之该方案出台时正好是宏观经济紧缩和整顿时期，导致国营企业出现了连续 20 多个月的利润下滑。

1984 年 10 月，党的十二届三中全会确认社会主义经济是有计划的商品经济，进一步打开了改革的空间。在企业亏损面大、财政收入下降的情况下，1987 年 5 月，国务院决定按照所有权与经营权分离的原则，在全国推行承包经营责任制。推行承包经营责任制，进一步增强了企业的活力，取得了较好的经济效益。但是，承包经营责任制天然地存在不足，比如负盈不负亏、内部人控制、企业行为短期化等。还有一个重要的问题是，在推行承包经营责任制期间，出现了企业增效、经济增长、国家财政收入却下降的状况。在推行承包经营责任制的第一年，即 1987 年，伴随国民经济的高速增长，财政收入占国内生产总值的比重从上年度的 20.8%降为 18.4%，1988 年又降到 15.8%。有人担心，承包经营责任制"有导致国企被掏空的危险"。

国企改革的早期尝试

改革初期，国有企业每次改革措施的出台，都是围绕着一条主线，即国有企业如何能挣更多的钱，上交更多的财政收入。这种实事求是的态度，是难能可贵的。但是，受当时知识储备、经验积累以及改革过程路径依赖的影响，国企改革的早期尝试，大多是权宜之计。

改革初期，国有企业从扩大企业自主权中受益，表现好于以往。但与市场上的新兴力量相比，还是相形见绌。形势发展很快，两三年前的待业青年，迅速成为收入最高的群体，家庭作坊和个体户的数量，从 1978 年的 14 万，逐年快速增长，1979 年为 31 万，1980 年为 80.6 万，1981 年为 260 万。而乡镇企业，成为 20 世纪 80 年代初发展最快的部门，到 80 年代中期，平地而起的乡镇企业，产值最高时，占到全国工业总产值的 1/4。

改革初期，既要防止蚕食国有经济，又要保护私营经济以激发市场活力，既要维护商品经济、市场竞争，又要避免其削弱计划经济，是决策者面临的困境（有时想，既要……又要……难道是套在红孩儿头上的金箍咒！）。将现实问题道德化，是中国历代的传统。所以，在中国，现实中的困境、问题往往会上升到道德和意识形态层面找答案和治理办法。在这种情况下，普通人既蠢又笨却又可自保或许能捞点好处且屡试不爽的做法，就是"左倾"激进。到 1982 年底，全国共处理了 1.6 万多件经济犯罪案，逮捕超过 3 万人。他们大多数人的罪行，不过是从个体私营企业中赚点钱而已。当时所谓的投机倒把罪，今天看来是极为可笑的。

1982 年，不少私营企业托关系找门路将自己注册成为集体或乡镇企业，他们往往需要向国营企业、集体企业或有关政府部门缴纳一定的管理费，才能在他们下面挂个名头，取得一个国营或集体企业的名分。这种做法叫戴"红帽子"。

股份制改革试点

在有计划商品经济理论指引下，1984 年开始股份制企业试点，尝试使企业成为相对独立的经济实体。到 1991 年底，大约有 3220 家股份制试点企业，其中原为集体所有制企业占 63%，原为国营企业占 22%。为了避免或尽可能地减少裁员，这些试点企业中有超过 85% 的企业为职工大量持股。但是，由于内部职工筹资能力的局限，不少试点企业的职工股份演变成为工龄折股、内部借贷买股，有的甚至化公产为私股，导致早期的股份制试点广受质疑和诟病。到 1992 年底，全国股份制试点企业增加到 3700 多家，在上海、深圳证券交易所公开上市的有 92 家。

当时试点过程中，也存在一些不易解决的问题。如有些企业资产未经评估或评估价值过低，造成国有资产流失。有的企业不按股份制规则办事，出现较多如今看来奇怪的现象，如股权债权不分，同股不同权、不同利，不开股东会，董事会形同虚设等。针对这些问题，1992 年 5 月，体改委等部门发布了《股份制企业试点办法》，对一些问题进行了规范。

市场设施制度的建立与完善

1992 年的价格改革，价格管制解除，市场上的各种价格乱象一扫而空。1994 年的税制改革，使企业摆脱财政政策的直接影响，将微观经济主体从宏观经济政策的直接束缚中解脱出来。价格改革和税制改革的成功，为单一价格体系和全国统一的市场扫清了障碍，使国营企业变成独立自主的以市场为导向的经济主体成为可能。

同时，20 世纪 80 年代在经济领域的立法工作，同样是可圈可点。如1979 年 7 月通过《中外合资经营企业法》，1981 年 12 月《经济合同法》，1982 年 8 月《商标法》，1985 年 3 月《涉外经济合同法》，1986 年 4 月《民法通则》和《外资企业法》，1988 年 4 月《全民所有制工业企业法》和《中外合作经营企业法》，1988 年 6 月《私营企业暂行条例》等。

市场法律法规的建立与完善，为进一步深入推进国企改革打下了基础。

建立现代企业制度

中共十四届三中全会通过的《关于建立社会主义市场经济体制的若干问题的决定》中，明确提出了国企建立现代企业制度的目标和步骤。随后，建立现代企业制度的试点在国企中展开，试点的主要内容是完善企业法人制度，确立企业国有资产投资主体，确立企业改建为公司形式，以及改革企业内部治理制度等。到 1996 年底，中央层面的百家试点企业改革方案均获批复并实施。改制的形式主要有四种：一是17家改为股份有限公司（11家）和有限责任公司（6家），二是69家改为国有独资公司，三是10家原行业主管部门转体改制为国有独资公司，四是2家实行资产重组。百家试点企业有84家成立了董事会。地方政府层面的2343家试点企业，有1989家改制为公司制企业，其中71.9%成立了董事会。

建立现代企业制度的目标是要通过产权结构的改革，使国企成为"产权清晰，权责明确，政企分开，管理科学"的现代企业。然而，建立现代企业制度的改革，不是在相对宽松的环境下推行的，因为当时急需解决国企的普遍亏损问题。

公有制经济的一个根本问题是，缺乏一个良好的激励机制来刺激管理者和职工的积极性。改革初期几乎所有的国企改革措施，都是围绕着这一点进行的。但是，随着改革的深入、民营经济的兴起、市场竞争的加剧，国企改革所要面对的，就不仅仅是积极性了。越来越多的国有企业，陷入亏损境地。1988年国企亏损面大概有10.9%，1989年为16%，1990年上升为27.6%，1993年超过30%，1994年9部委的联合调查组调查结果为52.2%。1997年，竟出现国企全行业净亏损的局面。政府财政中用于国有企业亏损补贴的份额，1980年占3.1%，1994年上升至9.3%。到2000年底，国企实现三年解困的财政代价，粗略估算总计近6000亿元。其中，银行呆坏账准备金1500亿元，技改贴息200亿元，实施债转股共用去4050亿元，于2000年4月1日停息，当年即减免企业利息支出195亿元。此外，银行剥离的1.4万亿元不良资产中，至少有一半是国有企业的不良贷款。为了摆脱国有企业背负的（同时也是财政背负的）亏损包袱，也使中央当时能够下决心"快刀斩乱麻"。

如果算经济账，有相当一部分国有企业，已经成为各级政府财政金融的沉重负担。不少地方政府，先于中央，积极探索国企改革的路子，如上海。上海有很多大型国企，改革初期是我国重要的工业制造业基地。上海通过成立新的政府部门，即国有资产监督管理委员会（1993 年成立，时任市委书记吴邦国任主任），统一接管所有国企，集中扮演出资人角色，为企业减少了大量的审批程序，提高了管理效率。在加强对少数极为重要的国企管理的同时，采取多种形式改革改组国企，对一些经营状态较差的中小型国企，直接清算。再如山东诸城等地的改制实践，更有冲击力。在政府已经无力继续补贴持续亏损国企的情况下，1992 年底到 1994 年中这一年半时间内，山东诸城将辖区内 288 个企业中的 272 个企业变身为股份合作制企业。在众多争议和指责中，朱镕基总理认可了山东诸城的国企改制经验并认为值得在全国推广。

1995 年，党的十四届五中全会提出国企改革"抓大放小"，要求通过存量资产流动和重组，对国有企业实施战略性改组。1999 年党的十五届四中全会通过的《中共中央关于国有企业改革和发展若干重大问题的决定》提出，国企改革要"有进有退，有所为有所不为"。明确"进"的方向是三大行业和两类企业。三大行业是涉及国家安全的行业，自然垄断的行业，提供重要公共产品和服务的行业。两类企业是支柱产业和高新技术产业中的重要骨干企业。除此之外，都在退的范围之内，国有企业退出来，为民营经济发展腾出空间。并明确要经过市场并通过收购、兼并、重组、出售、关闭、破产等多种形式来实现国有企业的"进"与"退"。

1998 年 3 月，朱镕基总理在记者招待会上说要实现国有企业三年脱困时，相信大多数人当时还抱着怀疑的态度。当"抓大放小""有进有退"大刀阔斧地展开后，人们发现，这种外科手术式的国企改革，为政府成功地卸掉了一个大包袱。从 1995 年建立现代企业制度开始，到 2002 年朱镕基总理卸任前，通过改组、联合、兼并、出售等多种形式，1995~2002 年，国有及国有控股工业企业户数从 7.76 万户减少到 4.19 万户，下降了 46%，实现利润从 838.1 亿元提高到 2209.3 亿元，上升了 163.6%。国有中小企业户数从 24.5 万户减少到 14.9 万户，下降了 39.2%。国有中小企业 1997 年盈亏相抵后净亏损额达 502 亿元, 2002 年盈亏相抵后实现利润 286.9 亿元。

国有企业逐步从政府部门的附属物变为独立的市场竞争主体, 现代企业制度基本框架初步建成。到 2002 年, 国有控股企业中一半以上实行了公司制改革, 涌现出一批具有较强竞争力的大公司和大企业集团, 2002 年中国进入世界 500 强的内地企业 11 家, 全部是国有及国有控股公司。

值得一提的是, 在"抓大放小""有进有退"过程中, 有效的"抓大"(所谓的"进"), 保证了国有企业相对较强的竞争力, 没有下降。大多数的名牌由国有企业所创造和拥有, 国有企业产品的平均质量高于其他类型企业, 大多数产业中市场占有率最高的仍然是国有企业。而"放小"(所谓的"退"), 通过一部分国有企业改革为非国有企业的方式, 腾出了市场发展空间, 活跃了市场微观主体, 壮大了社会主义市场经济。

但是, "抓大放小""有进有退"过程中争议不断, 变数众多。在 1998 年亚洲金融危机中, 日本及韩国不少大财团相继陷入困境, 影响了"抓大"战略并开始转向。国有资本从纺织、家电、食品等一百多个竞争性领域中逐渐退出, 转而在资源、能源、重化等所谓战略性部门, 进行了大规模的重组, 形成了主导和垄断的地位, 这一系列动作被称为"国退民进"。

在"放小"的过程中, 将那些经营业绩不好的地方中小型国有企业以"关停并转"的名义卖掉, 卖不出去的予以破产。此举在当时的意识形态领域引起很大争议, 保守者视之为"国有资产流失", 甚至有人写"万言书"控诉朱镕基为国有经济的"败家子"。2002 年的一份调查报告显示, 在过去的几年里, 有 25.7% 的被调查的私营企业是由国有和集体"改制"而来。特别需要说明的是, 全国大规模的"国退民进", 是在没有一个全国性的、法制化的改革方案下齐头并进的。

改制过程中, 处于弱势地位的国有企业职工权益, 受到了较大伤害。

数以千万计的产业工人，以廉价的"工龄买断"的方式，被迫离开工作岗位。变革的实现必然是以非均衡的方式，但非均衡的发展必将造成非均衡的财富分配，如果政府救济和保障跟不上，弱势群体将主要承担和付出改革的代价。1998~2002 年，有 2100 万职工下岗。

改制过程中，国有资产流失形式多样：一是在与外资企业合资或进行企业股份制改造时，国有企业故意低估国有资产价值；二是股份制改造时，把国有资产低价卖给或转包给个人，或将应收账款做成"坏账"；三是亏损企业将企业分解，把资金和较好的设备抽出另组企业，而把债务丢给原企业，造成坏账、烂账的既成事实，然后让银行承担债务损失；四是故意将部分国有资产列为账外资产，再伺机瓜分；五是利用办"三产"的机会，把国有资产无偿地划转给集体企业或让集体企业无偿占有和使用。还有一些明目张胆的贪腐行为。这些是推动改革的代价。

从 1995 年开始的"抓大放小"和"有进有退"，总体上还是达到了预期目的。到 2002 年底，现代企业制度基本成形，一批现代公司制国有企业，成为市场主体。但是，改革是不彻底的，如政企、政资没有完全分开，国有企业特别是大中型央企，还是有行政级别的市场主体。法人治理结构有形无神，企业运转多是行政机关那一套。市场退出机制没有形成，市场纪律不能真正发挥作用等。改革留下的主要隐患，是给这些企业预留了大量的机会主义空间，使他们可以游走于政府和市场之间，渔利。

完善国有资本监督管理体制

2003 年以后，国企改革主要是完善国有资本监督管理体制，建立国有资产出资人制度，成立国有资产监督管理委员会（以下简称"国资委"），代表政府履行出资人职责，对国有资产实行统一监管。此外，建立了国有资本经营预算制度，尝试对一些垄断性行业进行改革重组。

国资委成立之后，着手建立国有资产管理制度和国有企业的经营责任制度，继续推进改革、调整结构。一是将国企改制上市，竞争性国有大企业的改革方式就是成为公众公司。股份制改革深入推进，不少大中型国企，成为公众企业、上市主体。二是完善国有企业的董事会，确立一把手负责制，解决团队决策问题。三是优化资源配置，从企业功能完整性的角度加强大集团建设等。

2013 年党的十八届三中全会通过的《关于全面深化改革若干重大问题的决定》提出，从以管企业为主到以管资本为主转变。2015 年 8 月《中共中央国务院关于深化国有企业改革的指导意见》指出，"以管资本为主推进国有资产监管机构职能转变"。十多年前成立国资委，解决了多年来国资监管"九龙治水"的问题，但没有解决政企分开问题。向管资本转变后，国资委只当老板，不再是婆婆，理论上国资委不再是国有企业事事都要向其请示的顶头上司。此外，组建或改组资本运营公司和投资公司，作为国有资本市场化运作的专业平台。

国企改革的过程中，国有企业数量越来越少，但国有企业体量越做越大。很多央企，成为各自市场领域内的"巨无霸"。这是当年"有进有退"战略结出的硕果。但是，有一个重要的但是没有引起关注的细节，十五届四中全会通过的《中共中央关于国有企业改革和发展若干重大问题的决定》中确定的，国企"进"的方向是"自然垄断的行业"，后来实际操作中的真实情况是，央企"进"的是"重要基础设施和重要矿产资源"。国有企业，实际上和自然人一样，总是想吃好吃的、有油水的。它们和自然人不一样的是，它们只顾吃，其他的再说。具有政策优势、行政资源和市场垄断地位的中央企业发展很快。2002~2012 年，中央企业的营业收入从 3.36 万亿元增加到 22.5 万亿元，平均每年增长 22.9%；净利润从 1622 亿元增加到 9247 亿元，平均每年增长 19%；上交税金从 2927 亿元增加到 1.9 万亿元，平均每年增长 20.6%，远高于同期经济增速。人们陶醉于央企创造的经济成就时，忘记了这其中暗藏的问题和危机。当前的高杠杆，只是冰山露出的一个小尖角。

国企与民企的不同之处

已经成为现代企业的国企，特别是成为行业巨无霸的央企，与过去全民所有制的国营企业，事实上已经有着本质的差别。这种差别是正常的，因为国企改革，让它们走上市场，自负盈亏，是合乎改革的逻辑、市场经济的逻辑和事物发展的逻辑的。但不合逻辑却在意识形态和人们观念中，很多人还将这些央企看作是改革之前政企未分开之时的国营企业，认为它们是国家利益的代表，甚至认为是上层建筑的经济基础。所谓基础，应当是大多数，那些贡献更多 GDP、更多就业岗位、更多税收的民营经济，才是真正的、坚实的经济基础。

国有企业特别是大型国有企业，已经发展成为一个个独立的利益主体，成为特殊的利益集团。比如，改革前的国有企业，资本百分之百国有，而当前股份化改造后的国企，有的还有外资股东。改革前，或者说政企分离前，国有企业的主体是政府（代替政府行使职能），而现在的央企，主体是企业法人，都有自主经营权和自主分配权，有的强大到足以和部委抗衡。

央企是央企，政府是政府，央企的利益独立于政府之外，或者说央企有独立于政府之外的利益，它们代表不了国家利益，更代表不了人民的利益。在实践中或者宣传中，将央企利益不加区别地等同于政府利益、国家利益，是错误的。

事实也是这样。大央企已经发展成为独立的、特殊的利益主体，有些凭借国企身份，从政府获取优势资源的垄断特权、金融资源配置优先权，独立经营，自主分配，却不承担相应责任，一手拿着国有企业的特权，一手把控着市场经济的利益，借口国际惯例和中国特色谋求利益集团的私利。它们已经形成强大的市场势力和政治势力，利用廉价的信贷资源和行政力量，挤压市场机制成长的空间。个别央企，吃相太难看。比如电信企业在发展过程中以及现在存在的，以直接从老百姓腰包里往外掏钱的方式获取垄断利润的行为，如电话初装费、月租费、手机双向收费、宽带服务费、长途费、漫游费，以及五花八门的套餐等，世上罕见。这些企业，种种侵害中国老百姓利益的行为，事实上是在为国家政府抹黑，有何颜面代表国家利益。

还有一些论调，总以为与民营企业相比，国有企业能更好地为社会服务。这种论点也是站不住脚的。某些垄断企业的表现，已经证伪了国有企业能够更好地为公众服务并保证共同富裕的论调。还有一些做法，比如市场上一些需要特许牌照的公司，设立时政府监管部门一般会要求国有企业做控股股东，这实际上是相关部门懒政。没有证据证明，国有企业一定会比民营企业更守规矩、有更高的风险管理能力。可能在他们潜意识里的想法是，一旦有问题，国有企业做控股股东，政府会埋单。从这个角度，相关做法实质上是政府部门之间踢皮球，伤害的却是民营经济、市场经济。这种对民营经济的歧视较为普遍。

不仅如此，国际上的经验告诉我们，应当警惕起来，当市场上一些巨无霸凌驾于法律和市场纪律之上时，将危及整个社会经济与政治基础。这些巨无霸，不仅是迅速成长畸形发展的那些民营集团，更应是央企巨无霸。

国企改革过程中遇到的问题

国有企业改革 40 年，尤其是前 30 年，特别是 1995～2002 年那几年，太不容易了。中外历史上少有。回首 40 年来国企改革的路线，思路是清晰的。从一开始放权，搞活国有企业，到搞好国有企业，到国有资产保值增值，再到现在做强做优做大国有资本。国企随着改革进程逐步壮大，在我国经济走出国门、走向世界的过程中，参与国际市场竞争的，主要还是国企。

但是，可以看到的，国企本身积累的问题，至少和取得的成绩一样多。比如高杠杆、效率问题、治理问题、委托代理问题，还有一些问题，恐怕不仅局限在经济领域。改来改去，到目前，好似许多涉及国企的问题，已经越来越讲不清楚了。过去还有产权改革优先还是市场竞争机制优先的讨论，现在连相关的讨论也越来越少了。

笔者梳理材料过程中思考过几个问题，借机讨论一下，求教于专家。

第一个问题是，国有经济的边界问题。反思一下，为什么会有国企？这个问题历史地看，当年管仲在齐国搞盐的专营、官家开妓院，开了国有经济的先河。管仲相桓公，霸诸侯，一匡天下，国有经济出力不少。其后是桑弘羊搞盐铁专营，搞平准，助汉武帝成就丰功伟业。历史地看，国有经济在强国方面，的确出力不少，贡献很大。新中国成立以来，迅速建立起来的国有经济体系，在提升综合国力与经济体系现代化过程中居功至伟。这些都是不争的事实。但是，有两个问题需要问一下。一是国有经济在历史存在过，但都是较短时期（相对历史长河），甚至特殊时期（强敌环伺），国有经济能否作为一种常态大规模永久存在？国内外历史上没有先例。二是国有经济存在以及其发挥作用的地方，就是在经济领域，是解决国家对经济资源的组织能力和控制能力的一种手段，是对市场机制的一种补充，更是特殊时期对税收更有效率的一种取代。历史上发展国有经济，目的是"民不加赋而国用足"。如果国企的存在，反而在经济上拖累了国家，这种国企是否还有存在的理由？这是值得思考的。

第二个问题是，现代公司制的国有企业，已经不是过去全民所有制国营企业，不是政府部门，这是非常清楚的。国有企业有其特殊性，它们只是特殊的企业，服务于政府经济目的或者财政目的的企业。国有企业也没有特殊性，相对于一般工商企业来讲，它们应当是平等的市场主体。站在意识形态角度解读国有经济，总是强调把国有企业问题上升到意识形态领域，在实践中恐怕要自我束缚手脚，反而坏事。国企问题不是理论问题，而是现实问题。将国有企业经营好，多交税，多服务百姓，才是正途。上帝的归上帝，恺撒的归恺撒。硬是将国有经济往价值理性上靠，会混淆其工具理性的意义。如果国企养成跨越经济领域争相到政治领域去表现的习惯，这些企业早晚会成为要命的问题，因为事情明摆在那里，责任和权力、成本和收益太不对称了。事情不仅要想到顺的一面、好的一面，还要想到逆的一面、不好的一面。这是需要警惕的地方。况且，央企已经成为了一个特殊的利益集团，是可以和国家部委抗衡的势力。

第三个问题是，整个经济体系的激励结构问题。大到整个国民经济体系，小到一个组织，如果有一个好的正向的激励机制，干好事的人能够得到好报，干坏事的人能够得到惩罚，整个体系就会向好的方向发展。如果没有这样的激励结构，这个体系就不可能搞好。这是常识。但是，国企作为一个部门的存在，从整个国民经济体系来看，是有助于完善经济体系，还是拖累了经济体系建立良好正向的激励结构（市场机制）？国企作为一个个体的存在，其内部的治理机制是否是清晰的、明确的，有一个正向的激励结构？现在已经有人讲，我们是国企，不能眼睛只盯住利润。凡是不想盈利的企业和商业机构，都是在耍流氓。如果企业真的不讲利润了，后果将是混乱的、灾难性的。这是令人担心的地方。

若以善的名义，行恶的事实，早晚会露馅的。大多数时候，平庸，才是正常的生活状态。企业，首先也是最重要的，是要成为一个企业，挣钱的机构。而政府，提供的是公平，建立的是秩序。

向管资本转变，乐见其成。硬化国有企业预算约束和建立公平竞争的市场体系，是操作技术上的关键。利益集团问题，是操作成功的关键。

（本文写于 2018 年 7 月 14 日）

权力结构、国民性格及经济增长

今年是改革开放四十周年，经历过这个过程，稍有良知的中国人，都会感念改革开放。改革开放可以说是，中华民族近八百年来，第一次成功的自强运动。相信在将来的史书上，会留下浓墨重彩的一笔。我等生逢其时，有机会参与见证中华民族的伟大复兴，想想就令人激情澎湃。

在业界前辈的鞭策和友人的撺掇下，近期写了几篇回顾性的小文章，如银行的基因、聊聊当年的不良贷款、地方政府的债、国企改革四十年等。写作是最好的思考过程，写着写着，不自觉地就有一种感觉，好像有一个什么东西套在中国经济头上，犹如红孩儿头上的金箍咒，使中国的经济、社会不能焕发出应有的活力，国民生活、综合国力不能达到应有的水平。

我们中国人勤劳、吃苦，可以精神抖擞地每天工作十多个小时，这在世界上其他地方很难看到。以中国庞大的市场潜力，中国的经济总量，应该是美国的两倍以上，才是正常水平。美国人罗伯特·福格尔教授预测，到2040 年，中国经济总量将占据世界经济总量的2/5。只要我们自己不折腾，不去自废武功，这个目标应该能够达到。

有些大佬可能瞧不上经济增长。他们认为，在中国历来就是上层建筑决定、指挥经济基础，而非马克思所说的经济基础决定上层建筑。事实上，对于任何一个国家来讲，经济增长就是社会活力的体现，是国民生活、民生的体现。一个不把社会民生放在首位的政府，是没有生命力和竞争力的政府。因为他们再宏大的叙事，也因缺乏道德和民意脊柱，而无法站立起来。对统治者或社会治理者而言，经济增长是社会长治久安的牛鼻子，经济增长会带来就业、国民生活的改善、社会矛盾的缓解等，经济增长也会带来财政收入增长和国家综合实力的上升，同时也将提升政府的治理能力和国际竞争力。对任一个政府来讲，它需要养活庞大的行政人员系统，需要提供社会公共产品，没有钱，一切都是白扯。中外历史上，经济增长、财政约束才是对政府的硬约束。在西欧，正是财政约束推动了英国的光荣革命，进而开启了世界现代化之路。

权力结构

前几天，看到一篇纪念杨小凯先生的文章，文中有一段话，摘录如下：杨小凯在美国等地考察大量晚清企业史档案后，得出结论：在不改革制度的前提下，技术带来的经济发展，只会助长政府的机会主义；政府和官办企业利用特权，与民争利，损害社会利益。最后，非但私人企业无法发展、政府和官办企业贪污腐败横行，国家的整体活力也必然被蚕食！在这种制度下，官办企业效率越高，越不利于长期的经济发展。

由此想起十五年前，读过杨小凯的《百年中国经济史笔记》，赶紧找来（电子版）重读了两遍。里面有一个关键的名词，即制度化的国家机会主义，引起好奇心，琢磨琢磨，似有豁然开朗之感。

杨小凯谈论制度化的国家机会主义时，是在经济学的范式下讨论问题。他只是提出了这个问题，没有解释清楚来源，或者准确地说，他将国家机会主义的来源归结为法制或政治问题。在中国，历史上的中国和现实中的中国，西方话语形态下的一些现代学术概念，一般是与中国的实践对不上号的。比如，讨论政府与市场的关系，在发达市场经济国家，政府是政府，市场是市场，双方边界清晰可辨。但是，在中国，政府里面有市场，市场里面有政府，纠缠在一起难以分清楚。在这种情况下，套用西方话语体系讨论中国的政府与市场的关系，有时甚至连真问题都不易发现，更不用说有切中肯綮的认识了。

传说中，释迦牟尼修道时，突然有段时间心意烦乱，不知缘由，难以平复。他就回到出家修行时那棵菩提树下，端坐七天七夜，终于成为觉悟者。分析和认识问题时，如果觉得概念受到了现实的污染，实事求是的做法，就是回到问题的原点，从最简单、最朴素但同时又是最根本的出发点上，寻找问题的答案。笨办法虽简陋，但不会误入歧途，相信功夫不会白费。

经济增长与国民性格

1921 年，一个日本作家来中国旅行。他发现，他面前的中国并非诗文中的中国，而是小说中的中国。诗文中的中国，中国人个个品格清澈、光明伟岸，像李白、杜甫、苏轼那样。而小说中的中国，中国人猥亵、贪婪、残酷，像西门庆、高俅那样。普通老百姓冷漠、麻木、逆来顺受。

为什么唐宋灿烂文化诗文中的中国，到后来蜕化至明清世俗小说中的中国？

经济增长和国民性格，这两件风马牛不相及的事，若以历史的眼光来看，竟是一条树根上长出的两个枝丫。中国是一个金字塔型的社会，是一个纵向的社会结构，几乎所有的问题，都能从社会的上层，甚至顶层，找到根源。就像康熙皇帝在电视剧中所说的那样，（所有问题的）根子就在乾清宫。

《中式市场经济之路——科斯等〈变革中国〉读书笔记》一文总结道，在中国，盛世也好，乱世也罢，时势之外，就是权力在决定一切。权力才是决定力量，政府也好，市场也好，最终要听权力的。所以说，维持一个尊重市场、实事求是、保持开放的均衡的权力结构，才是中国能否走上繁荣盛世的关键，也是中华民族伟大复兴的关键。

本文可以说是那篇笔记的延续。历史上可以观察到的现象是，如果权力结构是均衡的，权力的运行是稳定的，社会经济发展就会呈现积极性的一面，国民性格也会展现出光明的一面。否则，社会及国民性格就会展现出消极、阴暗的一面。唐宋与明清的对比，结论就是这样。

罗马帝国衰亡史

先举一个外国历史上的例子。

爱德华·吉本在《罗马帝国衰亡史》中说到，如果让人找一段人类历史上最幸福和最繁荣的时期，那么他一定会毫不犹豫地说，是从涅尔瓦继承王位开始到马克·奥勒留逝世这段时间（大约80多年）。他们保持统一的统治，也许是历史上仅有的把谋求人民幸福作为唯一目标的政府。建立在罗马民主政治崩溃基础之上的君主制，取得的令人瞩目的成就，背后的原因其实很简单。

在这段罗马人深感荣幸的光辉年代，君主传承采取的是收养制度。皇位不传给皇帝的子孙，而是挑选能力出众的人，把他变成皇帝的养子，然后将其培养成才，并逐渐移交权力。这有些类似中国古代传说中的尧舜禹时代的禅让制。直到哲学家皇帝马克·奥勒留打破规矩，将皇位传给儿子之后，丑陋的世袭制，随即就带来了愚昧、奢侈、裙带关系，不负责任和奢靡之风，结果是大混乱。

君主政体下的专制社会，权力结构是否稳定、是否有制约，是决定一切的根本因素。因为权力的诱惑，会毫不犹豫地淹没人性中的那些光辉之处。明君、清官，仅靠个人品行的，都是不切实际的幻想。只有权力制衡，才能交出令人满意的答卷。而失衡的权力，没有制约的权力，带来的只能是罪恶。

民主并非是理想的，但是民主找到了权力制衡的办法，所以它比很多专制社会的长期表现要好。如果一个国家想在短期内（假设三五十年）腾飞，一个能够做到权力制衡的专制社会，应当比民主社会具有更高的效率。这是历史的经验。

历史上的中国经验

我们再来看看，历史上的中国经验。

中国与世界上其他地方不同，是因为历史上长期的大一统的专制社会。

地理是历史的子宫。中原地带，是世界上最大的连片宜农区域，旱作农业的特性，需要大规模的社会合作，需要统一的王权提供治水等公共产品。同时，先进的农耕文明过早成熟，人口规模和经济规模较早达到了产生王权和养活王权秩序的财政门槛，强大的经济基础能够支撑着一个规模巨大的统一的王权。

虽然没有文献记载，但早期文明涤荡、交融，还是有迹可循的。夏起源于中原河洛文化，商起源于泰山附近东夷文化，周起源于陕甘一带姬姓部族。商取代夏，东部文化进驻中原；周取代商，西边文化进驻中原；文明多次融合。到西周时，周武王说"宅兹中国"，以贵族政治为核心的中央王权确立。后经春秋战国陶冶铸炼，贵族渐消，平民日起，到汉武帝时，强大的、稳定的中央集权政治确立。

与西方社会的贵族集团是社会的中坚且一直传承到现代不同的是，早在古老春秋战国时期，中国的平民集团就已经崛起。一个重要的原因，就是先进的农耕文明，以家庭为单位的精耕细作，平民在经济上较易获得独立。中华文明的早期，社会上的两大集团——贵族集团与平民集团，在王权把控下的长期博弈，决定了中国历史的走向。而这个过程中，贵族或平民集团对王权的均势或约束能力的变化，决定了中国人的生存空间以及国民性格。

早期的王权制度与贵族政治

早期的王权制度与贵族政治是相互制约的。比如周厉王时期的"国人暴动",由掌有实权而地位崇高的贵族来摄行王权,就是贵族反制王权的极端化表现。诸侯王受制贵族的例子更多,也有诸侯一不小心被贵族篡位或瓜分的情况,比如三家分晋、田氏代齐。为了对付贵族的威胁,公元前594年,鲁国率先实行按亩征税的田赋制度,动摇了井田制这一贵族制度的经济基础,诸侯、卿大夫失去了用于祭祀的经济基础,开启了王权制度通向平民秩序的通道。随后,各诸侯国纷纷开启变法,变法的实质是削弱贵族集团对诸侯王权的限制与制约。约200年后,商鞅变法完成了社会的平民化。大家都靠生产粮食的本领或打仗的本领挣生活。

贵族虽对王权有制约,贵族同时也是王权借以治理国家、保卫国家的依赖。贵族势力削弱的同时,君王需要治国帮手。于是,春秋战国时期,贵族渐消,平民渐起之际,一个由知识分子、各种奇能异士组成的集团——文官集团开始崛起,成为王权治理国家的帮手。

当时读书人与君王的关系类似雇佣制,合则来,不合则去,文官集团对王权还是有一定的制约。汉朝时,朝廷培养文官有一套缜密的系统,文官集团对皇权的约束有制度化的保障,汉朝皇帝发布命令,必须宰相联署才能算数,文官与皇帝相互制衡。汉朝皇帝还时不时地强调一下,自己与两千石(郡太守)共天下。

还有一个重要的差别是,贵族政治时期,君王是不需要养活贵族的,因为贵族有自己的封地、有奴仆、有军队。而文官却是一无所有,君王需要养活文官集团,君王的财政压力就增大了。在历史上相当长的一段时期,贵族集团与文官集团类似于君王的两条腿。君王的选择,要么是放任贵族指手画脚,要么是有实力养活一个相对温顺且治理能力相对较强的文官集团。毫无疑问,君王侧重于选择对他威胁小且办事效率更高的文官集团。历史上，国家实力较强时期，君王有选择的能力时，都是文官当道、中央集权时期；国家实力较弱时期，贵族势力崛起，君王听任诸侯割据。一切取决于君王的财政能力。事实上，财政约束对政权来讲，从来就是硬约束，因为你首先要能养活起为你干事的人。你没有能力养活为你干事的人，大家只好作鸟兽散了。财政能力取决于什么？就是经济增长。所以说，有作为的君王都知道与民休息、发展生产力的重要性。坊间流传说哪个国家的首领看不上财政经济这类小问题，这是虚伪至极的话，千万不能相信。

无论是贵族还是平民，服务君王、制约君王，受到制约的权力，会自动寻求均衡。中国历史上可以称为盛世的两个时期，西汉和唐朝，当时文官集团的构成比例，是惊人的相似。根据许倬云先生的统计，刺史、郡守以上的官，大约三分之一来自军功和权贵集团，大约三分之二来自社会底层普通读书人。相信这是一个均衡权力结构的经验数据。此时，大家都有自由活动、自由选择的空间，可以任性而为，国民性格爽直、开朗，文化发展，经济繁荣。

三国、两晋、南北朝，一直到隋唐时期，平民为躲避苛捐杂税、为了安全，主动依附豪族，豪族也重视培养自己的子孙读书传承文化，社会历史发展中物质能力与精神能力开始自发结合，豪族与儒释合流，产生的士族、门阀、士家大族，这些贵族秩序，在这四五百年内，主导着中国政治和历史的走向。三国时曹魏没有真正统一天下，一个主要原因就是因为有门弟之见的豪族大户不配合，最后由世家大族司马氏统一中国。到武则天时期，王权秩序与贵族秩序仍旧在角力。武则天长期在洛阳办公，一个主要的原因，就是想避开集聚在长安的贵族集团。

隋唐大兴科举，底层读书人不断被选拔补充到文官系统中去。文官势力壮大后，逐渐取代贵族势力，成为王权的帮手和制约力量。文官一方面帮助君王打理国家事务，一方面用礼教、民意、舆情规制君王。唐德宗时，皇帝想换太子，说是自己的家事，不让群臣干预，但李泌却说，天子以四海为家，宰相于四海之内的事都可以管。最后，太子居然保住了。

文官系统与皇权达成最好的均衡时期，应当是唐宋时期。从当时社会繁荣、人们安居乐业可以看出来，从当时的诗文灿烂也可以看出来。陈寅恪讲过，宋代是中华文明的巅峰。生活在那个时代的中国人，是幸福的中国人，国民性格，也是最令人景仰的。例子可以举出一大堆，如李白、杜甫、苏轼、辛弃疾、李清照等。就是皇帝，也从中获益，唐宗宋祖，赫赫威名，并不是因为他们个人比别人多长了三头六臂，就个人能力而论，李世民很难说能够达到隋炀帝杨广的水平。他们是沾了其治下国家强盛、国民幸福的光。

没有制约的权力是靠不住的

一位法国哲学家曾经说过，我不知道一个流氓的内心可能是什么样子，但我知道，一个诚实的人内心深处是什么，它很可怕。没有制约的权力是靠不住的。在历史面前，任何一个个人，都是靠不住的。将国家的希望、民众的幸福寄托在一个人的身上，是十分荒唐可笑的。因为如果没有制约，失去了权力结构的制衡，最糟糕的情况，必然会出现，毫无例外。

历史上，贵族或者文官，为了革命事业或者幸福生活，有积极性和动力去千方百计地制约王权。但王权也不是吃素的。有时皇帝会厌恶贵族和官僚势力的约束，他们会起用外戚和宦官集团，来反制官僚和贵族，进行所谓的斗争。结果是社会动荡、世风日下、民不聊生。东汉走向灭亡，是这个原因。后来明朝政治社会的黑暗扭曲，也是这个原因。高高在上的皇权，不愿受到文官集团政治力量的约束，自甘堕落，自作死，让社会和民众跟着受苦受难。

历史的吊诡之处在于，起初王权为了应对贵族集团的制约和威胁，培育起用文官集团。文官集团为了自身利益，服务于王权又制约着王权。人都是向往自由的，皇帝更是向往无拘无束。当贵族式微、官僚兴起后，皇帝不满官僚集团的压力，起用外戚和宦官（一个政权堕落的象征）。这里面的规律是，权力能够有效制衡，政权稳定，经济增长；权力失衡，政局混乱，百业萧条，民不聊生。不过，社会压力，国民求稳求治求生存求发展的压力（极端现象是农民起义），迫使皇帝回到正确的路线上来，调适着与文官集团达成一个均衡。不受约束的权力是邪恶的，就像洪水，一旦冲破堤坝，就似脱缰野马，非下大功夫不能收拢，使其回到正确的轨道上来。

中华文明的演进与变迁

中华文明的演进与变迁，早期以水平流动为主，即"东—中—西"的冲击与交融，过程中虽有来自草原部落和南方蛮族的冲击，但没有动摇、没有改变、没有替代传统华夏文明的核心。时间进入 13 世纪以后，来自北部草原帝国的强大冲击，打破了中华文明固有的制度和逻辑。刀剑之下，文官集团虽然继续存在，已经成为王权豢养的奴才，对王权的制约作用彻底丧失。

元朝是个转折。成吉思汗的子孙将草原贵族政治带入中原，汉人和南人（曾经南宋治下的汉人）被划为当时最低等的人种。依职业论，读书人，即儒被划入第九等，位列乞丐之上娼妓之下。在此情况下，寄希望做官的读书人能够约束君王，是痴心妄想。记得有个西方人说过，鞑靼统治中国，不仅压迫了为其牺牲的人民，并且凌辱而且消磨了他们的灵魂。

明朝接下元帝国的烂摊子，巩固统治的需要，有明一代成为中国历史上最黑暗、最扭曲的汉人政权，东厂西厂，特务统治，大家都是耳熟能详的。明朝有个"大礼议"的故事，众大臣哭声震天，"声震阙庭"，也挡不住嘉靖皇帝追封他自己的老爹。这与唐宋时期，已是天壤之别。《水浒传》等当时流行小说中人物的卑劣、暴戾，就是当时国民性格的写照。

清朝三百年，就是汉族不断被少数民族奴化的三百年。乾隆曾有言论，他说，奸臣、名臣都不是国家之幸，国家只需要唯命是从办事敏捷的奴才。

若论伤害，元帝国擅长身体灭绝，清帝国擅长精神征服。从元至清末大约近七百年，王权失去了制约因素，社会政治长期处于失衡状态，中国已经被糟蹋得不成样子。元朝征服者的残暴，是世界闻名的。明朝朱元璋更是将集权专制发挥到极致，动不动就满门抄斩、赶尽杀绝。清朝入关后的扬州十日屠城、嘉定三屠，杀光了有血性的中华男儿。

元明清七百年下来，中国已经不是历史上的那个中国，国民经济长期低水平徘徊、停滞。权力奴役之下，为求生存，国民性格日趋不堪。18世纪末，来中国造访的英国人马噶尔尼注意到，在菲律宾群岛、雅加达、槟榔屿等地见到的中国人，活泼自然，聪明有创造力。而进入中国本土以后，见到的中国人，胆小、冷漠、麻木、残酷。在明清小说中，侠客们主动攀附权力，儒生们选择动物式生存。社会各阶层，整体性堕落。谁知富丽堂皇皇宫下面的基座，竟是泥泞沼泽之地。这样的国家，再大也是虚弱的。

中华文明八百年衰萎史

再看看经济。晚清时分，西方列强的冲击，激起中国人"师夷之长以制夷"的决心。由洋务运动开始，原始资本主义开始在古老中国萌芽。种种官办产业、官督商办产业以及私人产业的发展状况，不再叙述。在失衡的权力结构下，或者是权力不受制约的情况下，权力肯定会机会主义行事，插手产业经营以牟取暴利。杨小凯在《百年中国经济史笔记》中，总结清末原始资本主义的特点，就是政府利用其政治垄断权追求私利，不惜损害社会利益，与民争利，官商勾结，造成无效率的收入分配不公，市场空间狭小，分工不能深化，生产力受到束缚。这种情况进一步演化，就是制度化的国家机会主义。政府一边经营垄断产业，一边又在制定市场规则，同时又是仲裁者。在经济活动中，既是运动员，又是裁判员的政府，必然利用其裁判员的权力，追求其作为运动员的利益。结果是政府通过官办产业的垄断地位与私人企业争夺资源，压制私人企业的市场空间。这种情况下，贿赂公行就是避免不了的。私人要成功，首要条件就是与官府搞好关系，分得资源，得到保护。如此发展下去，社会上的富人与官家勾结形成特权阶层，向穷人吸取垄断租金。这样下来，资本主义和市场还没能伸展开来，其种种罪恶就已暴露，成为全民意识上的公敌。

皇权统治结束以后，民国建立，各种政治势力重新洗牌。七百年失衡的权力结构，有望得到纠正，中华民族迎来了复兴机会。但是，民国政治人物的表现，无论派别，都是尽机会主义之能事，令人失望。比如袁世凯，夺权时反对君主立宪，逼清帝退位；独掌大权后就要君主立宪……为了牢牢掌控权力，袁世凯上下其手，左右逢源，挟寇自重，各种权术、诈术，玩得不亦乐乎。以至于后来史家（李剑农）评论，袁世凯最大的罪恶，倒不是他称帝复辟，而是他亲力亲为，养成中国使贪使诈之风。再如蒋介石……他们对社会风气、道德观念，造成了极大的毒害。有段时间大家竟有社会风气向往民国风物，着实不理解。

在一个赤裸裸的世俗社会，一个类似于"霍布斯森林"社会里，各种政治力量是很难形成均势的。所有在位的和有机会上位的人，有志于做老大的人，都会不假思索、不择手段地选择独裁，是因为历史的经验，最起码是元明清七百年的历史经验告诉他们，权力才是一切。失去了权力，他自己做人的权利，就有可能被有权人随意剥夺。这种预期一旦形成，就会形成恶性循环，没有人会真正让步，反正争也是死，不争也是死，直至不剩下一兵一卒。主导着社会发展的，是坐江山的观念，统治与被统治、压榨与被压榨的逻辑。在民国初期，军阀混战时期，城头变幻大王旗，老百姓不堪忍受。当时有一种思潮，老百姓期望，有一个皇帝能够出来坐镇江山。至少政治上有个稳定性，大家能够过个太平生活。鲁迅说过，中国人的历史，就是做稳了奴隶的时代，和想做奴隶而不得的时代。想想还真有道理。

可以说，自南宋末年始，以权力失去制衡为主因，中华文明经历了近八百年的衰萎史。

改革开放初期的复兴之路

1978 年开始的改革开放，其重要意义，就是开辟了一条中华民族复兴之路。古老中国开始向现代国家迈进，威权结构开始松动，权力制衡结构开始形成，国民性格积极向上，经济长期高速增长。经历近八百年漫漫长夜，中华文明第一次真正看到复兴的曙光。

改革开放初期，英明的领导人做出了重要而深远的贡献。邓小平著名的"猫论""不争论"让共产党重返实践，鼓励人们开始大胆的实验。胡耀邦大力推进思想解放。陈云既是改革的坚定支持者，同时也是重要的制衡力量，保证了经济在"笼子"中运行，没有发生大的乱子。华国锋也是个开明的领导，把国家从阶级斗争扭转到经济建设轨道上来。领导人集体顺应时代，将民间的自愿协议合法化，并转化为社会制度（联产承包责任制、个体私营经济等），适应了社会变化的需要，缩短了制度变迁的时间，减少了制度变迁过程中的摩擦，成就了辉煌的业绩。

开明的老一辈领导人，是改革取得成功的先决条件。在整个 80 年代和 90 年代初期，中国改革开放的方向，基本上由邓小平和陈云掌控，二人共同致力于将中国建设成为社会主义现代化强国。但二人风格有很大差异，他们没有利益和意识形态方面的冲突，分歧主要存在于发展的方式方法层面。与邓小平倡导"思想更解放一些，胆子更大一些，步子更快一些"不同，陈云担心过快的发展会引发经济自身难以承受的问题。二人的意见不一致有助于维持当时宽松稳定的政治气氛，推动中国政治走向成熟。尽管他们想法有异，但仔细观察，二人在方法论层面，又是高度一致的，如陈云讲的"不唯上，不唯书，只唯实"，与邓小平提倡的实用主义改革精神，实际上是一致的。是炽热的家国情怀，坚定的社会主义信念，邓小平和陈云才会走到一起，以实用主义的精神和试验的手段改革中国。这两个人同时出现在改革开放的政治舞台，是中国人民的幸运。

可以观察到，整个 80 年代以来，中国的政治更为理性化。一是越来越多的学者参与到政治讨论中去。中国共产党在改革开放后对知识分子的尊重，实是国家民族之幸。学者参与政治讨论、出谋划策，不同的观点辩论和竞争，在一定程度上取代了政治斗争。二是强调法治，法律体系的重建。学者参政与法制建设，成功地维持了政治的稳定，过去曾经将中国政治体制推向崩溃边缘的，分别来自政治权力结构最上层（领导人的鲁莽决定）和来自底层（即政治运动）的两大威胁，可以说，已经不复存在。当然，这一切都是在党的领导下进行的。中国改革开放的实践，市场化转型的实践过程中，中国共产党发挥了领导作用，成为支撑中国经济社会发展复杂体系中重要的不可分割的一部分。这是人类历史上绝无仅有的。不仅是外人，连生于斯长于斯的国人，能理解的又有几个？

改革开放初期，20 世纪 80 年代，是一个令人怀念的年代。虽然不富裕，但每个人、整个社会都充满希望，朝气蓬勃。大家自觉地把自己的命运同国家的命运联系在一起，中国人从整体上从来没有这样觉醒、这样干劲十足。毫无疑问，这是开明的政治、解放思想、解放生产力的成果。就国民性格而言，我们没有必要悲观。因为奴化性格养成很难，但要解放，是很快、瞬间的事。毕竟人的天性，是向往自由的。

改革开放四十年，是值得大书特书，中华文明重放光彩的时代。

深化改革

改革还在深入。当前，中国整体的经济水平，已经稳居世界第二。这是人类历史上了不起的成就。大国正在崛起，这是事实。近八百年来，我们从来没有像今天这样，更接近中华文明的高峰时期；从来没有像今天这样，更接近一个繁荣盛世，一个现代化的繁荣盛世。

但是，我们似乎也面临着需要解决的"诺斯悖论"。尽可能地壮大政府促进社会经济持续发展的"扶持之手"，抑制政府干扰经济秩序、与民争利的"掠夺之手"（也就是国家机会主义），是深化改革的重心所在。高房价、高杠杆、贸易纠纷等问题，背后的主要原因，就是经济结构扭曲。长期经济结构扭曲的背后，可能就是利益格局的僵化和权力结构的失衡。调整经济结构的牛鼻子，在抑制效率低下思维固化的老旧势力的同时，积极推动对内开放，培育社会上的新兴力量。构建稳定的权力制衡机制，将炽热高涨的国民现代化意识，引导转化为国家建设发展的推动力量。

（本文写于 2018 年 7 月 28 日）

财富的故事

财富不是一个僵硬的概念，不是一个定量、一个常数，而是一种运动，一个发展过程。如大海的潮汐起伏不定，时多时少。社会财富如此，企业财富如此，个人财富亦如此。

长期来看，财富随时间增加，这是技术进步带来的生产能力提高的原因，也是市场扩大和市场深化带来了更多的机会和更高的效率的原因。从1750 年到 2000 年，世界的人均 GDP 增加了 37 倍。换句话说，人类 97%的财富，是在过去 250 年内创造的。纵向比较，以绝对水平衡量，春秋战国时诸侯的生活，比不上现代中产阶级的生活水平。

国际比较，大约从公元 1 世纪起，中国的生产力和财富水平世界领先，最高峰北宋时人均 GDP 是西欧的 5 倍以上。但到 15 世纪前后被英国超过，1750 年之前，虽然中国部分地区和欧洲最富裕地区生活水平相距不远，但作为整体的中国已落后于西欧。大约清中后期到改革开放前，中国人均 GDP 变化不大。与美国比较人均 GDP，美国是中国的倍数，1952年是 43 倍，1960 年是 36 倍，1970 年是 47 倍，1980 年是 40 倍，1990 年是 70 倍（1989 年是 57 倍！），2000 年是 38 倍，2010 年是 11 倍，2017 年是 6.7 倍。近 40 年中美人均 GDP 对比的变化，印证了改革开放取得的伟大成就。照近十多年的速度发展下去，预计到 2020 年可下降到 5 倍左右，预计到 2030 年可下降到 2 倍左右。不过看目前的形势，是否错失了快速发展的机遇，很难说。

财富对人来讲，极为重要。亚里士多德说，幸福是人类最高目的，财富是实现幸福的手段。人们时常在讲一些大道理，如面对不断超越的幸福欲求，财富能够满足的仅是低层次的需要；过度积累财富，尤其僭取的财富像权力一样会腐蚀任何人，等等。但是生命有限，面对未来的不确定性，人们需要拥有财富以获得安全感。世人都想过富足舒适的生活，真正能够抵抗财富诱惑的人，还是极为少见。即便有，这类人对社会来讲，在物质意义上也是废物。

财富分配不公，是任何社会的常态。前些年流行过一本书《二十一世纪资本论》，对自 18 世纪工业革命至今的财富分配数据进行分析，认为不加制约的资本主义导致了财富不平等的加剧。作者认为，由于资本回报率总是倾向高于经济增长率，财富分配不平等、贫富差距是资本主义固有现象。实际上，不仅资本主义社会，人类社会至今，"朱门酒肉臭，路有冻死骨"是常态，匮乏饥馑和丰裕饱暖往往结伴而行，财富分配不均、贫富差距是社会固有的现象。在人类社会经济史上，财富集中是自然的和不可避免的。资本只是人类的工具，除了流动性、普适性之外，它与农具、扳手等人类工具相比并无特别之处。归根结底是每个人的实际能力不一样，是大自然中的机会分布不均等。财富的代际传承，又会放大这种机会的不均等。等待财富过度集中影响过大时，历史对此有其应对方式，或通过立法，用和平的手段重新分配财富；或通过革命，用暴力的手段强行分配贫困。

历史地看，杜兰特在《历史的经验》中讲道，所有的经济史都是这个社会有机体缓慢的心脏跳动，财富的集中和强制再分配，便是它巨大的收缩与扩张运动。人类社会的经济活动，就是财富缓慢地不断集中，以及借助暴力或和平方式强制性的较快分散的周期性活动。

财富集中的过程

一般而言，经济是社会现象的原因，财政是政府行为的原因，财富是个人行动的原因。这些原因都可以视为规律，是长期而持久的。但是，时不时的也有意外，就像人偶尔要患点小感冒。群众性的情绪失控，穷人会起来造反，军事上的胜利，会换来统治地位，随之带来经济上的控制权。历史地看，尽管这些意外影响很大，但它们都是短暂的。在财富集中的过程中，正常情况下，人的价值是靠他的生产能力确定的。而在财富强制性分散的过程中，人的价值是靠他的破坏能力确定的。

就像人的心脏跳动，一次收缩必然伴随着一次扩张，社会财富集中到一定程度，也必然要求及时分散。所以说，社会既需要人的生产能力，也需要人的破坏能力。只不过，在需要人的生产能力的周期内，社会稳定，大多数人能过上好日子。在需要人的破坏能力的周期内，社会动荡，只有少数人心满意足。所以说，社会发展表现出来的，往往是财富集中的时间周期长，财富分散的时间周期短。因为人们都想过上好日子，人心所向。

对个人来讲，天赋的能力或后天的能力，如果适合其生存的周期，是幸运的。否则，具有强大生产能力的人活在财富分散的周期内，是极为痛苦的。具有强大破坏能力的人活在财富集中的周期内，小命难保。这些都是生不逢时。识时务者为俊杰。生活在财富集中周期的人，就不要去做违法犯纪的事。而生活在财富分散周期的人，规规矩矩做生意是很难挣到钱的。理论上讲是这样。

财富分配的情况

接下来谈谈改革开放四十年我国财富分配的情况。

我们先看看国民收入在各部门之间的分配情况。清华大学白重恩、钱震杰 2009 年的一项研究表明，1992~2005 年间，国民收入在企业、政府和居民部门间的分配格局的变化，居民部门可支配收入所占的比重1996年达到最高（66.83%）之后持续下降，2005年降至54.12%，下降了12.71个百分点，其中有10.7个百分点的降幅发生在初次分配阶段。在初次分配中，劳动者报酬和财产收入占比下降是居民部门收入占比大幅度下降的主要原因。

劳动者报酬占比下降是主要原因。生产税增加、资本收入份额上升，是经济起飞阶段惯有的现象。由于我国要素替代弹性较大，用行政和法律手段提高劳动力价格，会刺激资本替代劳动而无法有效提高劳动者收入。解决的办法是，降低生产税率和调整社保缴款的比重与方式。

财产收入下降是另一重要原因。1996~2005年，半年期平均贷款利率从9.72%降到5.22%，平均存款利率从7.2%降到2.07%，并在近年一直保持在较低水平。利率大幅下降，实际上就是居民部门变相补贴企业部门，直接后果是使居民财产收入在国民收入中的占比相应降低。

他们的计算表明，在1996~2005年期间政府部门占比上升了6.39个百分点，占居民部门降幅的50%，这意味着政府部门挤占居民收入。言外之意，居民部门收入的另一半的降幅，被企业挤占。有意思的是，他们的研究还表明，收入税不是居民部门收入占比下降的主要原因，即使免除居民部门所有收入税，也无法大幅度提高居民部门的收入占比，这与我们日常印象有较大差距。看来，政府挤占居民部门收入，靠的不是税收手段，而是其他手段。

政府部门对居民部门收入的挤占，是生产税、社保、金融制度等原因，而企业部门对居民收入的挤占，似乎呼应了秦晖教授"低人权红利"的说法。至少在改革开放初期一直到21世纪初，工人们长期加班，长期没有社保，年轻时干活年龄大了辞退走人，污染没有人管等，大家都应当有这些记忆。国民经济三部门中，弱势的一方也是居民部门，当然收入被挤占的一方是居民部门，在市场不完全、法律不健全、合同不完备的情况下，弱肉强食，就是赤裸裸的真相。

但是，各部门之间的分配情况还不能算是最终的真相。因为政府也好，企业也好，也是由人组成的，它们的收入、财富的积累，最终也要落实到个人的头上。从根源上讲，政府和企业在国民收入中所占比例逐年上升，实质上是，经由政府和企业的渠道，将国民收入，从大多数人手里，腾挪到一小部分人手里。这一小部分人，有人享受政府财政和国有经济的利益，有人享受"低人权红利"，当然，也有不少人享受腐败红利。

各部门内部的财富分配

政府、企业和居民各部门内部的财富分配，也不是均衡的。例如政府部门之中，中央财政比较有钱，地方财政严重缺钱；发达地区财政有盈余，大多数不发达地区财政亏空。企业部门之中的不均衡更严重，可以称之为畸形。比如，2018 年财富 500 强上榜企业，美国有 126 家，中国有 120 家，相比两国 GDP 的差距，中国的大企业是不是太多了？再看这 120 家大企业的名单，几乎都是垄断性的大央企。但是，这些企业大而不强，利润排名垫底。且它们的销售收益率和资产收益率连年下滑，说明这些大企业已经规模不经济了。如果不讲经济规律还要继续做大这些企业，中小企业，经济中有活力的那一部分企业，就没有太多活路了。

我们再来看看居民之间的收入分配公平情况。

1912 年，意大利经济学家基尼根据洛伦兹曲线，提出来一个衡量财富分配公平程度的指标：基尼系数。理论上，基尼系数为 1 时，表示 100% 的财富被一个人所有；基尼系数为 0 时，人与人之间的收入完全平等，没有差异。联合国有个标准，基尼系数在 0.2 以下为收入绝对公平，基尼系数在 0.2~0.3 为比较公平，0.3~0.4 为相对合理，0.4~0.5 为差距较大，0.5 以上为差距悬殊。国际上公认，基尼系数 0.4 为红色警戒线。

有意思的是，世界上最低基尼系数记录，是 1979 年发布的 1978 年中国城镇家庭人均收入基尼系数，为 0.16。这应当是计划经济体制的功劳。

实际上，2000 年之前，中国的基尼系数，保持在红色警戒线以内。1978~1999 年间，农村居民的基尼系数，在 0.21~0.34 之间；城镇居民的基尼系数，在 0.15~0.30 之间。全国居民的基尼系数，1999 年最高，为 0.397。改革开放前 20 年，收入分配不均问题还不明显。

随着住房制度改革，住房商品化，基尼系数迅速升高。2000 年为 0.412，2001 年为 0.45，2003 年为 0.479，2008 年达到 0.491。这些都是国家统计局公布的数字。想象一下，如果国家将土地商品化了，是否会大幅降低基尼系数，促进财富公平？

民间研究机构的数字，与之相差较大。西南财经大学中国家庭金融调研中心发布的数据，2010 年我国城乡家庭人均收入基尼系数为 0.61（同期国家统计局的数据是 0.481）。北京大学中国社会科学中心发布的《中国民生发展报告 2014》中，2012 年我国家庭净财产基尼系数为 0.73，顶端 1% 的家庭占有全国 33% 以上的财产，底端 25% 的家庭拥有的财产仅占全国财产的 1%。大家知道，收入不平等可以及时调节，而财产不平等会代际传递，形成"穷人越来越穷，富人越来越富"的恶性循环。

问题可能没有表面上看来那么严重。我们用现代工具分析中国的问题时，应当保持一种对中国国情的尊重。与富国相比，美国家庭财产主要是金融资产，金融资产占美国家庭总财产的比重超过 70%。而中国家庭的财产，主要是房产，房产占中国家庭总财产的比重超过 70%。在中国，主要用来居住的房产，很难说具有其统计意义上财产的价值（这句话过几年会验证的）。若扣除房产带来财富幻觉的影响，中国的基尼系数，没有统计的那么高。否则我们就会错误地认识，经济规律在中国不发挥作用。

综观改革开放四十年来的收入分配和财产积累情况，中国也出现了明显的财富集中趋势。物理空间上的表现，其一是城乡差距。一般来讲，城乡居民收入之比在 3.3：1 左右。其二是城际差距。综合房价、资金投入、资源、机会等因素，一线城市收入和财富积累速度要高于二线、三线城市。其三是地区差距，东部收入高于中部，中部收入高于西部。政策及人文因素方面的表现，其一是电力、电信、石油等垄断行业收入高于一般行业；其二是体制内家庭的财产收入增长幅度高于体制外家庭；其三是文化程度较高的群体收入增长高于文化程度较低的群体，这从劳动报酬较高的行业对员工文化程度的要求也较高上可以看出来。

当前的财富分配渠道和格局，个人积累财富的方向，就是到城市去、到一线城市去、到体制内去、到金融机构去，除此之外，只能冒险行不法的勾当。财富的分配流动，与传统纵向社会格局，产生了协同效应。由于某些方面改革的严重滞后，经济上的改革开放带来的生产力提高和财富大幅增加，反而成为巩固社会传统和保守势力的经济基础，这个可能是很多人都没有想到的。这大概是中国传统社会体制因素在起主要作用。历史上的中国，历来是财富依附于权力，与权力正相关。不是财富生产者勤劳，而是财富分配者权力，更能决定财富的归宿。这样的一个激励结构下，人们热衷于追逐权力，忽视了财富的创造。整个社会的产出，达不到理想的边界。若不加以改变，社会的现代化和民族复兴的进程，会严重受累于此。

回过头来，讲个故事。

新中国成立后，唯一敢于犯颜直谏毛泽东的人物，是梁漱溟。

梁漱溟 1953 年在全国政协常委会议上发言，对有关工人和农民的待遇差别，发表了激烈的言论。他说："生活之差，工人九天，农民九地。农民往城里跑，不许他跑。"对以牺牲乡村、亏待农民的方式，实现工业化和城市化战略发出了强烈的不满。毛泽东极为不满，在会场上训斥梁漱溟，说他挑拨工农关系。并提出著名的"大仁政"与"小仁政"，决定走工业化和国有化的"大仁政"。

大家都知道，当年有一个工农产品价格剪刀差。国家通过计划定价，故意压低农产品价格，抬高工业产品价格，将国民财富从农村向城市、从农业向工业集中。剪刀差维持了 30 多年，转移了多少财富，应当可以计算出来。农民和农村付出的这个代价，从整个国家现代化的角度讲可能是合理的，但从农民的角度讲，不知不觉奉献的太多。当前，大多数乡村地区越来越贫穷，与城市差距越来越大，城市是有帮扶责任的。

金融手段调节国民收入分配

改革开放后，价格改革，由市场定价，工农产品价格剪刀差失去了存在的基础。但是，似隐似现地，似乎有一个金融的渠道，调节国民收入分配，从农村向城市，从不发达地区向发达地区，从居民向企业和政府的倾斜和集中。

用金融手段调节收入分配的方法，主要有：压低利率、信贷配给、货币超发。

通过压低利率的办法转移居民财富，是需要前提条件的，就是居民部门积累了大量财富。1990 年居民储蓄余额 7000 亿元，1992 年超过 1 万亿元，1995 年接近 3 万亿元，2000 年超过 6 万亿元，2003 年超过 10 万亿元，2016 年超过 60 万亿。以 1 万亿为基数，压低一个百分点的存款利率，居民部门财产性收入就会减少 100 亿，数目可观。同时，如果企业贷款利率同时压低一个百分点，居民部门减少的部分就转移给了企业部门。如果企业贷款利率不变，居民部门减少的部分就转移给了银行部门。多年来，商业银行"保护性利差"，的确是存在的。

通过信贷配给调节收入分配的手法稍微复杂一些，有些可能是市场演化自发形成的。早期的办法是直接给国有企业贷款，分配贷款指标。后来是信贷市场上的所有制歧视，央企和国企容易贷到款，银行的信贷文化似乎暗合国有经济信贷需求的特征。再后来是演变为体制内金融和体制外金融之别，体制外金融高价从体制内金融融资，大央企通过办金融、当资金掮客挣钱。社会财富通过不合理的金融结构渠道，从民营向国有转移。

货币超发的危害是人所共知的。一是通货膨胀的财富效应，总是穷人吃亏，富人沾光。因为富人有机会和空间做资产配置，抵消货币贬值导致的财富缩水。二是通货膨胀预期下，能够负债的人沾光，不能负债的人吃亏。由于城市负债多、农村负债少，企业负债多、居民负债少，通货膨胀渠道造成了国民收入从农村向城市转移，从居民向企业转移，从穷人向富人转移。三是大水漫灌，货币供给过多，最大的危害，是货币在各行各业分布不均衡，这种不均衡会改变市场上的相对价格，从而发出错误信号，误导投资和消费决策，造成风险累积，非高杠杆不能存活，结果再倒逼央行供给更多的货币。每一次灌水，都是对老百姓利益的一次伤害，也是对国民经济的一次伤害。饮鸩止渴，最终不会有人受益。

雁过拔毛，是权力经济的特征。在 2018 年世界 500 强 120 家中国上榜企业中，中国上榜银行 10 家，平均利润 179 亿美元，而同期美国上榜的银行只有 8 家，平均利润 96 亿美元。10 家中国上榜银行的总利润，占中国内地上榜企业总利润的 50.7%。中国的银行业赚走了一半以上的利润。银行只负责赚钱，赔钱和风险交给国家和社会，只能说金融制度有大问题。

自发调节效果不佳

长期来看，财富会慢慢集中到一些人的手里。上述制度和政策设计，只是加快了财富集中的节奏。如果社会有足够的耐心，相信财富最终会重新散落到民间。但是，人生苦短，等不及社会自我调适式的缓慢的心脏跳动。所以说，在大的财富集中与发散的周期内，又有若干小的由政府干预或民间自发的调节财富公平的行为。

古代中国主张不患寡而患不均。在处理财富公平问题上，有一些可以称道的做法。比如汉代郡县官员就有监视豪族大户的职责，目的是防止豪族势力扩张过快过大。汉代御史大夫手下有一批巡察御史，他们的职责有两条就是监管大户的，一是不许豪族胡作非为，二是不许官吏包庇豪族。古代民间传统，儒家的意识形态，使富人有扛起族人社会福利的责任。一般以家族为单位，贫富相济，互相合作，没有收入能力的族人，由族里每月按人口分给米粮过日子，有小孩读书，族里给予读书津贴，考到哪一步，给到哪一步的钱。可惜的是，这些基层社会的优良传统，没了。

　　古代中国还有一个维持财富均衡的办法，就是消灭大地主。在皇权社会结构中，皇权占上层地位，因血缘地缘关系联结起来呈点状分布的社会权力占下层地位，自古皇权不下县，皇权无法完全渗透到基层社会里，但皇权的维持，有时却需要基层社会权力的支持和参与。在整个社会权力均衡状态中，最容易受到冲击的，就是处于皇权与社会权力交汇点的大地主。国家如果需要社会出力，首先要侵犯的就是大地主，但在当地能够与皇权抗衡的势力，基层的社会权力，却没有掌握在大地主手里。于是，凌驾于编户齐民之上的大地主，其势力必不能长久维持。两千多年来，中华帝国循环发生的现象是，一旦大地主发展规模过大，占有土地人口过多时，就会引起当政者的嫉妒，政权会找出各种各样的理由摧毁他。古话说得好，"千年田换八百主"，以及"富不过三代"，表达的都是这个意思。不过，通过消灭大地主的方式实现财富公平，也有很大的弊端。按照现代的语境，大地主都是具有企业家才能的人，他们是社会财富创造的关键人物。把这些人都消灭了，公平倒是公平了，总体上财富总量也减少了许多。

　　这些自发的调节财富公平行为的效果有限，否则就不会出现大规模地借助暴力形式实现的社会财富重新洗牌。中国古代，大概是改朝换代，就重新洗一次牌。

当下存在的问题

改革开放已经走过四十周年，可能大家的主要精力还在财富创造方面，有关财富公平的问题，关注的相对较少。事实上，财富公平问题已经影响到了财富创造的效率和人们的积极性。在国民收入初次分配和再分配过程中，国家拿走的越来越多，个人得到的越来越少，而最后能够从国家手中获得再分配的只是特定的人群。这种状况持续下去，外在的表现是低效率、高杠杆、高风险累积，内在的问题是营养没有配置到应该有的地方，国民经济的微循环系统出了问题，有的细胞饿瘪了，有的细胞吃得太多过于肥胖也没有了什么用处。

有些经济制度，既不公平，也无效率，且顽固的存在，隐隐有天下舍我其谁的气概。一声叹息啊。

任重道远，尚需努力

我们知道，财富分配不公的原因，显性的有工人权益得不到保护、劳动报酬较低，较重的税负，社保等社会保障缴费比重和方式等问题。隐性的是金融抑制造成的收入分配不公，货币超发、通货膨胀，以及既得利益阶层固化等。这些原因，基本上与市场本身关系不大，主要是制度和政策的原因。所以说，有人通常指责市场经济带来财富分配不公平，是没有道理、经不起推敲的。与他们的认识恰恰相反，中国的财富分配不公平，主要原因就是市场处于发育期，强大的权力、缺乏监督的权力造成的。

为了安定的环境，有人希望国家把个人和企业的所有风险，例如失业、通货膨胀、外国竞争、需求不振、住房吃饭、伤残和意外事故等，都管起来。国家大包大揽，需要强大的国家动员能力，财政和国有经济必然会挤占民间和市场的空间，整个经济效率将每况愈下，陷入死循环。且不说国家能力问题，当所有事情都由国家在后面兜底后，大家会发现，整个社会经济就是死水一潭。这种情况我们也不是没有经历过。

有人提出通过经济快速增长来解决财富公平问题。"二战"以后，将公平追求与经济增长捆绑在一起，几乎是那个经济发展时代的基本理念。因为在经济高速增长时代，几乎所有人都从增长中获益。但是，空间是有限的，资源也是有限的，增长也有极限，那种把公平托付给未来增长的设想，需要有长期持续的增长空间支撑。

巴菲特说过，一个教师培养了很多优秀的学生，他得到的报酬是家长的感谢信；一个在战场上冒着生命危险救了战友的士兵，他回来得到的报酬是一枚勋章。但有一个人从不同的证券定价中看出了毛病，却得到了好几百亿的财产，他觉得这不公平。所以他把大多数的钱都捐出来。富人做公益，能够缓解财富分配不公平的问题，但不是可以依靠的办法。毕竟巴菲特、比尔·盖茨等只是少数，而且还不是中国人。

我们可以从政策取向上观察财富公平问题的走向。靠降低个人所得税、财政转移支付手段，能够部分缓解财富分配不公平的问题。但是，政府降低税费、推动对内对外同步开放、加快金融市场化改革、稳定币值等措施，在改进财富公平方面，应当更有效果。长期来讲，建立健全一个保障市场参与主体权利的公平公正的制度体系，应当比政策调整更有意义。

当然，还有更便宜行动且有望快速收到良好效果的办法。中国经济发展到当前程度，市场化程度的深化还有很大的空间。诸如增加低收入人群的可交易资产，如农民的土地，废除户籍制度，释放个人生产力等。当然，这些办法的前提是，国家治理能力能跟上国家现代化和建设现代化的市场经济的需要。

虽然如今有很多问题，都比财富公平问题紧迫，但是，财富公平问题，实际上是一个基础性的问题，与那些看起来需要马上解决的问题，其实是联系在一起的。国民经济和社会发展长治久安之计，必然是建立在财富公平和效率有效协调基础之上的。那些既不公平又没效率的经济制度，应该下决心改掉了。

财富，是民生之所依，民心之所系。

（本文写于 2018 年 8 月 3 日）

第 五 章

读书笔记

中式市场经济之路

——《变革中国》读书笔记

中式市场经济，是科斯在《变革中国》一书中的说法。在中国，与之相对应的，有个正式的名字，就是大家熟悉的中国特色市场经济。

中国近40年改革开放取得的辉煌成就，举世瞩目。理解中国经济社会发展的轨迹，不仅仅是为了恰当地记录过去发生的故事，更是为将来寻找方向，把这个辉煌延续下去。

翻遍中国的历史，曾经有的繁荣盛世，非常稀少。按照张杰老师的说法，上下五千年中大概有近三千年的信史，这三千年中称得上是繁荣盛世的时代，一个是西汉时期，从公元前206年开始，到公元前76年，大约130年是繁荣盛世，到底繁荣到什么程度，只能从司马迁的《史记》或班固的《汉书》来管中窥豹。第二个繁荣盛世是从公元618年到公元748年间的盛唐，这130年也是《旧唐书》《新唐书》史学家记载分析研究的重点。当前极有可能是中国第三个繁荣盛世，如果也按照130年来算，现在刚刚走到一半。作为一个中国人，我们有机会参与见证中华民族的伟大复兴，想想就令人激情澎湃。

如何理解改革开放以来中国经济的迅速增长？这种增长是否可以长期持续？站在第三方角度，在科斯等的《变革中国》一书中，或许提供了一些线索。罗纳德·哈里·科斯是新制度经济学的大家，他对经济学的贡献主要体现在他的两篇代表作《企业的性质》和《社会成本问题》之中，他创造性地通过提出"交易费用"来解释企业存在的原因以及企业扩展的边界问题。人们至今仍应为他当时的洞察力深感惊奇。科斯尽管没有来到中国，但他长期关注中国改革开放，并于晚年（2008 年和 2010 年）两次出资举办学术会议，为中国经济献言。科斯在中国经济学界有较大影响力。《变革中国》一书是他与他的助手王宁合著，意图是向世人展现中国市场转型的来龙去脉。立场独立，叙述客观，有说服力。

这本书几年前读过，受张杰老师的启发，现在找出来再读，似有老友重逢的感觉。零星整理一些笔记，供翻阅方便。

* * * * * * * * * * * * * * *

在 1958 年地方分权以前，社会主义中国就存在一些深层的缺陷，如反市场化、限制自由迁徙（户籍）、垄断信息传播、反智主义等。原因可能是由革命战争转向和平建设过程中的一些认识以及由此带来的思想枷锁问题。这些深层缺陷，导致了"大跃进"等灾难的发生。可惜的是，这些深层缺陷，有些似乎还顽固地纠缠于经济和社会体制之中。

* * * * * * * * * * * * * * *

计划和市场，都不是毛泽东的选项。向来反对集权的毛泽东绝对不会容忍中央计划经济的长期存在，而革命精神伴随一生的伟大领袖，对市场（当时被看作是资本主义的东西）的抵触更深。这或许是一个革命家浪漫的诗人情怀。如果是，也应是传统中国读书人的家国情怀，在某个方面的极致。

* * * * * * * * * * * * * * *

市场建立在两个基本的假设之上，承认无知和包容不确定性。

市场的关键优势，并不在于我们通常所认识的效率，而在于信息的自由流动。如果要考察一定时期的经济效率，市场很有可能不是最好的选择。但是，市场条件下信息的自由流动，能避免人为的大灾大难。从人类社会的经验知识来看，对到目前为止的所有制度进行比较，没有比市场更能长期有效的经济制度。将来到了万物互联社会，信息的传播和获取相对容易了，全社会的信息相对充分了，是否会有更有效的经济制度，现在还不知道。

* * * * * * * * * * * * * * * *

在中国的传统中，特别是改革过程中，人事变化与体制改革同等重要。在中国，如果说制度重要，首先是执行政策的人重要。这就是中国的现实，私人经验总是重要的。

* * * * * * * * * * * * * * * *

书中说，邓小平在20世纪70年代末和80年代初，实际上更倾向于允许党内有不同的声音，而不是希望看到多党制。在中国的历史长河中，多个政党以民主的方式争夺政权的先例，没有。所以说，中国的国情更适合一党执政，如果是一个内部均衡的成熟的政党，中国就有希望重回世界之巅。中国共产党就是一个这样的政党。

中国共产党究竟做了什么，引导这个古老东方大国，推行了几乎不可思议的市场经济转型呢？这首先要从充满治理智慧的《十一届三中全会公报》中找答案，尽管这份公报对"市场"一词只字未提。或许，人们当时并没有意识到这次会议是个分水岭，是后来的改革开放和经济的市场化转型取得的显著成绩，提升了此次会议的历史意义。因为在当时，人们并没有对经济的市场化做出构想，更谈不上策划。在改革之初就对改革有事先设计的说法，存疑。

还有一个明面上的很容易被忽视的答案，就是社会主义市场经济。大家对此耳熟能详，却很少有人全面理解这个词本身蕴涵的深意。

* * * * * * * * * * * * * * * * *

1977年11月，邓小平视察广东，当地官员向他汇报了不断恶化的逃港问题，并建议中央加大边境管控的力量。邓小平当时回答说，这是我们的政策有问题，这个事不是部队能够管得住的。直到后来，当时的省委书记吴南生调查发现，位于香港的罗芳村（偷渡去的）和一河之隔的深圳罗芳村的村民收入相差 100 倍，此时他才明白了邓小平的话中之意，也开始赞同邓小平的意见：缩小中国与外面的经济鸿沟。

自古以来，领导人都是中国国家兴衰的主要决定力量。不仅国家如此，国内的一些单位也是一样，一个单位搞不好，可以有很多原因，但最重要的原因，肯定是领导不行。

改革开放初期也是这样，英明的领导人做出了重要而深远的贡献。邓小平著名的"猫论""不争论"让共产党重返实践，鼓励人们开始大胆的实验。胡耀邦大力推进思想解放。陈云既是改革的坚定支持者，同时也是重要的制衡力量，保证了经济在"笼子"中运行，没有发生大的乱子。书中提到，华国锋是个开明的领导，在把国家从阶级斗争扭转到经济建设轨道方面，居功至伟。

* * * * * * * * * * * * * * * *

中国是一个大国，治大国如烹小鲜，任何动作都要加倍小心。20 世纪八九十年代的辉煌成就，概括地讲，是系统的地方化知识和经验，与政府威权的有机结合；是领导人顺应时代，将民间的自愿协议合法化，并转化为社会制度，才迅速地成就了制度变迁。上下结合，适应了社会变化的需要，缩短了制度变迁的时间，减少了制度变迁过程中的摩擦，成就了辉煌的业绩。

真正有意义的、有突破性的改革，初期都是在社会主义经济的边缘，暗潮涌动。在国家控制最弱的地方，在那些落后的、边缘化的群体，成就了一系列的变革，将私营企业、乡镇企业带入经济体制之中，他们不经意地向国人展示了市场的活力，为后来的市场转型埋下了伏笔。农业的变革也是自下而上的，也是边缘革命，最后国家政策承认推广，成功地实现了包产到户。

1980 年以后的农业改革（家庭联产承包为主），其对中国经济的贡献，不仅仅是农业产量的迅速提高，更是农村劳动力的意外解放，也是商业和其他企业重返农村。后来的经验证明，农民工和农村市场，是支撑中国经济未来发展的一个重要的力量来源。

受到乡镇政府大力支持的乡镇企业（众多民营企业的前身），成功地将竞争引入到中国经济体制之中。

在城市失业大军的压力之下，明智的"三不政策"（不推崇、不宣传、不禁止），成就了城镇个体和私营经济的兴起。

与社会上自发的、民间的边缘革命相呼应，国家主动地通过"特区"实验，加速了经济社会转型步伐。1980 年 8 月 26 日，全国人大通过的《广东省经济特区条例》中指出，建立特区是为了"利用资本主义为社会主义服务"。这使人不由得想起晚清时的洋务运动，"师夷之长以自强"。不过，特区的实践，也是逐渐从边缘到核心。刚开始是深圳、珠海、汕头和厦门，1984 年开放沿海 14 个城市，1988 年开放海南岛、珠三角、长三角和福建厦门漳州泉州一线，1992 年是上海浦东，随后是所有省会城市，2006 年是天津滨海……逐渐从沿海到内地，从边缘到核心。

整个 80 年代都是令人怀念的年代。虽然不富裕，但每个人、整个社会都充满希望，朝气蓬勃。

* * * * * * * * * * * * * * * * *

改革初期，正是坚守社会主义制度，才为经济社会发展创造了有利条件。在社会主义的旗帜下，凝聚了大多数人的共识，在社会转型时期减少了不必要的动荡和摩擦。通过改革来维护和巩固国有经济，维持了一个稳定有序的经济社会大环境。允许边缘革命的发生，使非国有经济茁壮成长。最终将中国社会带入到一个混合经济体制之中。

在这一过程中，政府、企业、居民，各得其所。

* * * * * * * * * * * * * * * * *

中国老一辈无产阶级革命家都是信仰坚定，大公无私，从不受既得利益羁绊。这是改革取得成功的先决条件。

在整个 80 年代和 90 年代初期，中国改革开放的方向，基本上由邓小平和陈云掌控。邓陈二人共同致力于将中国建设成为社会主义现代化强国，但二人风格有很大差异。二人没有利益和意识形态方面的冲突，分歧主要存在于发展的方式方法层面。与邓小平倡导"思想更解放一些，胆子更大一些，步子更快一些"不同，陈云担心过快的发展会引发经济自身难以承受的问题。与毛泽东时代一人说了算形成鲜明对比的是，二人的意见不一致有助于维持当时宽松稳定的政治气氛，推动中国政治走向成熟。尽管二人想法有异，但仔细观察，二人在方法论层面又是高度一致的，如陈云讲的"不唯上，不唯书，只唯实"，与邓小平提倡的实用主义改革精神，实际上是一致的。是炽热的家国情怀、坚定的社会主义信念，邓小平和陈云才会走到一起，以实用主义的精神和试验的手段改革中国。这两个人同时出现在改革开放的政治舞台，是中国人民的幸运。这种情况，历史上少有。

陈云是新中国第一个五年计划的设计师，是计划经济坚定拥护者。十一届三中全会后，陈云"计划经济为主，市场经济为辅"的论述，是 80 年代中期以前经济改革的指引。陈云还有一个著名的比喻，说经济是鸟，计划是笼子。没有笼子，经济这只鸟会失控，而笼子也需要根据鸟的大小来调整其大小。陈云的思想，促进了市场机制和私营经济在中国经济中的合法化，这在当时是难能可贵的。

在经济这只鸟与计划的笼子磨合的过程中，听话的鸟（国营企业）令人失望的表现，逐渐改变了笼子的形状。计划经济逐渐分化为"指令性经济计划"和"指导性经济计划"。这样一来，国营企业中的市场力量迅速增长，笼子中的鸟越来越不安分。关键时候，推崇实用主义和改革思想的中国共产党，抱着试验的心态，以开明的思想在改革过程中不断学习，不断增强在改革的错误中学习的本领，不断根据实际情况进行调整修正自己的观点。1978 年的目标是"社会主义现代化强国"，1982 年是"有中国特色社会主义"，1984 年是"有计划的商品经济"，1992 年确定为"有中国特色社会主义市场经济"。强悍！

* * * * * * * * * * * * * * * *

由于初期的改革大多在边际上进行，中国的经济改革通常被称赞为"没有输家的改革"。但是，人们会根据相对地位的变化，来调整其心理状态。在相对意义上，没有输家的改革是不存在的。出现"端起碗来吃肉，放下筷子骂娘"的现象，不足为奇。在历史的长河中，这些问题只是疥癣之疾，不值一提。

* * * * * * * * * * * * * * * * *

现在试着讨论一下关键问题。

中国改革开放的核心要义，是放，是释放利益的力量。解放思想，解放生产力，使长期压抑的建设性力量迸发出来，创造了惊人的速度。在这方面，改革开放的实践在很大程度上符合西方主流经济学的理论，主要是利益激励了人的行为。为了更好地发挥利益激励作用，符合逻辑的进一步做法是明晰产权、进一步放开市场竞争（小政府）等。这也是中国所谓的改革派的主流意见。

问题是，利益是思想的奴隶（大卫·休谟）。如果人的思想有波动，行动的目标也会随之变化，对与错的界限也会重置，就连利益的含义，也会做相应调整。对中国独特的文化以及人们的思想状况，经济学者关注的太少（他们似乎不知道，制度变迁受思想和利益双重影响），以至于他们经常错失打开问题之门的钥匙。

中国的文化就不多说了。往大的说，中国人习惯于幻想有一个好的政府，并希望政府为他们当家做主、排忧解难。这与西方人对政府根深蒂固的敌视，有着天壤之别。

人的思想随着时间，有的会改变，有的不会改变。不会改变的，我们称之为先天的文化。会改变的，我们称之为制度。制度不是天生的，是人造的工具。人们为了生存和长治久安，会设计制度蓝图，在复杂环境的实践条件下，会逐渐演化出一个均衡状态，这个均衡状态就会沉淀成制度，用于规范和协调人类活动。有意思的是，制度一旦定型，有时会摆脱工具意义，上升到价值层面，成为受这些制度规范的人的符号，成为这类人身份的象征。且随着时间推移，这种象征的意味更浓。社会主义制度，就具有这种象征的意义。改革开放以来，尽管社会主义的内涵不断丰富且有所调整，但社会主义旗帜，越发坚定。

可以观察到，整个80年代以来，中国的政治更为理性化。表现有二。一是越来越多的学者参与到政治讨论中去。中国共产党在改革开放后对知识分子的尊重，实是国家民族之幸。学者参与政治讨论、出谋划策，学者之间不同的观点辩论和竞争，在一定程度上取代了政治斗争，就像体育比赛是战争的替代一样。二是强调法治，法律体系的重建。当然，中国的法律体系的建设，主要任务是维护政治稳定。这也是了不起的。学者参政与法制建设，成功地维持了政治的稳定，过去曾经将中国政治体制推向崩溃边缘的，分别来自政治权力结构最上层（领导人的鲁莽决定）和来自底层（即政治运动）的两大威胁，可以说，已经不复存在。

当然，这一切都是在党的领导下进行的。中国改革开放的实践，市场化转型的实践，并没有使共产党的存在变得无关紧要。与之相反，中国共产党成为支撑中国经济社会发展复杂体系中重要的不可分割的一部分。

这是人类历史上，绝无仅有的。不仅是外人，连生于斯长于斯的国人，能理解的又有几个？

＊＊＊＊＊＊＊＊＊＊＊＊＊＊＊＊＊＊＊

20世纪80年代末，也许是经济社会周期的原因，中国经济出现了前所未有的困难。1988年的通货膨胀以及1989年的政治风波，直接逆转了改革方向。1989年11月的全国计划工作会议，提出了控制非国有经济增长以及重返价格控制的具体措施。一是乡镇企业将纳入国家计划，二是所有私营企业统统收归国有，三是要以价格控制作为治理通货膨胀的主要手段。与之相应，20 世纪 90 年代初，关于改革方向和社会主义本质的讨论，占据着中国政治舞台的中心。

幸运的是，邓小平再次果断出手。在那次著名的南方谈话中，他明确指出，计划和市场不是社会主义和资本主义的本质区别，计划和市场都是手段，社会主义的本质，是解放生产力，发展生产力，消灭剥削，消灭两极分化，最终达到共同富裕。

对计划和市场的这种认识，在邓小平之前，早在 20 世纪五六十年代，东欧学者就有相关的论述和讨论。中国的经济学家顾准和孙冶方，也在不断地强调社会主义制度应当更多地遵循经济规律。

邓小平是个伟大的政治家。在整个社会为姓社姓资争论的焦头烂额之时，他快刀斩乱麻，把那些无谓的、扰人心神的争论抛到脑后，使整个社会心无旁骛地致力于推动中国社会经济向前发展，再次将国家前进的步伐纳入正常轨道。

此后，中国市场体制转型之路不可逆转。20 世纪末，一个相对完整的市场体制开始在中国运转。2001 年，中国加入 WTO，对内加速市场体制改革，对外加速融入国际市场，参与国际分工。中国经济经历 1997 年和 2008 年两次国际金融危机的考验，在世界经济体中脱颖而出。当前已经成为世界第二大经济体，并有望在不远的将来，成为世界第一大经济体。

与中国经济增长实践取得的辉煌成就不协调的是，时至今日，世界三大主要的经济体——美、欧、日均不承认中国的市场经济地位。的确，按照标准的经济学教科书，中国一方面在政治上坚定社会主义方向，另一方面在经济上坚持深化市场改革，两者似乎是矛盾的。但是，我们不能牢守教条而忘记了眼前的一切，中国经济实践取得的空前成功，而指导这一实践过程的，正是主流经济学家们看来充满矛盾的社会主义市场经济。

也许，在将来主流经济学的教科书中，会写上社会主义市场经济一章。

＊ ＊ ＊ ＊ ＊ ＊ ＊ ＊ ＊ ＊ ＊ ＊ ＊ ＊ ＊ ＊

实践已经证明，社会主义制度和市场经济体制，不仅可以共存，而且还取得了令人骄傲的制度绩效。这是事实，不容辩驳的事实。为了增进对社会主义市场经济的了解，我们再费些笔墨，大概回顾一下当时的做法。

1992 年召开的党的十四大，把建设社会主义市场经济作为中国经济体制改革的最终目标。随后，出台了一系列的解除价格管制的决定，将市场上的价格乱象一扫而空。1994 年 1 月 1 日开始实施新的税收制度，以简化税制、税收分成和税收管理为主要内容的新税制，将微观经济环境从政府的宏观经济政策中分离出来，为中国企业创造了一个富有竞争的微观经济环境。此外，1992 年的价格改革和 1994 年的新税制，迅速统一了全国的市场。

与此同时，以把国营企业变为独立自主并以市场为导向的经济实体为目标的国营企业改革也迅速推开。国企改革最终符合市场逻辑地走到了股份化改造那里。经过 20 多年的国企改革（抓大放小，搞活搞好），国有企业数量大为减少，但国企的影响力和市场势力，并没有随之减弱的趋势。

市场竞争已经成为常态，特别是产品竞争，在很多领域已经接近充分竞争的水平，与国际主要市场经济国家的市场并无差异。问题存在于要素市场，特别是金融资源领域，国企的制度优势明显，民营企业难以企及。

＊ ＊ ＊ ＊ ＊ ＊ ＊ ＊ ＊ ＊ ＊ ＊ ＊ ＊ ＊ ＊

中国的领导人都是奉行实用主义原则的。他们根据经济指标（经济的绩效表现）来调整、选择经济政策。排除意识形态领域的干扰之后，只有经济增长的表现不好，才是推动深化市场体制改革的动力。

1994 年税制改革的一个可能是没有完全预料到的结果是，地方政府成为经济增长的发动机。

1992 年的价格改革和 1994 年的新税制，迅速推动了全国统一的市场体制的建立。国有企业股份化改制也促进了人力资源和资本的解放。但这些似乎都是序曲。因为推动本轮经济增长的主角，是地方政府。

地方政府的动力，直接来源于收入激励和晋升激励。雄心勃勃的地方首长，以极大的热情投入到区域竞争之中，竞相招商引资，打造形形色色的工业园区。投资和经济绩效主导了这一切，为了更好的经济表现，各地政府八仙过海，各显神通，都尝试适合自身发展的办法。从 1994 年一直到 2010 年前后，整个中国似乎变成了一个巨大的经济实验室。优胜者被提拔到更高一级的领导位置上，从而使成功的经验在更广泛的范围内推广。就这样，中国广袤的空间优势，直接转化为经济增长的速度优势。我认为，这是理解中国特色社会主义市场经济成功的关键。至少在那个高速发展的 15 年，从制度表现来看，就是这样走过来的。可惜的是，那么多的经济学家，很少有人关注到这一点。不接地气啊。

回首过往，我们既要向确立改革开放基本国策的邓小平、陈云那一辈老的无产阶级革命家致敬，也不要忘记，向数以万计的勤勉创业的各级政府首长致敬。至少在那 15 年，中国的地方政府首长，就像一个超级大商人一样，把他们所有能够组织起来的生产要素组织起来，更好地为企业生产所用。一般情况下，市场发达国家，价格和市场信息可以顺利引导生产要素流动到需要它们的地方去。但在中国，地方政府以更高的效率填补了市场发育的不足（主要是法律和产权界定的不完善，很多事情还需要政府说了算），从而实现了市场体制完善与经济高速增长同步进行。这一点，在世界范围内，史无前例。

千万不要影响地方政府发展经济的积极性。因为经济就是民生，人民群众过上好日子，才是硬道理。得人心的、务实的做法，已经被证实是积极有效的做法，就是让地方政府更好地发挥其在组织生产发展经济中的作用。在没有找到合适的替代角色（法律和中介）之前，保护地方政府发展地方经济的积极性，至关重要。

* * * * * * * * * * * * * * * * * *

新中国刚刚成立的时候，毛泽东召见国学大师梁漱溟，请教对新中国的建议。梁坚信，建设新中国必须和了解旧中国齐头并进，如果没有对旧中国优势和劣势的彻底了解，新中国将迷失方向，跛足而行。显然，毛泽东没有听从这个建议。

市场也是有生命的，或者说市场也是有机的。我们要对市场保留足够的敬畏，不能胡说八道。哈耶克讲的致命的自负，存在范围事实上比他说的要广泛得多。如果信心爆棚，致命的自负，结果肯定是致命的。对此要有足够的警惕。

从主流经济学教科书的定义来看，中国的市场还是很粗糙的，有许多需要完善之处。但如果我们从现实的经济表现来看，中国的市场似乎不比发达国家的市场逊色多少。这是西方主流经济学家和我们自己很多经济学者无法理解的。我相信，主流理论与中国实践的差异之处，就是社会主义市场经济的奥义所在。

科斯在《变革中国》中称中国活力四射又独一无二的市场经济为中式市场经济。但何谓中式市场经济，他没有回答。或许，他也没有答案。或许，他把答案带去另一个世界，却把问题留给了我们。

* * * * * * * * * * * * * * * * * *

从中国改革开放 40 年的实践来看，中式市场经济，或者我们说的社会主义市场经济，至少有以下几个关键的内容：

一是尊重市场。不管什么样的市场经济，市场都是基础，一切经济行为应当在市场的基础上，按市场规律行事。改革开放以来的一条重要经验就是，尊重民间的首创精神。在中国，有时只有不借助现有的概念和工具

（因为现有的概念和工具，不是太契合中国的现实），才能把问题的真相搞清楚，回到问题的原点，才有可能排除干扰，整理出一个清晰的思路。在生存需求面前，无论是利益还是思想，都要退居其次。所以说，社会底层或科斯本书中讲的边缘地带中的人们，为了生存需求而创新出来的制度或经验做法，是充满智慧和最具生命力的制度选择，不能轻易否定，必须认真对待。改革开放以来的成功经验，就是国家尊重底层社会的边缘革命，如同联产承包、个体私营经济、乡镇企业，都是这样出现的。中国改革开放的成功在更大的成分上是开明的党和政府"放"的结果，而不仅仅是设计的结果。因为在改革之初，最高领导层决定以经济建设为中心时，还没有勾画出相应制度蓝图。40年制度变迁的经验是，自下而上的边缘革命提供了政策选择的可行菜单，自上而下的制度认可是其合法化有效途径，上下结合，迅速成就了市场转型的制度变迁。

在中国这样一个大国，凡是认为可能通过理性设计而建成的东西，都是危险的。我们不能自己给自己套上人为设计的枷锁，自己捆住自己的手脚。所以说，抛开理性的傲慢，尊重民间的首创精神，才是符合中国国情的正确选择。

二是实事求是。在中国历史上，实事求是的说法由来已久。"实事求是"出自《汉书》。河间献王刘德酷爱藏书，脚踏实地，刻苦钻研，很多读书人都愿意和他一起研究。班固的《汉书》替刘德立了"传"，赞扬刘德"修学好古，实事求是"，意思是说刘德总是在掌握充分的事实根据后，才从中得出正确可靠的结论。后来的朱熹提出的"格物致知"，也是这个意思。毛泽东早在1937年，就将"实事求是"定为抗日军政大学的校训。

在40年的改革开放过程中，到处闪耀着实事求是的光芒。市场化转型始终，中国都没有想到要放弃社会主义，而像别的社会主义国家那样转向资本主义，我们既要看到无产阶级革命家的坚定信仰，也要看到邓小平、陈云等领导人都是务实主义者，是实事求是的伟大智慧。邓小平、陈云以及后来的领导层，没有接受任何与事实不符的理论，这就是实事求是的精神使然。

王震在 1978 年出访英国回来时毫不避讳地说，我看英国搞得不错，物质财富极大丰富，三大差别基本消失，社会福利也很好。如果加上共产党执政，英国就是理想中的共产主义。在老一辈无产阶级革命家身上，体现了一种对共产党的忠诚和直面现实的勇气，正是这种务实的心态，使中国的社会主义制度克服了自身的困难，转而凝聚了促进经济社会发展的强大动力。当大家都以为社会主义制度与市场经济体制不相容的时候，实事求是的中国共产党领导下的中国政府，却把社会主义制度变成促进经济快速增长、市场体制快速转型的重要推动力量。这就是中国共产党在经济市场化转型中不仅没有削弱，反而发展得更加强大的原因所在。

实事求是，一切从实际出发，这才是颠扑不破的真理。新中国成立以来的经验也是如此。什么时候实事求是坚持得比较好，能够从实际出发，国家就会强盛起来。什么时候脱离了实事求是的原则，坚持空洞的教条，什么时候就会遭遇失败的惩罚。

尊重市场就是实事求是。市场的管理者们，千万不要以为自己比市场聪明。能够作为的，只有因势利导。否则，任何不符合市场规律的东西，都会被市场以这样那样你看得到或看不到的方式，找补回来，且无一例外。

三是保持开放。世界历史上的经验证明，只有开放的文明才能持续发展，享有不可限量的未来。只要坚持对外开放，中国的前途和命运，就是光明一片。因为中国人太勤劳、太聪明了。在别人悠闲地享受生活时，中国大多数精英阶层，还在通宵达旦地工作，中国没有理由超越不了他们。中国人最大的敌人是我们自己，因为我们自己的传统，太善于自己捆绑自己的手脚了。只要对外开放，外来的制度竞争，会提醒我们一直行进在正确的道路上。

还要对内开放。科斯在《变革中国》一书中讲道，中国的人才正在流向海外，中国日益增加的金融资产盈余与巨大的人才赤字相伴生，这种尴尬的局面，提示了中式市场经济的严重缺陷。事实上，改革开放以来的事实也说明，要想毁掉一个行业，最好的办法是对它政府垄断。中国发展得很好的产业，大多是政府没有眷顾到的。政府雄心勃勃的产业振兴计划，大多无疾而终。从世界的范围来看，不管什么样的社会或者文明，都是在开放、宽容、稳定的环境下繁荣昌盛，都是在思想封闭和政治混乱中消亡。大发展需要大格局。与外来的压力或者外来的先进经验相比，只有本民族内部积极的先进的东西，才是我们更能依靠的东西，才是中华文化的精华所在。事实上，改革开放 40 年来的成功经验，外来的思想或做法只是一个参照，本土化的制度创新，才是推动市场化转型的主要力量。

此外，政府公开透明的程度，对未来的发展非常重要。因为公开透明的政府是一个有约束的政府。

相信一个开放、宽容、自信和创新的中国，社会主义市场经济，将会在不久的将来，给世界带来更大的惊喜。罗伯特·福格尔教授曾经预测，中国经济将在 2040 年占据全世界经济总量的五分之二。我们无法判断这个预测，但我们相信，中国的生产能力和生产效率，还有很大的提升空间（事实上也能看到很多限制效率的行为）。

所以说，中式市场经济还在路上。很多东西现在还看不清晰，但是有一点可以肯定，世界不会只有欧美一种发展方式。尽管笔者也深信，背后的道理都是一样的。

受到良好训练的经济学家们，偏好从政府和市场的关系角度观察思考问题。笔者反倒觉得，回到问题的原点，可能是一个更好的观察中国经济问题真相的出发点。在中国，盛世也好，乱世也罢，时势之外，就是权力在决定一切。权力才是决定力量，政府也好，市场也好，最终要听权力的。所以说，维持一个尊重市场、实事求是、保持开放的均衡的权力结构，才是中国能否走上繁荣盛世的关键，也是中华民族伟大复兴的关键。

（本文写于 2017 年 10 月 28 日）

不　朽

　　偶尔翻看一些小说，能被时常想起的，米兰·昆德拉的《不朽》，算是一个，推荐大家看看。

　　所有文学作品里，最宜人的是小说，平易近人，老少咸宜。在小说的世界里，最雅致的，是讲述一个恰到好处的故事。能够讲述一个好故事的作家，是了不起的。不懂人性的人，是写不出好作品的。然而，何止人性，当作者展现出来一个好故事，他事实上就把握住了那个世界。当一个个章节串成一个完整的故事时，这个故事，就是一个摄人心魄的存在。

　　小说的意义，就是与读者产生共鸣。

　　《不朽》叹为观止。

　　米兰·昆德拉展现了叙事的技巧、语言的幽默、老到创作者不经意的细腻、一个思想者的哲思。当然，所有这些，在他对生活的深刻洞察力所营造的光环下，黯然失色。

　　书中说："为自己的形象操心，是人不可救药的不成熟的表现。"

　　所谓形象，就是别人眼中的自我。

　　这个自我，书中说："人生不能承受的，不是存在，而是作为自我的存在。"

　　存在是一种状态，而作为自我的存在，就掺杂进了许许多多被称作"自我"的东西。

人的生理构造是，眼睛向外，因而无法自己看到自己的形象。所以，人需要借助别人的眼光，就像借助镜子一样。

而别人的眼光，书中说："他突然醒悟，别人眼中的他和他自己眼中的他是不一样的，和他以为的别人眼中的他也是不一样的。"

多数时候，人只不过是自己在他人眼中的形象。有人说舆论不值一提，重要的是我们自己怎样想。可现实是，只要活在这个世界上，我们必将是别人看待我们的那个样子。搞笑的是，人从来就跟想象中的自己不一样，区别就是你在不在意。

米兰·昆德拉惯用讲道理的方式写小说。

大家都以为，生活总是充满了起因和后果、成功与失败。然而，这些大多是荒唐可笑的。生活需要幻象，需要感觉。手握重权的人，往往面对的是别人的欺骗。有时谎话听多了，就以为是真实。蹴巧遇上真实了，反而以为是假的。他们的世事就是这样，反着来。好像辩证法就是这么讲的。而大众，往往需要自我欺骗，满足于自我欺骗。那些善于自我欺骗的人，大多是活得挺幸福的一类人。所以说，成功学的套路是，对内需要欺骗（自欺或他欺），需要欺骗来安抚那颗不安分的心；对外需要媚俗，为了获得大众认可，使劲地向绝大多数人讨好卖乖。成功人士就是在媚俗的竞赛中脱颖而出的那一类人。比如政治家，不过西方的政治家媚的是大众的俗，东方的政治家媚的是权力的俗或者他们心目中的俗。

不过，大家都向往不朽。希望死后仍被人怀念，被人谈论，希望自己的形象（当然是他自己以为的）长留世间。人们为了不朽，浪费了太多东西，主动压抑个体的人生探索和多元选择，轻视作为唯一存在的珍贵的个体生命，"就好像存在着某些比你的生命更重要的东西"。

中国人的不朽意识也是根深蒂固。"太上有立德，其次有立功，其次有立言。虽久不废，此谓不朽。"（《左传》）"三不朽"的思想影响深远，为了死后的不朽，激励很多人生前的行为。然也有唱反调的，"至人无己，神人无功，圣人无名。"（《庄子·逍遥游》）不过，"仰天大笑出门去，我辈岂是蓬蒿人"。中国古代文人雅士，追求隐逸生活，他们不求功名的姿态反而成为爆得大名的一种方式，也是反着来，对现实的讽刺。

昆德拉还说过，这个世界只是一个纯粹的空间，没有任何意义。任何想给人生赋予价值和意义的想法和做法，都是愚蠢的。不朽的想法和做法，就是愚蠢的极致。

他在书中说："没有一点儿疯狂，生活就不值得过。听凭内心的呼声的引导吧，为什么要把我们的每一个行动像一块饼似的，在理智的煎锅上翻来覆去地煎呢?"

没有道理可言，生活不需要道理。

于是，快乐有趣味，充满实在感，在生活的每一天。

不朽，上面都蒙着厚厚的灰尘。

（本文写于 2018 年 6 月 8 日）

政府与历史

威尔·杜兰特、阿里尔·杜兰特合著的《历史的教训》，是他们长期以来读史、治史经验的积累与萃取，多数结论有启发意义和参考价值。篇幅不大，易于阅读。这本书读过五六遍，每次阅读都有不同收获。现将"第十章　政府与历史"的读书笔记整理、分享如下：

一、政府的首要工作，就是建立秩序。

一个社会主要有三种秩序：经济秩序、文化秩序和政治秩序。对这三种秩序的重视程度不同，反映了一个政府（仁政还是其他）的底色。

相比而言，经济秩序是最重要的也是最基础的秩序。因为经济就是民生，它事关国民能否吃饱肚子，能否活下来，能否过上好日子。

其次是文化秩序。伦理观念、文学、礼仪和艺术等，不仅事关人们的精神生活，更是人类代代相传文明之载体。

最后才是政治秩序。

当然，上述排序是持客观公正的态度。可以凭此观察世界上、历史上不同时期各个政府的表现，施仁政的政府，基本上都是遵循上述排序的。中华文明的鼎盛时期，唐宋王朝，就是一个经济发达、文化包容的社会。

历史上国家政府的常态，是由统治者和被统治者组成。如果统治者能力和水平不济，他们自然就会将建立和维持政治秩序放在首位。因为能不能坐稳位子，是这类统治者的头等大事，时时需要上紧发条。经济上的贫乏和文化上的严控，会换来一个历史标签，贴在那里。

读史的收获，就是把复杂的事情搞简单。

二、的确不存在，或者说历史没有完全证明，君主政治、贵族政治、民主政治和独裁政治，哪种模式最优且长期有效。

君主制下，有良好表现的政府，是从公元 96 年到公元 180 年的罗马。当时的罗马君主制采取收养制度。中国古代尧舜禹时期的禅让制传说，与此类似。遗憾的是，君主制下，皇帝们没有经受住权力的诱惑，纷纷将皇位传给了自己的子孙。这样，愚昧、奢侈、没落之风随之而来，皇子皇孙们糟糕的政治表现，败坏了君主制的名声。

贵族政治的表现更是乏善可陈。贵族总体上是个没落的阶层，外表的优雅，掩盖不住其实质上的腐化没落，个别英雄人物，拯救不了他们群体性的堕落。贵族会逐渐从这个社会上消失。

古罗马的民主政治，被奴隶制、贿赂和战争玷污，事情搞得一团糟，最后只能向独裁政治寻求依靠。恺撒和屋大维等，趁势而起。

现代的民主政治，是一个昂贵的政治制度。对经济和社会发展门槛的要求，很高。轻言民主，是不负责任的言论。

所以说，对大多数人来说，少谈一些自己搞不明白的政治问题，多讲一些能够切身体会的个人权利保护，是明智之举。

三、书中说道，唯一真正的革命，是对心灵的启蒙和个性的提升。唯一真正的解放，是个人的解放。唯一真正的革命者，是哲学家和诗人。

这些词如果用不到正确的地方，就是语言腐败。

但是，人类社会需要政府。尽管历史上，表现令人满意的政府，是如此之少。

附：威尔·杜兰特、阿里尔·杜兰特《历史的教训》①

第十章　政府与历史

英国诗人亚历山大·蒲柏（Alexander Pope）认为，只有傻瓜才会对政府的形式提出异议。历史对所有的形式，以及政府这种普遍存在的东西，都会给予赞美。因为人类热爱自由，而在一个社会里，个人的自由是需要某些行为规范约束的，所以约束是自由的基本条件；把自由搞成绝对的，它就会在混乱中死去。因此，政府的首要工作，就是建立秩序；有组织地集中使用暴力，是无数私人手中的破坏性暴力之外唯一的选择。权力当然要集中于中央，因为如果这种力量遭到分割、削弱或者分散，它就无法行之有效，就像当年波兰议会采取的"自由否决制"一样。因此，君主政体在黎塞留（Richelieu）和俾斯麦（Bismarck）主政时不顾贵族的抗议而实行的集权，一向受到历史学家们的赞扬。美国联邦政府也有同样的权力集中过程；当经济活动不管州与州之间的边界，只能由某种中央权力来管理时，谈论"州的权力"是没有用的。当今，国际政府组织也在发展，因为工业、商业和金融跨过国界，具有了国际的形式。

君主制似乎是最自然的政府体制，因为它的权威适用于群体，就像父亲在家族中或首领在战士们中享有的权威一样。如果我们以兴盛和持续时间来判断政府形式，那么我们应该给君主制掌声；相对而言，民主制一直是其中的插曲。

罗马的民主政治，在格拉古兄弟（Gracchi）、马略（Marius）和恺撒（Caesar）的阶级战争中崩溃后，奥古斯都采用实际上的君主体制，实现了统治史上最伟大的成就，即"罗马和平"（Pax Romana），从公元前30年直到公元180年，自大西洋至幼发拉底河、从苏格兰至黑海的整个帝

---

① ［美］威尔·杜兰特，阿里尔·杜兰特. 历史的教训［M］. 倪玉平，张闳译. 冯克利，晏绍祥审校. 中国方正出版社，四川人民出版社，2015.

国，一直维持着和平。在奥古斯都之后，君主制虽然受到了卡里古拉（Caligula，37~41 年在位——译者注）、尼禄（Nero，54~68 年在位——译者注）和图密善（Domitian，81~96 年在位——译者注）等人的败坏，但在他们之后，又出现了涅尔瓦（Nerva，96~98 年在位——译者注）、图拉真（Trajan，98~117 年在位——译者注）、哈德良（Hadrian，117~138 年在位——译者注）、安东尼·庇护（Antoninus Pius，138~161 年在位——译者注）和马可·奥勒留（Marcus Aruelius，161~180 年在位——译者注）等人。勒南（Renan）曾经说，这"是世界上前所未有的，最善良和最伟大的一批相继出现的君主"。吉本（Gibbon）也说："如果让人找一段人类历史上最幸福和最繁荣的时期，那么他一定会毫不犹豫地说，是从涅尔瓦继承王位开始到马可·奥勒留逝世这段时间。他们保持统一的统治，也许是历史上仅有的把谋求人民幸福作为唯一目标的政府。"在那个光辉的年代，罗马人民都为自己享有的统治深感荣幸，而这个君主制度采取的是收养制度：皇帝不把皇权传给他的子孙，而是挑选能力出众的人，把他变成自己的养子，然后把他培养成对政府有益的人，并逐渐地把权力交给他。这个制度运行得不错，部分原因是图拉真和哈德良都没有儿子，而安东尼·庇护的儿子在孩童时期就去世了。马可·奥勒留有个儿子叫康茂德，因为马可·奥勒留这个哲学家没有另外指定继承人，他的王位就由儿子继承了，结果很快就引起了大混乱。

总之，君主制取得了中等的成绩。这个制度因为继承而引发的战争带给人类的灾难，和它的连续性和"正统性"带来的好处一样多。当这个制度采取了世袭制时，所带来的愚昧、奢侈、裙带关系、不负责任和奢靡之风，可能要比高贵气质和政治家风范为多。路易十四（Louis XIV，1643~1715 年在位——译者注）经常被视为现代君主的典范，但法国人民却因他的死亡而欢喜雀跃。现代国家的复杂性，让任何想控制它的单一头脑都归于失败。

　　因此，大多数政府都是寡头政治——由少数人来统治，这少数人或是因为出身被选中，如贵族政治；或者是被宗教组织选出来，如神权政治；抑或是因为财大气粗被选出来，如民主政治。多数人统治是不自然的（甚至卢梭也明白这一点），因为多数人是不能够被有效地组织起来参与统一的具体行动的，但是少数人却可以做到这一点。假如大多数能力存在于人类的少数之中，则少数人统治，就会像财富集中一样，是不可避免的。多数人所能做到的，顶多是定期把一个少数赶下台，再让另一个少数上去。主张贵族政治的人认为，与依靠金钱、神学或暴力掌权相比，靠出身而当政是最明智的选择。贵族政治使一小部分人从勾心斗角而又让人精疲力竭的经济竞争中解脱出来，从很小的时候就开始，通过榜样、环境、下层官职培养他们，使其能够胜任政府的工作，这种工作需要特殊的准备，它不是普通家庭或一般背景可以提供的。贵族制度不仅是治国理政技能的摇篮，也是教养、礼仪、规范、品位的储藏和传播工具。看一看法国革命之后，道德、礼仪、风格和艺术都发生了哪些变化吧。

　　贵族鼓励、支持并且控制艺术，但是他们很少能够创造艺术。贵族们蔑视艺术家，把艺术家视为匠人。他们喜欢生活的艺术，而不是艺术化的生活，从未想过屈尊受尽千辛万苦，而这通常是天才必须付出的代价。他们也很少进行文学创作，因为他们认为为出版而写作是出风头和推销自己的表现。这种现象所导致的结果是，现代的贵族中产生了无所用心而又浅薄的享乐主义，他们一生都是假期，将特权地位享受到极致，常常不拿责任当回事。一些贵族政体便是由此而没落的。从路易十四说出"朕即国家"，到路易十五声称"我死后管它洪水滔天"，也不过区区三代人的时间（约90年——译者注）。

　　因此，当贵族们专权垄断、自私短视剥削压迫人民的时候，当贵族们盲目地迷恋祖宗之法，使得国家发展迟缓的时候，当贵族们把人力和资源消耗在争夺王位和开疆拓土的战争这一类王侯将相的游戏中时，贵族制的优点也不能挽救它。后来，受排斥的人民在激烈的反抗斗争中团结了起来。新的富人阶级与穷人联合起来对抗墨守成规和固步自封的贵族，断头台上砍下了数千贵族的头颅。于是，民主政治开始取代了这种人类历史上的恶政。

历史会替革命辩护吗？这是一个争论已久的话题，路德（Luther）勇敢地与天主教教会决裂，而伊拉斯谟（Erasmus）则希望有耐心的和有秩序的改革；查尔斯·詹姆斯·福克斯（Charles James Fox）支持法国大革命，而埃德蒙·伯克（Edmund Burke）则要捍卫"成规"和连续性，这些都是很好的例证。有些时候，就像1917年的俄国，顽固腐朽的制度似乎需要暴力去瓦解。但大部分时候，由革命所达到的效果，很明显不通过革命而通过经济发展的持续推动也能实现。在英语世界，美国没有经历任何革命也变成了一支主导的力量。法国大革命使控制着财力的商人阶级变成统治势力，取代了拥有土地的贵族们；但同样的情况发生在19世纪的英国，却没有经历过流血牺牲，甚至都没有打扰到民众的日常安宁。与过去断然决裂，会导致狂热的行为，接踵而至的可能是突然的横祸和毁灭。个人的明智，来自于他记忆的连续性，团体的明智则需要其传统的延续。在任何情况下，链条一断，就会招致疯狂的反应，就像1792年9月的巴黎大屠杀一样。

由于财富是一种生产和交换的秩序和过程，而不是囤积（大多数都无法长期保存的）货物；是一种个人或机构的信托（信用制度），而不是纸币或支票的内在价值。因此，暴力革命对财富所做的再分配，并不会多过对财富的损坏。对土地可以进行再分配，但是人们之间天然的不平等，很快就会产生新的占有和特权的不平等，形成新的少数人权力，他们的本能从本质上说和过去的少数一样。唯一真正的革命，是对心灵的启蒙和个性的提升；唯一真正的解放，是个人的解放；唯一真正的革命者，是哲学家和圣人。

按照民主一词的严格定义，它只存在于现代，而且大部分内容都是存在于法国大革命之后。在美国，男性公民的选举权开始于安德鲁·杰克逊（Andrew Jackson）的执政时期，而成人（包括女性）投票权开始于我们的青年时代。在古代阿提卡，31.5 万人口中，有 11.5 万是奴隶，只有 4.3 万是享有投票权的公民。妇女和绝大部分工人、店员和商人，以及所有的外国人，都没有公民投票权。这些少数公民又分为两派：寡头派——他们是拥有土地的贵族和上层资产阶级，和民主派——包括小地主和小商人，以及已经降为从事体力劳动但享有选举权的公民。在伯里克利主政时期（Pericles，公元前 460 年至公元前 430 年），贵族占了上风，雅典在文学、戏剧和艺术方面达到了顶峰。伯里克利去世后，贵族因伯罗奔尼撒战争（Peloponnesian War，公元前 431 年至公元前 402 年）的失败而名誉扫地。民众，或者说是下等公民，开始掌握政权，他们颇受苏格拉底（Socrates）和柏拉图（Plato）的鄙夷。从梭伦（Solon）开始，直到罗马征服希腊（公元前 146 年），寡头派和民主派之间一直冲突不断，采用的手段包括书籍、戏剧、演说、投票、陶片放逐法、暗杀和内战。在公元前 427 年的柯西拉岛［Corcyra，现名科孚岛（Corfu）］，执政的寡头派暗杀了 60 多名民主派的头目。此后，民主派又推翻了寡头派。在一个类似公安委员会的审判中，50 名寡头派被处死，后来又有上百名寡头派饿死在监狱里。修昔底德（Thucydides）的描述，让我们想起了 1792 年到 1793 年的巴黎。他说：

在整整七天的时间里，柯西拉人都在屠杀那些本是他们的同胞，现在却被他们视为敌人的公民……死神到处肆虐，正像这种时候通常都会发生的事情，暴力无孔不入。儿子被父亲杀死，祈祷者从祭坛上被拖走或在祭坛上被砍杀……革命从一个城市传到另外一个城市，后发生革命的地方，在听说了之前发生的事情之后，便会以更极端的方式……施以更残忍的报复……柯西拉人成了这些罪行第一个例子……被统治者开始报仇雪恨

（他们从来没有得到过平等的待遇，得到的只有来自统治者的暴力）……他们被激情所驱动，变得极端残酷无情……同时，处在（好战的）双方之间的温和派日益势单力薄……整个希腊变得动荡不安。

在《理想国》一书中，柏拉图借苏格拉底之口谴责了雅典民主政治的胜利：民主已经成为阶级暴力引发的混乱，它使文化颓废，使道德堕落。其中说到：民主派对自制加以轻蔑，认为这是一种怯懦……傲慢，被他们称为有教养；无政府状态，被他们称为自由；浪费，被他们称为慷慨；厚颜无耻，被他们称为有胆有识……父亲要降低到和儿子相等的地位并且怕他们，而儿子和他们的父亲平起平坐，丝毫也不害怕他们的父母……老师害怕他们的学生，还要哄着他们，学生轻视他们的师长……老年人不喜欢被看成是古板和霸道，因此他们模仿年轻人……我们尤其不能忘记的是，男女之间也有着自由和平等的关系……民众对权威已经很不耐烦了，只要稍加约束就会大发雷霆……他们对成文的和不成文的法律感到不能忍受，长期地漫无法纪……由这种情况产生的僭主制是合理的和辉煌的……任何事物极端地扩大，都会导致相反的结果……民主慢慢地变为独裁，最恶劣的僭主制和奴隶制是在绝对自由政体下产生的。

在柏拉图去世的时候（公元前 347 年），他对雅典民主政治的批判，已经开始被历史所证实。雅典人重新获得了财富，但这个时候的财富乃是商业资财，而不再是土地，工业家、商人和银行家爬到了重新积累的财富的顶端。这个变化使得人们对金钱产生了狂热的追求，希腊人称之为"拜金狂"（pleonexia）——胃口愈来愈大。"暴发户"（neoplutoi）建造了华而不实的豪宅，他们的妻子用名贵的礼服和珠宝装饰起来，成打的用人服侍着她们，她们用宴会款待客人，与之争奇斗艳，彼此攀比。贫富间的差距越来越大。就像柏拉图所说的那样，雅典被分化成"两个城邦……一个是穷人的城邦，一个是富人的城邦，此城邦与彼城邦之间互相对立着"。穷人计划通过立法、税收和改革的方式，来掠夺富人的财富；而富人为了保护自己的财富，也组织在一起共同对抗穷人。亚里士多德说，一些寡头派组织的成员竟然庄严宣誓："我将是人民（即平民）的敌人，我将在公民大会中对他们干尽所有的坏事。"伊索克拉底（Isocrates）则在公元前366年说："有钱人真不合群，那些有钱人宁愿把他们的财产扔到大海里，也不愿意拿出来分给那些需要的人。同时，那些穷人又觉得抢走富人的财产比发现一个宝藏还要开心。"

较为贫穷的公民如果获得了公民大会的控制权，就会投票把富人的财产放进国库，然后由政府性的事业或政府补贴的方式，重新分配给人民。政治家们则发挥他们的才智，为财政开辟新的来源。一些城邦用更直接的方式来分散财富：米蒂利尼（Mytilene）的债务人把他们的债权人进行集体屠杀。阿哥斯（Argos）的民主派攻击富人，并杀死了数百人，没收他们的财产。相互敌对的希腊城邦的有钱家族秘密联盟，相互帮助，以抵制民众的暴动。中产阶级和富人一样，也不信任民主，认为那是让妒忌者掌权。穷人同样不信任民主，认为财富上的不平等让虚假平等的投票毫无意义。希腊的阶级斗争越演越烈，最终当马其顿的菲利普二世（Philip of Macedon）在公元前338年发动袭击时，希腊内部和外部都呈现出分裂的状态。许多有钱的希腊人欢迎菲利普二世的到来，认为这要好过一切革命。雅典民主政治在马其顿人的独裁下，消失了。

柏拉图把政治演进归纳为君主政治、贵族政治、民主政治和独裁政治相继出现的过程，这在罗马历史中我们找到了又一个例证。在公元前三世纪到公元前二世纪的时候，罗马的政治寡头制定了一个外交政策，训练了一支纪律严明的军队，并征讨和开拓了地中海世界。通过战争得到的财富，都被贵族们收入囊中，商业贸易的发展，又使得中产阶级变成了富豪。被征服的希腊人、东方人和非洲人，被带到大庄园做奴隶。当地的农民失去了土地，无家可归，无处安歇，沦为城市的无产阶级，只好接受小格拉古（Caius Gracchus）在公元前123年开始按月向穷人发放的救济粮。

将军和总督从各省归来，为自己和统治阶级运回掠夺来的战利品；百万富翁成倍增加；流动的金钱代替土地成为政治权力的资源或工具；敌对派系为了竞争，大规模地收买候选人和选票。在公元前53年，有一个投票团体因支持某候选人而得到了1000万塞思特斯（Sesterces，古代罗马的货币名——译者注）。当金钱不起作用时，谋杀就出现了：有时候投错票的公民们被打到半死，他们的房子也会被人放火烧掉。古代人从未见过如此富强而又如此腐败不堪的政府。贵族们忙于利用庞培来保持他们的优势权益。平民们和恺撒同甘共苦。战场的判决取代了胜利的拍卖。恺撒取得了胜利，并建立了得到民众拥戴的专制。贵族们杀死了恺撒，但最终接受了他的侄孙和继子奥古斯都（Augustus）的独裁（公元前27年）。民主政治结束了，君主政体复活了，柏拉图的轮子，转了整整一圈。

我们也许能够从这些经典的例子中看出，古代民主被奴隶制、贿赂和战争所玷污，根本配不上"民主"这个名称，也没有为平民政府提供一个公共的标准。美国的民主政治则有着更深厚的根基，它开始时是受益于英国留给它的遗产：自《大宪章》以降，盎格鲁—撒克逊的法律就一直保护了公民不受国家的侵犯；新教徒则开拓了宗教和精神自由。美国革命不仅仅是殖民地居民对抗遥远政府的反叛，同时也是土著中产阶级对抗外来贵族的起义。因为有大量的无主土地，法律条文又极其少见，起义变得轻而易举。人们拥有自己耕种的土地，在自然的限制内控制着自己的生存处境，政治自由有其经济上的基础；他们的人格和个性都扎根于土地。就是这些人使杰斐逊当上了总统——他既是伏尔泰那样的怀疑论者，也是像卢梭那样的革命论者。一个管理最少的政府，非常有利于释放个人主义的能量，这些能量把美国从一片荒地改造成了物质富裕的理想国，从西欧的一个孩子和被监护者，变成了他们的对手和保护人。农村的孤立促进了个人自由，两面环海的保护，使得国家的孤立促进了自由和安全。这些及其他上百种因素，才使得美国拥有了一个更基本的也更普世的民主政治，这在历史上还从来没有出现过。

这些形式上的条件，很多已经消失了。个人的孤立已经随着城市的成长而消失了。工人需要依赖于不属于自己的工具和资本，以及那些非他们所能掌控的条件，个体的独立性也消失了。战争的花费越来越大，个人无法了解战争的原因，也无从逃避战争的影响。自由无主的土地正在消失，虽然家庭所有制还在扩展——拥有最低限度的土地数量。从前那些可以打理自己的小店的人，现在已经成为大分销商的劳工，这可能反映着马克思所抱怨的现象，一切事物都被套上了锁链。经济的自由，即使是在中产阶级中，也越来越稀少，使政治自由成了安慰人的漂亮话，这并不是因为（像我们在血气方刚的青年时代所认为的那样）富人邪恶，而是由于非人力所能控制的经济发展的结果，也可以说是由于人性。在错综复杂的经济关系中，每一种进步，都是对才能优异者的额外奖赏，从而也会加剧财富、责任和政治权力的集中。

在所有政府形式中民主是最困难的一种，因为它需要最大限度地普及聪明才智，而当我们让自己变成主权者时，我们会忘记把自己变得聪明一些。教育是普及了，但是才智却因为头脑简单的人众多而永远受到阻滞。一位犬儒者说过："你切莫只因为无知的数量巨大而崇拜它。"然而，无知也不可能被长久崇拜，因为它会自愿被那些制造舆论的力量所操纵。林肯说过："你不可能永远欺骗所有人。"这或许是对的，但是你可以愚弄足够多的人，以便治理一个大国。

民主政治对当前艺术的堕落有没有责任呢？当然，说堕落是可以被质问的，因为这是主观见解的问题。我们中间有些人，对艺术的极端表现——五颜六色毫无意义的涂鸦，破布烂纸的拼贴，怪诞刺耳的音乐——感到不寒而栗，他们显然是自囚于我们的往昔，缺乏试验的勇气。这些毫无意义的创作，创作者并不是要吸引公众的共鸣——他们也把这些人视为狂人、废物或骗子——而是要吸引容易上当受骗的中产阶级购买者，这些人被拍卖商催眠，又被新鲜而畸形的事物所震颤。民主政治对这些颓废的作品是有责任的，但也只是意味着，民主政治未能发展出欣赏标准和品位，去替代过去贵族采用的标准和品位，它将艺术家的想象力和个人主义限制在一定界线之内，使之可以理解交流，为生活带来启迪，以合乎逻辑的顺序和连贯的整体使各部分保持和谐。如果现在的艺术在奇形怪状中迷失自我，这不仅是由于艺术已经被群众的建议和支配地位所影响而庸俗化，而且也是由于艺术表现形式，可能已经被古老的学院派和古老的形式用尽了，人们在一段时间内只好四处乱闯，以便寻找到新的模式、新的风格、新的规则和纪律。

历数民主的缺陷之后，它还是要比任何其他形式的政治都要好。它的害处较少而优点较多。它给人民带来的热情、友善，远远超过它的缺陷和瑕疵。它给了人们思想、科学、事业以自由，这是使其得以运行和成长必不可少的。它推倒了特权和阶级的城墙，在每一代人中，它从各个阶层和地位的人中选拔出一些出类拔萃的人物。在民主政治的刺激下，雅典和罗马成为历史上最具创造力的城市，而在美国建国以来的200年里，也为大部分民众提供了空前丰厚的财富。民主政治目前专注于发展教育和公共健康。如果教育机会平等能够建立起来，民主政治将会是真实和公平的。因为这才是它的口号背后至关重要的真理：虽然人们不能做到生而平等，但是教育和机会的获得会让他们越来越接近平等。民权不是去从政和行使权力，而是他们有选择每一种生活方式的权利，这种选择也可以检验一个人是否适合做官或者执政。这种权利不是来自上帝或自然的恩赐，而是每个人都应该拥有的特权，它有益于群体。

在英国和美国，在丹麦、挪威和瑞典，在瑞士和加拿大，今天的民主比以往更为强健。它用勇气和能力来保卫自己，抵御外国独裁制度的攻击，也不会让独裁政治在国内出现。但是，假如战争继续吸引它、支配它，或者为了统治世界的目的需要庞大的军力和开支，那么民主政治的各项自由，可能会一个个地屈服于武器和冲突。假如种族或阶级斗争把我们分成两个敌对的阵营，把政治的辩论变为盲目的仇恨，那么一方或另一方就可能会用刀剑来推翻竞选活动的讲台。如果我们的自由经济不能像其创造财富那样有效地分配财富，则独裁统治将会向每个人敞开大门，只要这个人能够说服大众，并保证他们的安全。一个尚武的政府，随便用什么动听的口号，都足以吞噬整个民主世界。

（本文写于 2018 年 8 月 13 日）

重读高尔泰

近些天，重新将老高的《寻找家园》和《草色连云》拿出来翻读。不为别的，心中隐约在想，如果有一天，回到那样的日子，有个参照，事先有点心理准备。尽管我不能想象，能否有前辈们那样对生活的韧性。

老高 1935 年生于江苏高淳，1957 年因发表美学论文《论美》，被打成右派，1992 年到美国定居。

他的文字，似乎要在墙上挖洞，从洞中回望前尘。

无我而任物，故能无为而无不为。

老高的文字，很感性，很细。初看极佳，细品亦极佳。

时代毕竟不同了，当时语境下的渲染力，大约归于了平淡吧。

不过，历经磨难，一个活脱脱的人，还在那里。淡淡的语调中，偶尔露出几句"前声隐隐，后声迟迟，在薄暮中悠扬着一种静寂"这样的好文字，算是给耐心读者的奖赏。

老高是真性情，如果生活中有一个这样的朋友，实乃幸事，只是不好相处。

对于一个他来讲，具象只是他的壳，他得从那里出来。别的，都无所谓啦。不知道他是不是这样。反正，我觉得，他写作的时候，没有想到读他文字的人。

心虚不动，以其情顺应万事而无情，大约讲的就是老高这样的人。

《寻找家园》有分量，佛说一沙一世界，何况是粒抢眼的沙子。

中西差别，大抵有两个：

比如我们喝茶的杯子。在美国是你的就是你的，不会是别人的，界限清楚、明晰；在中国是你的，也可能是别人的，界限不太清楚明晰。

再如每个人。在美国可能过得好或不好，总是可以终其一生像人一样活着，几乎任何人。在中国也可能过得好或不好，但是无法保证人终其一生像人一样活着，几乎任何人，诸如前高官、前富豪，现流民、现乞丐、现拆迁户等。

置身美国的老高，在他从墙上挖出的洞中回望前尘时，此身与彼生，差别还是清楚的。

物的权利界定不清，保护不力，整个社会不易建立秩序，正向激励结构无法建立起来。治理者天大的本领，也做不到可持续发展、长治久安。因为缺失明确一致的秩序，没有明确的方向，社会表现就是乱、躁动，无法因势利导。首长很累，大家都很疲惫，起早摸黑地做着无用功。

人的权利界定不清，自由无法保障，人的发展无从说起。如果没有人的发展，社会是不是会发展？搞不明白。

比如一些非常简单的问题，连小孩子都知道的道理，为什么有那么多人时常在争论？

常听说"大河有水小河满"。但是，稍有常识就知道，长江黄河由无数支流汇集而成，而不是相反。常常听到"有国才有家"，总觉得很搞笑，"国家"概念出现不过几百年左右，家庭呢？照这逻辑，那就可以说"有墙才有砖"？"有馍才有面"？"有儿才有爹"？堂而皇之地颠倒逻辑和是非，令人瞠目结舌。

言假言文假文满座皆假。

人的选择，物质、权利的增减变化是诱因，但是还有比这些更重要直接的诱因：感情。在熟人社会里，人的行为，多由感情牵引。感情，说不清也道不明白，还特别容易冲动，容易被曲解、误导。

历史上屡屡得手的大奸大佞之辈，有一个共同点，就是善于驾驭情感，蒙上如小儿，驱下如犬马。

有时社会过于世俗，追名逐利无所不用其极。

有时社会过于狂热，群体性无意识无厘头。

表面上忽左忽右，巨龙似的摇摆扭动。

无道义，无规则，甚至无目的。

人是感情动物，若感情没有一个锚，社会就是一个情绪化的社会。感情的锚在哪里？升斗小民，无所适从，眼里只有皇帝。他们不知道，罪恶之源，在皇帝那里。只有皇上的物质上的利益和精神上的好恶，才是那个社会的是非标准。就像秦桧，是他假借皇帝之手除去岳飞，还是皇帝假借他手除去岳飞？聪明能干如秦桧，也摆脱不了背锅的命运。

如上，俗气地解读了一个不从俗流的人的文字。

看来，自己的文字，都是笨出来的。

老高那个时代的知识分子，总是被放逐或自我放逐，只有"变为野兽之后，生活会好起来"。活着艰难，人生也因此丰富（愈挫愈勇），具有了某种程度上的标本意义。

我们这个时代的知识分子，堕落了一大批，成长起来更大一批，虽是嫩草，弱不经风，然寂寂不休，却也有连云之势。

掩卷长思，怎样有一个合意的家园？

中国的圣人说物来顺应，我想他说这话时，大约肚子里有食。

西方的天堂虽好，毕竟我们生活在有欲望含苦乐的人间。

饿了有饭吃，困了能睡去，余生就知足了。

人生如逆旅，安处是吾乡。

常恨言语浅，不如人意深。胡乱发点牢骚，也就释然了。

（本文写于 2018 年 9 月 15 日）

货币史笔记

这些文字是我以读书笔记的形式整理出来的，主要材料搜集工作完成于2008~2010年间。记得当时"货币战争"等说法大行其道，就连一些高校的知名学者，也对此说推波助澜。歪理邪说流传于世，货币理论掩形匿迹，总觉得不是什么好现象。不过，隐约也感觉，一些货币演化理论，概括的只是货币史的某些片段。整体上看，逻辑一致性上还是略有缝隙，理论推理与现实的一致性上也似有自相矛盾的地方。所以，当时沿着货币演化的脉络，整理了一个20多万字的小册子《货币史逻辑》，多年后拿出来看看，虽然简陋，也是当年点灯熬油的成果，还是不忍丢掉。遗憾的是，志大才疏，功夫又没下够，占有资料不足，也缺乏深入讨论。尽管如此，还是鼓足勇气整理出来，求教于方家。

一、货币的起源

经济学教科书宣称，货币起源于物物交换，众多的商品都曾充当过交易媒介，因为金银天然的货币属性，最终货币形式收敛到黄金白银身上。这个关于货币起源于商品交易需要和商品交换实践的理论，大约从亚里士多德"货币始于贸易需要"开始，经亚当·斯密、大卫·李嘉图等，最后形成于卡尔·门格尔。

我想说的是，这一带有社会达尔文主义色彩的货币起源理论，以讹传讫了数百年。一是这种说法缺乏实物支持。大量的考古学和钱币学、人类学的证据，支持货币起源于非经济目的，而非市场交换。有证据显示，货币出现早于市场的形成。二是如果货币产生于物物交换的自然选择过程，结果应该是用途最广的物才有可能被选择出来，而不应是没有什么实际用途的黄金最终胜出。三是货币有着丰富的内涵，货币产生之后，虽然主要服务于物质交换，但货币的价值和意义，显然不仅仅局限于物质领域。所以说，不应该仅仅把货币看作是一个高度精巧的技术体系。

越来越多的历史文献、考古发现和社会学、人类学的研究成果，支持货币起源于宗教文化政治等"人为因素"。中国古代文献中有大量"先王造币"的记载。马克斯·韦伯则说，从历史上看，货币的支付手段职能早于交换媒介职能。凯恩斯在《货币论》中则直接说金银的价值是从宗教领域衍生出来的。大量经济人类学（如栗木慎一郎）的证据，支持货币起源于宗教信仰以及由此而来的文化习惯。

早期人类社会彼此之间互不通消息，但考古证据发现，贝壳、黄金几乎不约而同地被不同区域的先人用作货币。这是很神奇的。大约贝壳外形类似女子外阴，象征生命源泉；黄金（白银）散发着太阳（月亮）般的光芒，被巫师视为人与上天沟通的信物。人类社会早期不约而同地赋予贝壳、黄金这些日常生活无用之物以价值，反映了人类早期对生命丰饶的精神追求。

人类发展史上，四大古文明里，有三大文明在同一个时期出现了铸币。铸币最早出现在土耳其西部，然后传到希腊，传到罗马。同时在印度出现了官方铸币，都是公元前6世纪前后。中国也是春秋（公元前770～前475年）时候出现铸币。大约在一百年内，互不通消息的三大文明，不约而同地出现铸币，相信不应该是巧合。

货币是物质世界的秩序。货币丰富了这个世界，丰富了我们的生活。人类的社会化进步，依赖于货币媒介人际间的物质交换，把整个世界联结在一起，通过交换来互通有无。货币自从来到世间之后，历经物质世界千般考验，更换过上万个面孔，但其自身象征的价值从来没有改变过。可惜的是，我们专注于货币物的属性，认为占有金钱即是目的。而没有看到，金钱不仅是果腹之保证，更是人类自我完善之神器。

认识货币起源有助于理解货币的本质。经济学家观察到的货币流通现象，无论是说货币是物的奴役，还是说货币是物的主宰，说的只是货币的某个片段，而不是全部。货币是个好东西，可惜我们对它误解太多。货币打通了时间、空间、种族、文化等的阻碍，把整个人类社会组织在一起，互通有无。正如在远古社会，货币寄托了先人对生命丰盈饱满的期许；在现代社会，货币反映了我们对组织、文明、和平共处、生态、社会公义、美好生活的期望。

货币的价值是超越物质范畴的。正如泰德·克罗福德《金钱传》中的最后一句话：金钱可以召唤我们的灵魂，让它来审视我们自己的行为……金钱的丰饶不仅表现在田野工厂和办公室内，更重要的是，它表现在我们的思想和心灵的创造力和真爱之中。

二、货币形式流变

历史上的货币，是它所处时代的印记。简单地梳理一下，看看能够给我们理解货币带来什么样的信息。

贝币

中国最早的货币是贝。安阳妇好墓中发现了将近七千枚贝，可见殷商时期，贝的使用已经较为广泛。用作货币的贝有多种：天然贝，及其仿制品：陶贝，玉贝，骨贝，石贝，铜贝，涂金贝，贴金贝，包金贝，纯金贝，等等。世界上各民族，多有使用贝币的记录。亚洲的印度、缅甸、斯里兰卡、土耳其，都有贝出土；美洲的阿拉斯加和加利福尼亚的印第安人曾用贝；欧洲在旧石器时代末期和新石器时代初期的遗迹里曾有贝壳的发现；非洲沿海一带及澳洲、新几内亚北部各岛和所罗门群岛地方都用过贝。只能作这样的解释，贝被赋予的超自然意义（诞生、复活与再生），成为普遍可接受的财富符号。

商品社会冲击了古老的信仰传统。秦朝建立后，贝币退出流通领域，谷帛与黄金并行。每当时局混乱，谷帛的货币作用立即显示出来。当时流传的一首童谣是："虽有千黄金，无如我斗粟，斗粟自可饱，千金何所直?"从东汉末年开始，谷帛取代黄金、铜钱，成为主要的货币。谷帛为货币，一直行用到唐中叶。玄宗天宝以后，渐渐为钱币所代替。前后五六百年。

实物为币，有一个固有的弊病，就是实物的商品性与其货币性之间存在竞争关系。用做商品消费使用，还是用做货币去交换别的东西，二者之间存在竞争关系，影响货币流通的稳定性。金属货币也是如此。当铜作为商品的价格高于其作为货币的价格时，铜就会从货币领域退出（销熔）；当铜作为商品的价格低于其作为货币的价格时，就会有更多的铜出现在货币流通领域（盗铸）。

早期的布币、刀币多从仿农具形状而来。中国外圆内方的铜钱形状的来源，有三种说法：一说由纺轮（工具）演变而来；二说由璧环（饰品）演变而来；三说钱圜函方是取象于贝。

货币单位轻重是决定铸币稳定流通的大问题。早期的铜钱流通混乱于其单位重量，这种状况一直持续到汉武帝元狩五年（公元前118年）。汉五铢钱轻重适宜，是中国历史上最成功的铸币，自汉以来先后流通了700多年。唐高祖李渊武德四年（621年）七月，铸开元通宝（重量和五铢钱相差无几），结束了以重量为钱币名称。从此，中国币制发展为通宝币制，直到清末，沿袭近1300年。清光绪年间，始铸铜元（大清铜币）以补制钱之不足，北伐以后，铜元逐步退出流通。至此，在中国通行3000多年的铜钱终于完成了它的历史使命。

唐代之前，黄金使用多于白银。宋代以后，白银的货币作用逐渐上升，黄金逐渐退藏。明世宗嘉靖八年（1529 年），政府规定银两的成色、重量和单位，又定为纳税的法定货币和财政收支的计算单位。至此，银两制度确立，实现白银货币化。到清朝末年，开始铸造银元，货币单位也就随之改变为"元"。

在较完整货币的意义上，北宋的交子是世界上最早的纸币。最初交子由民间自由筹办，宋仁宗天圣元年（1023 年），朝廷设益州交子务，交子成为官方发行的流通纸币。此后，南宋、金、元、明、清都曾流通国家纸币。元代是中国古代纸币发展的极盛时代，始终行用纸币，形成了世界上最早的纯纸币制度。古代中国纸币，是一种管理货币、外生货币，与肇始于西方的现代纸币不同。中国历史上各朝代纸币币值稳定时间短，贬值时间长，最后都彻底失败，伴随恶性通货膨胀与政权存亡相始终，最终变为一张废纸，为市场所排斥。

彭信威先生总结了古代中国货币制度的特点，一是货币的各种职能，在中国不集中于一体。如金银多用作价值贮藏和支付手段，铜钱多用作流通手段和价值尺度等。二是铸造和流通的地方性。三是铸造技术多用手工，即范铸，结果是铜钱式样难得精美，成色常有参差，轻重也不易一律，以至于难以找到两个一模一样的铸币。四是铜钱的重量，从长期看，几乎稳定不变。千百年来，中国的货币制度，没能经历从低本位（铜）到高本位（金）的升级，以及从"外生货币"向"内生货币"的转换。这是令人扼腕叹息的。

年鉴学派的代表人物布罗代尔讲过，只要看一下是什么金属在一个经济里占主导地位，便能判断这个经济的发展方向及其健康状况。中国历史上铜钱始终占据金属货币流通的主体地位，而古希腊的货币是以银为主，近代西欧货币以金为主。古时黄河长江流域有宜人的气候条件和丰富的物产，国家较早实现相对统一，市场发展相对活跃，经济社会发展水平大多时候优于其他社会。币材差异主要原因，往好处说是中国古代相对统一，源于威权的政府信用对不足值货币流通提供了部分保证，货币也主要服务于国内贸易，对单位价值和货币质量要求不高。也可以说，是皇权政府对社会市场管制过严、压榨过甚，摧抑了中华大地的生机。

千百年来，货币的名称和外在形式虽历经千变万化，但其内在的象征价值，从来没有变化过。货币形式及其制度的善恶成败，主要是看货币的购买力能否维持，使其不致搅扰经济生活。好的货币环境如同空气一样，人们生活在其中，却感觉不到它的存在。一旦感受到了它的存在，必定是出了问题。所以说，如果社会上热衷于讨论货币问题，绝对不是一个好兆头。

春秋战国时期，"货"和"币"各有其义。"货"多指商品，古人视"货"为财富。如"日中为市……，聚天下之货，交易而退"。"币"多为皮、帛，日渐成为重要的支付手段。如"以珠玉为上币，以黄金为中币，以刀布为下币"。据考证，我国最早出现"货币"一词是在《三国志·蜀书八》中，糜竺"进……金银货币以助军资"。顾炎武《日知录》中引元积奏状，说自岭以南，以金银为货币。自唐朝以后，历代多用"钱币"一词，直到清末设银行，改币制，"货币"一词才较为广泛地使用起来。

三、金属货币

金属作为货币，始于黄金，终于黄金。人类历史上金属为币，至少有三千年以上。

刀币

金属在中外货币史上长期占据重要位置，一是因为铜铁等金属和黄金白银是"近亲"，具有作为交换媒介所要求的可携带性、耐磨损性、同质性、可分割性和可识别性等物理特性，故能在货币实物竞争中脱颖而出。二是金银本身的象征价值，以及铜铁是兵器农具材料，易为世俗社会接受。三是古时候采掘冶炼技术不发达，金属的供应量相对稳定，为稳定货币流通提供了保证。

中外历史上的金属铸币，起先均由私人铸造，后来政府垄断铸币权。国家铸币，金属铸币上面附着有国家王权的信息。这一点，中外应当是一样的。

铸币有以下几个特点：一是中外铸币在外在形状上都是向圆形演变，大概是圆形有利于流通使用。也有人说中国钱币的"外圆内方"，隐含着"天圆地方"的宇宙观。二是中国古钱币上多用文字，西方古钱币上多用图形，说明中国文化重抽象概念，西方文化重具体形象。中国古钱币上的文字，几乎涵盖了历史上出现的所有书体，钱币的演变同时记载着社会文化的演变。三是中国历史上铜铸币始终占据金属货币流通的主体地位，而古希腊的货币是以银为主，近代西欧货币以金为主。四是古代中国名义上多数时期是中央政府统一铸币权，而实际上铸币权多分散在地方以及民间（私铸），且铸造工艺简单（范铸），以至于有人曾讲过，古代中国市场上流通的铸币没有任意两个是完全相同的。这一点与西方机制铸币有很大不同。

和金属铸币相比，以金属币材本身的重量、成色及价值为基础的称量货币更为原始，用做价值贮藏和支付手段较为方便，若作为日常交易所需，则不甚方便。《清代货币金融史稿》中记载了一个当时简单常有的例子：从江苏税收中拨一笔款汇往甘肃作为协饷。江苏税单用的是库平，实际还税是地方银两；将税款汇往上海，要用漕平；到了上海，要用规元；由上海汇往甘肃，要用漕平；到了甘肃，要用当地银两计算；甘肃对于江苏的协款，要用库平计算；而回存到当地银钱号，支付仍然要用当地银两。统计全部兑换过程，不下 9 次之多。就是当时北京一地，所用的平（银两标准），就有 7 种之多。银两制度之弊、之落后由此可知。

金属货币流通并不必然意味着物价稳定。人们通常认为金属货币流通条件下物价会保持稳定，这种认识不符合历史事实。千家驹、郭彦岗所著的《中国货币演变史》中，总结了从汉代到辛亥革命前发生过的15次较大的通货膨胀，处于金属货币流通条件下的有10次。通常认为，货币购买力是由货币内含的金属价值决定的，那么按照等价交换原则，货币贬值对应物价上涨，货币贬值多少物价就应大约上涨多少。货币史上的事例也不支持这一论断。一是董卓铸小钱，铸币最多减重1/5，但当时物价上涨逾万倍；二是梁武帝铸铁钱，以价值来说约有铜钱的1/10，可它却使当时物价上涨几百倍。货币史上也有不少铸币减重贬值了，但物价却没有明显变化的例子。汉文帝时"纵民得自铸钱"，法定铸币重量为三铢，流通中甚至有轻至一铢的"榆荚半两"，但物价却没有明显的上涨。再如北魏时期有"风飘""水浮""环凿"等恶钱，但无通货膨胀。在英国铸币史中，通货贬值从不与铸币减色成同一比例。亨利八世时期的铸币大贬值引起的通货膨胀水平之高，足以证明"金本位能够确保价格稳定"的观念是错误的。但是，金属货币流通下通货膨胀发生的频率明显要少于纸币流通，却是事实。

历史上金属货币流通最大的问题是货币不足。北宋神宗时期张方平说："公私上下，并苦乏钱，百货不通，人情窘迫，谓之钱荒。"中国货币史上，由于铜材长期供应不足，"钱荒"问题常有。如形成于唐贞元年间"钱荒"，历德宗、顺宗、宪宗、穆宗、敬宗、文宗六帝，持续了50多年。当时"钱荒"的主要表现形式是通货紧缺，货币购买力直线上升，物价急剧下跌，绢每匹自4000文跌为800文，粟米每斗自100文跌到20文。五代时期，"钱荒"也是一个突出的问题，两宋时期的"钱荒"众所周知，清代"钱荒"问题也较明显。总体上讲，早期的"钱荒"表现为通货的缺乏以及物价的下跌，即现代意义上的通货紧缩。自五代以后，"钱荒"只有流通中铜钱缺乏的意思，不代表流通中通货的缺乏（有其他代用货币），否则无法理解一方面钱少，另一方面物价却不停上涨的现象。

历代应对"钱荒"的办法。首先是实行禁蓄钱政策。唐代即实行禁蓄钱政策。元和十二年（817年）颁布《禁蓄钱令》，规定私贮现钱不得超过5000贯。文宗大和四年（830年）又规定蓄钱以7000贯为限。五代（924年后唐）时也多有禁蓄钱、禁止私铸铜器的规定。其次是禁止民间私铸铜器。西汉文帝时期，贾谊提出了"禁铜七福论"。唐代多次禁铸铜器，比如，玄宗开元十七年（729年）、代宗大历七年（772年）、德宗贞元九年（793年）、宪宗元和元年（806年）、文宗太和三年（829年）的大规模的铜禁。宋代就不用多说了，明代也是如此。铜禁律令之严，首推清朝。乾隆朝铜禁更甚，"惟一品始听用，余悉禁止，藏匿私用，皆以违禁论"。最后是增加流通中货币种类。如唐代强令钱帛兼行，宋代的特定区域行用铁钱，以及以金银特别是白银为支付手段，还有纸币进入流通等。

鼎鼎大名的金本位，形成纯属偶然，为英国货币重铸的无心之得。17世纪中期以后，欧洲正在经历物价下跌、货币短缺的周期。英王为减轻偿还战争贷款压力，希望再一次实行货币重铸。时任造币厂厂长牛顿极力坚持银本位。1696年5月4日，手工铸币被官方废止，货币重铸开始。政府花了很大的费用，改铸银币。如同中国历代"钱荒"一样，当白银的市场价值高于其货币价值时，重铸期间投入到流通中的700万英镑银币很快就退出了流通，这些新硬币几乎一出现就消失了。同时由于金银比率价差，伴随白银外流的是黄金持续流入英国。情况一直持续到1717年，牛顿将黄金价格定为每金衡盎司（纯度为0.9）3英镑17先令10便士，才解决了黄金的兑换率问题。百足之虫，死而不僵。白银的非货币化直到1774年才发生，当时禁止分量不足的硬币进口，如果债务超过25英镑就不能用白银作为偿还债务的货币，除非按白银重量计算。1798年，当白银的市场价格降低到铸币厂价格以下时，英国颁布了一项法令限制自由铸造银币。1816 年 6 月 22 日，在首相利物浦主持下，英国议会通过法案，规定沙弗林金币（1 英镑）重量为 123.27447 格令，含纯金 113.0016 格令。从此，英国在法律意义上正式实行金本位制。在 1815～1914 年"英国霸权"时期，由于英国在国际政治和经济体系中的核心和霸主地位，英国的金本位最终也影响了世界各国最终采用金本位制。金本位制（尤其是 20 世纪初期金本位制）的确给世界带来了某种形式的货币统一，金本位覆盖了当时世界货币交易的 2/3，对于世界的影响无疑是巨大的。

在商品经济快速发展的情况下，以金属实物为本位的货币制度，货币供给弹性不足以支撑经济波动，脆弱性是显而易见的。如果经济中出现风吹草动，大家都拿出银行存款和银行券要求兑现，就会将这一货币制度逼上绝路。事实上，金本位的消亡，正是缘于 1929～1933 年的世界经济危机时黄金储量的不敷于用。

在历史的长河中，金本位只是短暂的瞬间。各国实行金本位时间，美国为 1879～1933 年，德国为 1873～1931 年，加拿大为 1867～1931 年，挪威为 1873～1931 年，日本为 1897～1931 年等。按最长的时间算，金本位仅仅度过百余年光景。

中国古代货币史上没有货币本位的概念。唐代及以前是钱帛兼行，宋代以后是钱钞并用，元代是钞银及铜钱并行，明清是钱钞银共用。虽然铜钱在各个朝代都是主要货币，但如果说古代中国货币流通是铜本位，也是牵强。从世界范围内看，金属在较大范围、较长时期充当货币材料，基本上呈现出货币金属材料向黄金收敛的特征。

货币金属在人类历史上的贡献，是以有限之物约束无限之欲望，用金属量来制约政府扩张货币供给量的行为，从而在政府行为缺乏有效约束的漫长时期，提供一个稳定的货币流通环境。

四、货币单位

货币不同于他物的一个显著特点，是化质为量的能力。货币使物品可以通约，一切抽象的和具体的物品都可通过货币转化为一种具有象征意义的符号，转化为可以计算的抽象的数字（价格）。借助于货币，不同种类，甚至是风马牛不相及的物品，可以相互比较、相互交换。如果说货币可以像一把尺子一样衡量不同物的价值，货币单位就是这把尺子上的刻度。早期的货币单位是货币金属的重量，随着货币逐渐符号化，货币单位逐渐从货币金属重量演化为一个称谓。

春秋战国时期共有 4 个铜铸币体系：布币、刀币、环钱和蚁鼻钱。春秋时期的布币在大小、厚薄及形状等方面没有标准。战国时期，布币形制发生了较大变革，空首布变为平首布，总体上也由大变小。刀币根据形状可分为两类：齐国的大刀和主要流通在燕国的小刀。产生于大约公元前 5 到公元前 3 世纪的"安藏环钱"，是圆形方孔钱的前身。蚁鼻钱主要流通于当时南方的楚国。总的来说，春秋战国时期铜铸币形状各异，名称多样，大小轻重不一。春秋战国时期的货币单位，文献资料中称若干刀或若干布的极少。布币体系的货币单位总体上以釿、寽、朱、两等重量单位为主。刀币体系的货币单位以化为主。

钱币实物和文献记录可以相互印证的，自秦代以后。秦统一六国后，于秦始皇三十七年（公元前 210 年）颁布钱币改革令，基本内容是"以秦法同天下之法，以秦币同天下之币"，规定黄金为上币，半两为下币。秦半两"质如周钱，文曰半两，重如其文"。"径一寸二分，重十二铢"的圆形方孔秦半两钱在全国通行，逐渐结束了我国古代货币形状各异、重量悬殊的杂乱状态。由于秦半两过重不便流通使用（秦钱重难用），事实上秦半两以后到汉朝初年，各种名为"半两"的铸币重量大体上在 3 铢到 8 铢之间，"各随时而轻重无常"。

约在公元前 206 年，汉刘邦以秦钱太重以不便流通为名，令民间自铸轻钱流通，结果是物价飞涨。高后二年（公元前 186 年）恢复八铢钱，高后六年又改用轻钱，结果是愈改愈乱。汉文帝时，经济恢复，货币需要量大增，官府铸钱一时满足不了社会需要，汉文帝实行的政策，一是铸造质量高于荚钱（钱重三铢，文为"半两"）的四铢钱，二是除盗铸钱令，使民放铸。西汉建立 80 余年后，铸币轻重的实验终于在汉武帝时期得到解决。

汉武帝在位期间先后进行了多次币制改革，建元元年（公元前 140 年）行三铢钱，重如其文（铸币实际重量表现为铸币名称）。由于三铢钱与四铢重的半两钱等价使用，于是又导致盗铸盛行。建元五年（公元前 140 年）春"废三铢钱，行用半两钱"。元狩四年（公元前 119 年）又重新铸造三铢钱并造皮币和白金币，还颁布了盗铸金钱者死罪令。元狩五年（公元前 118 年）开始又进行了第四次币制改革，"废三铢钱，改铸五铢钱"。钱文"五铢"从此启用。并于元鼎二年（公元前 115 年）收回郡国的铸币权，由中央统一铸造发行。汉武帝五铢钱制收到良好效果，原因一是五铢钱名称与重量相符，是足值货币，私铸没有油水可捞；二是铸币轻重适宜，五铢钱流通稳定；三是五铢钱制作精良，不易仿造；四是中央的政令得到了较好的贯彻执行。

五铢钱

五铢钱轻重适宜。汉、魏晋以后约 700 多年时间内，历代行五铢钱制，货币流通稳定。否则，如王莽时期的币制改革，东吴时期铸当五百大钱和当千大钱，蜀曾铸"值百五铢"等，均以失败告终。唐高祖李渊武德四年（621 年）七月，废五铢钱，铸开元通宝，重二铢四，因为唐代一斤比西汉一斤重一倍以上，事实上开元通宝（1 文）和五铢钱的重量相差无几。

到汉武帝元狩五年（公元前 118 年）时，五铢钱就固定下来，历代都保持这个重量（约 4 克重），唐代开元通宝（621 年）和清光绪十五年（1889 年）广东用机器所铸的光绪通宝，重量也是相等的，甚至在清朝末年，西汉的五铢钱还有流通。古代中国货币流通的实践，以约 4 克铜合金重量为货币单位，从汉武帝到清末，前后超过 2000 年。

有意思的是，在西方早期，如希腊古代的德拉克玛（drachma），通行的重量也是 4 克许，罗马的银币单位德拉留斯（denarius）也是重约 4 克。这是巧合，还是别的什么原因，不得而知。人类历史上的几大文明起源发展过程中，尤其在货币史上出现了诸多的不约而同，不好解释。要么货币是严格的科学（似乎不是），要么是巧合，要么是有一个什么超越自然的力量在主导着这一过程。

从历史来看，世界上一些有名的货币单位，如罗马的阿斯（as），法国的里弗（livre），英国的镑（pound）等，都是在流通中不断地减重或贬值，而且是一去不复返的。又如古罗马的银币德拉留斯（denarius），在共和时期，一枚德拉留斯约 4.55 克，后来减为 3.9 克，尼禄（Nero）后期减为 3.453 克，而且成色由 99% 减为 80%，这种贬值行为一直继续下去，到 3 世纪时，德拉留斯银币只含银 2%。再如英国的便士，每枚在 1066 年是 1.4 克，后来逐渐减重，到 17 世纪初减为 0.49 克，后来变为铜币，而铜便士也减重，由 1797 年的 26 克减为 1806 年的 19 克，再减为 1860 年的 9 克。

中国历史上铸币重量，约 4 克重的汉五铢与唐通宝只是好钱的标准。铸币重量超过或不足这一标准的货币流通，均不成功。在漫长的时间里，铜钱始终处于复杂多变很不稳定的状态。铜钱也是一次又一次的减重贬值，一代王朝覆灭之后，新一代王朝师古人之法，再行铸造足值铜钱，通货循环与改朝换代同步进行。

轻重适宜的货币单位具有历史传承性，但货币单位的名称却在变化。五铢铜钱流通 700 多年后，铜铸币进入通宝时代。开元通宝一改先秦以来以重量名钱的铢两钱制，以"通宝"两字名钱，货币的名称与重量相分离。"通"突出了货币流通，"宝"则象征着国家威权，综合了铸币的货币流通职能及其国家信誉。从此，中国的币制正式脱离以重量为名的铢两体系而发展为通宝币制，成为唐以后历朝的铸币标准，直到清末，沿袭近1300年。

开元通宝与西汉五铢重量大体相当，但货币单位名称由"五铢"变为"文"。一枚铜钱称一文，一文的重量称为一钱，每十文重一两，开创了我国度量衡十进位制，这种由货币单位而产生重量单位的现象在世界货币史上少见。此后，一直到清末圆形方孔钱行将退出流通之际，清末的机制库平一钱"光绪通宝"小平钱和唐代开元通宝一枚的重量仍然相同。

到清朝末年，开始铸造一两重的银元，但当时市面流通的是在世界上流通很久的轻重适度的七钱二银元，所以一两重的银元无法流通只得停铸，而改按流通规格铸造七钱二银元。货币单位也就随之由"文"改变为"元"。

历代纸币分别以铁钱、铜钱或银两为货币单位。北宋四川等地交子以铁钱为货币单位，南宋会子多以铜钱为货币单位，金代交钞以铜钱为货币单位，元代纸币多以银两为货币单位，大明宝钞以铜钱和银两为货币单位，清代咸丰官票以银两为单位，大清宝钞以铜钱为货币单位。很明显，古代纸币的货币单位因袭当时金属货币流通，纸币货币单位具有金属铸币流通的传承性。

货币单位就是价格标准。同一市场价值尺度或价格标准是唯一的。胡如雷在《中国封建社会形态研究》中说道，"有两种以上的货币同时并存时，实际只有一种货币能最终发挥价值尺度的职能，其他货币只有与这种主要货币相比较而确立价值比例关系后，才能当作价值尺度"。马克思在《政治经济学批判》中也认为："全部的历史经验总结起来不过是这样：凡是两种商品依法充当价值尺度的地方，事实上总是只有一种商品保持着这种地位。"试想，如果一个市场，每种商品都有两个或更多不同的标价，货币流通和经济秩序的混乱是可以想象的。因此，在多种货币并行的局面下，保持市场秩序或稳定市场价格的办法是相对固定多种货币之间的比价。这在现实中很难做到，多种货币并行时货币流通的混乱就不可避免。

历史上也有奇怪的事，史载南宋绍熙三年（1192 年），南宋政府为了解决淮南地区铁钱过多过滥的问题，由当时的吏部尚书赵汝愚等奏请，印造两淮会子三百万贯，每贯相当于铁钱七百七十，分一贯、五百、二百三种面值，在两淮地区流通，并允许流转至江南沿江八郡等原来行使铜钱和铜钱会子的地区（李心传：《建炎以来朝野杂记》甲集卷十六"两淮交子"）。这个举措的意图，一是要通过发行纸币收回部分流通中的铁钱，二是扩大铁钱会子的使用范围，其初衷是要减少铁钱的流通量。宋代铸币划区流通，江南八郡属于铜钱流通区，市场惯行的货币单位自然是铜钱单位，而铁钱会子的货币单位为铁钱。朝廷此举招致时任江东转运副使，权总领淮西、江东兵马钱粮的杨万里激烈反对（就是那个写"接天莲叶无穷碧，映日荷花别样红"的杨万里）。杨万里上奏表示反对，其理论依据是"现钱为母，会子为子，母子不相离"的"钱楮母子论"。杨万里所言，是楮币借金属货币之价值单位参与流通，铁钱会子在铜钱流通区流通没有可参照的价值单位标准，不能在铜钱区衡物之值，而无法流通，故在铜钱流通区发行铁钱会子的想法之荒唐可想而知。杨万里上书谏阻，发"钱楮母子论"，揭铁钱会子将"无钱可兑，是离母之子"无法流通之事实，拒不奉诏，表示即使将来朝廷发来铁钱会子，也不会接收，否则"江南之民又将不胜其扰"。由于各种原因，南宋当局终于没有在江南行用铁钱会子。但是杨万里也因为这篇拒不奉诏的奏议而被改任为赣州知州，他对朝政十分失望，遂不赴任，从此结束了政治生涯。

五、银行货币

当前流通的货币，一是现钞，二是存款货币，统称银行货币。货币史上，银行货币取代金属货币成为通货，使货币摆脱物的桎梏，是革命性的一步。其意义是，使工业革命以来社会经济以及生产力水平的高速发展没有因货币问题而停顿下来。银行货币有三个起源。

金匠。大概到 17 世纪，伦敦的金匠就开始吸收存款，他们承诺支付一笔小额酬金，说服为商人提供记账和铸币运送服务的掮客，将其现金存放在自己那里。金匠的目的是取得筛选良币的机会，金匠有专门的技能、有经验、有设备去称量、检验和测定经过他们手中铸币的贵金属含量，较好的铸币被挑选出来投入熔炉中，然后按市场价值出售金块以获利。金匠的这种行为引起了政府的注意，有人建议政府垄断铸币和金块的交易，发行贬值的先令。英国国王查尔斯一世找到金匠要求借 30 万英镑，承诺作为回报，政府不发行低成色的铸币，但这个要求被拒绝了。1638 年，英国同苏格兰贵族爆发了战争，为了筹措军费，1640 年查尔斯一世没收了存放在伦敦塔中的资产。尽管最后国王归还了这些贵金属，但这件事情破坏了伦敦塔作为安全存款地的信用。商人开始直接把资金存放在金匠铺中，他们根据金匠的财力和信誉，以及推测金匠运用这笔资金能得到多少利润等情况确定利息率。金匠为存钱的人开立据以取出黄金的凭证。很快地，他们发现，当同在一家金铺存款的客户发生贸易往来时，通过交换金匠开具的存款证明来清偿款项，可能更方便。金匠也发现，他们开出的收据或票据，在市场上就是"有支付能力的证明"。精明的金匠发现了其中的商机，他们将闲置的铸币挪作他用以获取利益，17 世纪时伦敦商业区的一些金匠便学会用手中的黄金储备来建立短期债务市场。尽管银行券的数量仍是以银行家黄金储备为基础，但此时货币供应量已经"超出了铸币厂能力的范围"。这就是现代银行中"准备金制度"的起源，也是"货币创造"机制的起源。基于银行券参与流通的事实，银行体系可以将货币供给的数量放大。在 17 世纪 60 年代末，出现了现代银行雏形。

货币兑换商。13 世纪以来，欧洲逐渐形成了两个主要的商业区：一个是南部的地中海区，以意大利城市佛罗伦萨、热那亚、威尼斯等为中心，辐射法国南部和西班牙东海岸的一些城市，这些城市成为东西方贸易的枢纽。来自东方的商品，首先经过这些城市，然后分销于各地。另一个商业区以汉堡、律贝克为中心，德国北部、尼德兰、英国、斯堪的纳维亚诸国都参加了这一区域的贸易。各地之间日益频繁的商品交换，主要通过贸易集市进行。在贸易集市上，来自不同地区的商人，各自带来了各不相同的铸币，相互之间兑换非常复杂。于是，在集市上就出现了专门以鉴定货币品质、兑换或估量货币价值为业的货币兑换商。这些商人开始只经营兑换业务，收取商人从外地带来的各种货币，称量货币的重量和识别货币的真假，按照一定的比例兑换成当地流通的公认标准的货币。后来兑换商逐渐代商人保管现金存款，收存游资。随着贸易集市的发展，商人之间的资金往来经常采取承诺支付的方式。最初这种承诺采取合同公证的形式，而且合同条款中经常明确地注明要以外国货币支付。后来，这些合同逐渐正规起来，经过标准化后成为汇票。合同中也经常明确地注明必须在某一特定的贸易集市支付款项。清偿债务成为贸易集市的一项重要功能，使得货币兑换商加入到商人的人群当中来。这有两个优点：一是可以在贸易集市建立内部清算所。到期的债务可以彼此冲销，冲销之后的贸易余额或赤字才用铸币来清偿，因此，地区之间运来运去的铸币数量就大为减少了。汇票在有效期内可以在整个贸易集市系统内相互冲销并结清冲销后的余额，在此期间，汇票就腾出了数量可观的铸币。二是以某种方式开出的以外国货币支付的贸易票据可以绕开当时的高利贷法。即商人们可以通过汇票形式融资，绕开当时教会的放贷取息禁令，促进借贷的发展。由于贸易不断扩大，需要现款的商人可以向货币兑换商借款，由借款人出具期票给兑换商，按期票规定的日期，必须到期归还，并支付利息。这样，代替现款的期票开始在信贷业务中使用，标志着为商业周转服务的信贷业务开始发展起来了。逐渐地，货币兑换商具备了吸收存款、发放贷款、经营汇款等业务，具备了现代商业银行的雏形。金德尔伯格曾讲述到，在18世纪，英格兰的大多数银行是由商人而不是金匠发展起来的。

第三种说法，是亚当·斯密在《国富论》中"关于阿姆斯特丹存款银行"的叙述：为了应对铸币汇兑不利情况，阿姆斯特丹于1609年在全市的保证下设立了一家银行，既接受外国铸币，也接受本国轻量的磨损了的铸币，在扣除小额费用以后，所余的价值，即在银行账簿上，作为信用记入。这种信用叫作银行货币。同时规定，凡在阿姆斯特丹兑付或卖出的六百盾以上的汇票，都得以银行货币兑付。商人们不得不与银行来往。

银行机构的核心，是看它是否供给银行货币，即通过信贷形式（或债务形式）向市场提供流通和支付手段。

早期的银行货币虽是债务货币，但它名义上与黄金挂钩。货币与黄金挂钩的法律规定为银行货币流通埋下了安全隐患，较易发生金融崩溃。20世纪以后，世界经济进入前所未有的高速增长，与黄金储备相联系的货币供应不足以满足经济发展需要已经成为一个现实问题。1913年，流通中的货币总额已经达到黄金价值的10倍，且有65%的货币供应为银行存款货币，银行体系没有足够的黄金储备以满足流通中货币的兑现需求。一旦经济运行出现风吹草动，人们的消极情绪就会蔓延开来，必然会波及商业银行债务货币，此时任何关于商业银行经营问题的流言都有可能打碎人们对债务货币的信心，人们会纷纷要求按法律规定兑换黄金，从而使信用体系、货币体系都变得非常脆弱，整个经济体系就会突然变得比以前更加不稳定。经由信用创造和扩张，银行体系不可能在特殊时刻拿出那么多的黄金，危急时刻，只能宣称货币暂时不可兑换。第一次世界大战时期，各国纷纷停止了金币铸造和纸币与黄金之间的兑换。后来虽多有反复，但

1929~1933 年的世界经济危机彻底结束了金属货币流通的历史，从此开始了信用流通制度，一直到现在。1945 年确立的布雷顿森林体系以"各国货币与美元挂钩，美元与黄金挂钩"的形式，只是维持汇价的一种措施，实际上 20 世纪 30 年代以后多数国家的纸币已不代表黄金的价值。1976 年牙买加协定明确了黄金非货币化。至此，货币完全摆脱货币商品，从物的形态中解放出来。

历史上也有过多次不兑现货币的尝试。如 18 世纪后期美国革命期间所走过的道路，法国所采用的"指券"制度，以及在 1797~1821 年拿破仑战争期间英国颁布《银行限制条例》实行"暂停铸币支付"政策。当然，有些尝试成功了，如英国的情况和美国国内战争胜利的那一方，后来又恢复了兑现；有些尝试则失败了，如法国的"指券"和美国南部政府的纸币，纸币很快就变得一文不值。身处困境的时候，过往的成功经验（哪怕是只有百分之一的胜算）就是一根救命的稻草，会被牢牢地抓在手中。大约是那些成功的经验给身处困境中的政府提供了宣布货币与黄金脱钩的勇气。

银行货币流通条件下，中央银行的债务货币是市场上最终的支付手段。很明显，银行货币背后是政府的信誉，中央银行具有至高无上的经济权力，银行货币的供给，受制于中央银行的行为。

银行货币是内生货币，正是银行的贷款业务创造了存款货币，而银行发放贷款，当是客户的需要。很明显，内生货币是与社会经济需要结合最为紧密的货币。但银行货币也有内在缺陷，一是币值稳定不易管控。有人（劳伦斯·H. 怀特）研究过，金本位制度的资源成本合理估计是占国民收入的 0.01%~0.05%，从使用货币的成本收益角度讲，如果年通货膨胀率大于 4%，银行货币就不值得拥有。因此，币值稳定是各国中央银行的主要政策目标。二是银行货币同名同价而不同质。大家有没有想到过，既然不同企业的债务有不同的信用级别和付息水平，为什么所有银行（无论大小优劣）的债务（银行货币）都是一样的流通呢？现代中央银行制度下的最后贷款人制度弱化了商业银行对其发行债务货币的自我约束动机，存款保险制度部分取代了市场对商业银行债务货币选择和监督的机制。银行货币体制扭曲的激励结构，是维持社会需要适宜货币流通必需的代价，还是在为下一次货币革命酝酿动力？天知道。

六、铸币权与中央银行制度

铸币权或者货币发行权，最终落在政府手中，可能是规范货币流通的需要，也可能是政府获取铸币税的需要，或者说铸币权就是国家政权的一部分。从历史表现看，政府垄断货币发行权，大多数时期有利于稳定货币流通。

金属货币流通时代的铸币权问题，在我国历史上曾经有过三次较有影响的争论。

汉文帝五年（公元前 175 年）时宣布两项新政策，一是铸造新币；二是开放铸币权（放铸），民间可以自由铸造。贾山、晁错上书谏阻，贾谊更是反对私人铸币，提出"禁铜七福论"，由官府垄断币材的主张。上述意见没有被汉文帝采纳。从当时政治环境看，政权尚不稳固，贸然统一铸币权，会过早激化矛盾，致使政权不稳。

汉昭帝始元六年（公元前 81 年）的盐铁会议上，大夫派认为发行货币是国家的权力，必须由中央政府垄断发行，集中铸造；贤良文学派主张放民自铸，或让地方自由铸造。大夫派的政策主张明显符合统治者的实际需要。尽管后来以霍光为代表的贤良文学派在政治上取得胜利，但国家的经济政策仍是按大夫派的思路办。从此以后，由中央政府垄断货币发行权的局面一直延续到汉末。

唐玄宗开元二十二年（734 年），张九龄当政，主张"宜纵民铸"。玄宗下令讨论。宰相裴耀卿、黄门侍郎李林甫等反对。左监门卫录事参军事刘秩认为，一是铸币是君主之权，不能舍之任人；二是如果听人私铸，就等于把对市场支配、控制之权"假手于人"了；三是私铸则钱恶；四是铸钱无利则无人肯铸，有利则使百姓弃农铸钱，造成农田荒芜；五是纵民铸钱，必然加剧贫富分化。刘秩建议把铜收归国有。是时公卿皆以纵民铸为不便，于是下诏禁恶钱。唐代以后，铸币权应统一于中央政府已经成为共识，铸币权已经成为中央政府权力的构成部分。事实上，古代中国铸币权问题，或货币统一问题成为了一面镜子，反映出来的是政局稳定与否。

国外更激进。罗马帝国时代，统治者对铸造权的垄断就已经稳固地确立下来了。铸币权被认为是主权最重要最根本的组成部分之一。在中世纪，王室对于铸币的垄断也是君主的主要收入来源之一。哈耶克在《货币的非国家化》中谈到，铸币在很大程度上成为实力的象征，跟旗帜一样，君主通过铸币来展示自己至高无上的权力，告诉他的臣民，谁是他们的主子，因为通过这些铸币，他的头像传到他的王国最僻远的角落。

银行货币出现后，银行签发的存款凭证或银行因信贷活动签发的银行券在市场上流通之时，商业银行就具有了货币发行权。发行银行券的丰厚盈利吸引来了一群冒险家，他们设立银行，发行银行券，骗取财物，然后逃之夭夭，或者因无法兑现而宣告破产，给银行券持有者带来很大损失。此外，受经济周期性波动的影响，银行家时常会遇到挤兑，造成通货不稳。

19 世纪上半叶，就如何管理银行券流通中的问题，引发了"通货学派"与"银行学派"的争论。通货学派认为发行纸币是货币创造的现代形式，主张通过立法严格限制银行券的发行，实行 100% 的发行黄金准备制度，以保证市场稳定。银行学派认为，在部分准备制度下不受管制的自由银行业仍在"看不见的手"的有效掌管之下，只要存在纸币兑换成金银的压力，市场机制会解决银行货币发行超额问题。

我们跟踪英格兰银行的发展来寻找银行货币发行权变迁的历史轨迹。为了应对复杂混乱的货币金融问题，英国于 1694 年 7 月 24 日通过了《商品运输吨位税法令》，英格兰银行随之问世。英格兰银行在其成立之时就成为政府的财政代理人，信用基本上都用在了政府身上。1696 年英格兰银行因不能兑现其发行的钞票而信誉扫地。危难之际，英国国会于 1697 年颁布一项法令，准许英格兰银行增加一倍的资本，并延长其发行权至 1708 年，帮助其渡过危机。此后，英格兰银行又遇到两次较大的危机，即 1720 年南海泡沫和 1745 年斯图亚特王朝复辟事件，但由于政府和商界的支持，第一次危机导致《泡沫法》的出台，强化了英格兰银行的垄断地位；第二次危机导致伦敦商人公开支持英格兰银行的宣言，英格兰银行发行的钞票成为事实上的法定通货。亚当·斯密在《国富论》中写道："英国政府稳定，英格兰银行亦随之稳定。"

银行钞票集中发行反映了政府的金融需求倾向。从英格兰银行成立之时政府赋予它货币发行权，到它真正垄断货币发行权经历了 100 多年的时间。早期英格兰银行发展史似乎是一部银行货币（仅限钞票）从分散发行到集中发行的历史，每次银行券兑现危机都为钞票集中发行提供了借口。但是，与金属铸币的发行权不同，银行货币从它诞生那一天起，其与商业银行业务伴生的特性，就决定了银行货币是商业银行的产品，商业银行通过贷款创造存款货币是商业银行与生俱来的天然权力。只有到中央银行制度确立后，政府才通过中央银行控制了钞票的发行权。

在英国，银行储备不足的事实引起了广泛的担忧。1847 年恐慌开始出现了，挤兑开始蔓延，后来又陆续滥发了几次大的银行危机。为稳定局面，政府先后于 1847 年、1857 年和 1866 年三次宣布《1844 年银行特许法》暂停实施，以避免银行储备枯竭。频繁发生的金融危机表明，银行体系的内部不稳定性，必须要有一个"最后贷款人"。

与同业相比，当时的英格兰银行拥有三项重要的特权。第一项特权是管理政府财政收支的专有权，奠定了英格兰银行牢固的市场地位。第二项特权是英格兰银行垄断了英国的有限责任制，在相当长时期内，英格兰银行是伦敦唯一的有限责任银行。第三项特权是当时英国唯一一家有特权发行纸币的股份公司，英格兰银行事实上在长时间内掌握着纸币发行垄断权。在政府的扶持下以及其处理银行危机中的表现，英格兰银行在19世纪成为名副其实的伦敦银行业的龙头老大。1854年英格兰银行成为全国的清算中心后，伦敦所有商业银行在英格兰银行开设存款账户就成为一种习惯做法。1857年确立了英格兰银行集中管理全国所有其他银行的金属准备。所有伦敦的银行都把自己的主要准备金存放在英格兰银行的银行部，它们也从储备金银转而储备英格兰银行发行的银行券。这样，随着银行体系的金银储备越来越多地集中到英格兰银行，银行体系准备金的金字塔现象就形成了。

每次发生金融恐慌，商业银行就会求助于市场地位最强大的英格兰银行。为维持金融稳定，英国政府也鼓励英格兰银行承担某些责任。事实上也是如此，每次发生恐慌，英格兰银行无疑都会发放巨额贷款，成为事实上的"最后贷款人"。英格兰银行当时已经是公认的中央银行。

20世纪前成立的中央银行有：法国（1800年），芬兰（1811年），荷兰（1814年），奥地利（1816年），挪威（1816年），丹麦（1818年），葡萄牙（1846年），比利时（1850年），西班牙（1874年），德国（1876年），日本（1882年），意大利（1893年）。

中央银行是政府的银行、发行的银行和银行的银行。但这一切的来源应当是政府的授权和支持。从英格兰银行发展史可以看出，正是成为了政府的银行，它才得以成为发行的银行，并在各种特权的支持下发展壮大，成为银行业的龙头老大，逐渐集中管理银行金银储备，成为清算中心、最后贷款人。

中央银行制度的确立，使人们看到这一制度在解决商业银行无法应对的周期性流动性危机方面的优势。1920 年布鲁塞尔国际经济会议提出了世界各国普遍建立中央银行制度的必要性，1922 年日内瓦会议除了重申这些主张外，并且再次建议尚未建立中央银行的国家尽快建立中央银行，以共同维持国际货币体系和经济的稳定。从 1921 年到 1942 年，世界各国改组或设立的中央银行有 40 多家。

第二次世界大战结束后，为了恢复经济、稳定金融，许多国家开始了中央银行国有化进程。各国中央银行国有化时间是：日本银行，1942 年；法兰西银行，1945 年；英格兰银行，1946 年；荷兰银行，1948 年；比利时国家银行，1948 年等。美国联邦储备银行体系的资本虽然没有国有化，继续由各商业银行持有，但在联邦储备银行章程中规定了公共利益的优先地位。

至此，国家通过中央银行制度又控制了货币发行权。在银行货币流通下，对政府货币发行权力的约束可能有三种：一是由选举带来的政治压力；二是期望理性的政府保留在最需要的时候提升铸币税的能力；三是知识的传播，公众的合理预期使政府的通货膨胀行为失效。银行货币流通的稳定从根源上更多地依赖于社会发展和政治进步。

七、货币的价值

货币是信物。现在看来，信物的外在形式，不是重要的。重要的是货币身上携带的承诺，是否能够得到切实兑现。能，货币就在；不能，货币就消亡。货币发行者（政府）必须保证货币这一信物承载的信任。从经济关系上看，持有货币意味着对货币发行者的债权。不过，与经济活动中其他债权不同的是，货币发行者似乎永远不需要偿还这部分债务（所谓的不兑现）。正常情况下，货币一直在流通中使用，人们接受并持有货币的目的，是为了积累财富、支付清偿债务，或者购买他们需要的东西。如果物价大体上稳定，货币就会当作最终的清偿手段，用以了结商业往来中债权债务关系。没有人想到，也没有现实可能向货币发行者追偿债权。非正常情况下，货币被弃用，驱逐出流通领域，那时也没有可能再向货币发行者追偿债权。

通常的说法，货币地位法定，是法律赋予了货币最后清偿手段角色。事实上，货币作为社会的基础构件，比法律更为基础，诸多法律关系的识别，建立在货币的基础之上。货币流通的实践，比如事实上无需偿还的债务（最终的清偿手段）、跨境流通，以及超越法律关系的社会普遍接受性等，说明支撑货币信物地位的，是比法律更为基础的东西。法律确立货币地位，只是外在的强化和补充。

货币为什么具有价值，是货币理论的基本问题。归结起来，大概有以下几种解说。一是劳动价值学说，如英国古典政治经济学的三位主要代表威廉·配第、亚当·斯密和大卫·李嘉图都认为，金、银的价值取决于生产它所需要的劳动量。二是生产费用学说，如重农主义的先驱理查德·坎蒂隆，庸俗经济学的主要代表 N.W. 西尼尔等，认为货币的价值取决于生产它所需的生产费用。三是边际效用学说，如奥地利学派的主要代表人维克塞尔和米塞斯都认为，货币之所以能同商品相交换，是因为货币与商品的边际效用相等之故，货币的效用即其主观的交换价值，为使用其购买力所能够购买的一般商品的效用所决定。今日货币的效用从昨日货币的购买力，即其货币所能购买的一般商品的效用导出，昨日货币的效用又从前日货币的购买力即其货币所能购买的一般商品的效用导出。如此追溯上去，就可以说货币的价值为最初充当货币作用的商品的效用所决定。四是货币名目论，认为货币是一种符号，货币价值由国家规定（货币国定论）或在流通中形成（职能价值论）。五是货币金属论，等同货币和货币金属，从货币金属的商品价值中探求货币的本质；认为货币是一种商品，货币价值由货币材料的价值所决定。劳动价值学说和生产费用学说都可以看作是货币金属论的范畴。六是货币数量论，认为货币只有流通才有价值，将货币数量和商品数量作机械的相等，从中得出货币数量决定物价的结论。但货币数量论经过费雪、马歇尔和庇古以及后来的弗里德曼倡导的现代货币数量论，有了较大发展。货币数量论从其首创人法国政治思想家 J. 博丹（1530~1596）至今已经盛行 500 年，成为学者们解释货币价值和一般物价的主要学说。原因可能是货币数量论在某种程度上可以包容货币名目论和货币金属论。

货币数量论的主要观点，符合日常生活体验。比如，通货膨胀肯定是流通中的货币过多，通货紧缩一定是流通中的货币不够用。现代经济波动，以及维系经济运转的信用收缩或扩张，如大海之波涛，起伏不定。黄金白银等实物为货币时期，一是货币数量不够，二是货币供应弹性不够，快速发展的经济饱受货币问题困扰。货币摆脱物的桎梏以后，通过信用变动调节，货币量与经济总量波动大体上保持相对协调一致。但是，是经济波动带动货币量变化（内生货币），还是货币供应量伸缩驱动经济波动（外生货币），却是个难题。按照货币数量论的说法，货币价值是由货币量决定的，那么，货币量是由什么决定的呢？从技术上看，决定货币量的，一是中央银行发行的基础货币量，二是整个金融体系运行效率综合出的货币乘数。事实上，银行货币供给是通过中央银行制度以及整个金融体系这一整套制度设施实现的，而这一整套制度设施的操盘人，就是政府。

千百年来，货币的名称和外在形式虽历经千变万化，但其内在的象征价值，从来没有变化过。人类社会文明的进步，推动整个社会的权力结构，从神权、君权，到民主政权的转变。相应的，货币内在的象征价值的来源，也从远古时期人类的崇拜，从君主威权，转移到政府身上。货币是政权的重要组成部分，政权稳定，货币稳定。政权不存在，它的货币必定消失。货币发行是政府的金融权力，这也意味着，政府必须为货币问题负责。由于金融权力是极容易被误用或滥用的权力，市场反应在很大程度上会约束政府发钞的行为。当前的货币供给在很大程度上就是政府与市场较量的结果。但市场是客观的，市场规律发挥作用是可预期的，货币方面出了问题，可以肯定是政府的问题。南宋杨冠卿在《重楮币说》中说过："欲使民之视铜如楮（纸币），视楮如铜，此其原不在乎下而在乎上。"货币在流通中出现了问题，责任应当在政府。所以说，货币虽然作用于物、体现为物，但牵动货币价值的那根弦，却掌握在经过某种程序（选举或血拼）选择出来的那些人手里。货币的价值，在某种程度上，也取决于这些人的良知和能力。

货币价值的外在表现，有三种形式。一是货币的对内价值，是指货币在国内市场上的购买力，主要用国内物价指数衡量。二是货币的对外价值，即货币在国外市场上的购买力，可以用汇率来表示。三是货币的时间价值，表现出货币在不同时间上的购买力的差别，可以用利率来衡量。货币的这三种价值都是货币政策所要考虑的，不同的是，不同国家或一个国家在不同时期"稳定币值"的重点不同，有时可能是国内市场的物价，有时则会转变为汇率的稳定，也有的时候重点可能在储蓄和投资的平衡（利率）上。但这三种货币价值的外在表现，内在还是一体的，实际操作上往往也是牵一发而动全身。

八、货币的意义

货币是人类自己给自己讲的故事。货币是人类文明的产物，货币也成就了人类文明。没有货币就没有交换，就没有市场，人类也无法联成一片成为社会，只能自给自足，走不出茹毛饮血阶段。

货币起源应当是偶然的。黄金、贝壳等物因象征价值而进入人类社会的物质世界，因其充当人界与神界沟通的媒介（世上多存金银献礼的遗迹和文献），而成为人与人之间交换物的媒介。但是，远古互相隔绝的世界各地，不约而同地选择了黄金和贝壳，真是奇迹。如果人类真的是进化而来的，也应当是偶然的，因为人类进化链条中的任何一个环节，都不能出问题。否则，人类就不会是现在这副模样。人类本身就是奇迹，人类的奇迹多半是人类有一个社会，群体的力量使人类成为万物灵长。成就人类社会的，或者说把单个人牢牢地系在一起的，就是货币。

据考证，货币起初以支付工具形式进入流通领域，货币进入流通早于市场的形成。马克斯·韦伯曾提起，在公元前 6 世纪或者更早时期，迦太基城市里和波斯帝国中，为军事支付的目的开始铸造货币。西美尔在《货币哲学》中提到过马耳他钱币上的铭文 non aes sed rides，意思是此乃信用，非铜币也。早期的钱币，应该是一个信物。中国早期钱币上的铭文，如齐国各种"法化"也是王权作保信物的意思。早期的货币进入流通，有两个信用来源：货币是信仰之物，或者说，货币是帝王之物。即货币之所以成为货币，或者是由于神权，或者是由于王权，或者二者共有之。

货币在流通中普遍使用后，社会（市场）将筛选适宜的货币。因为货币实物存在货币性与商品性之间的竞争关系，理想的货币形式，应当是较多货币性（如可携带、耐磨损、同质、可分割等物理特性）和较少商品性（实用性）的物。只有那种除了作为货币之外再也没有别的什么用处的东西，才是最理想的货币。在这方面，金银优于普通商品，纸币优于金银。李嘉图早在三百年前就认为，当通货全部都是纸币时它就处于最完全的状态。现在仍在高呼黄金货币化者，应当汗颜。

金属为币，以有限之物约束无限欲望，是其优势，也是根本缺陷。优点是，在王权不受约束时期，以有限的金属来约束帝王的经济欲求；缺陷是，整个社会生产力解放后，金属货币量的不足，以及货币弹性的不足。当前经济体量以及经济波动幅度，任何实物为币，都是灾难：由流动性断裂引发的金融危机必然会时常光顾。

不过，金银铜等钱币长期流通，给人们留下了一个错觉，即足值铸币才是可靠的钱币。这个错误认识根深蒂固，深深埋进了人类文明的记忆之中。以至于到今天，认为货币发行量不能超过实际的商品数量。实际上，不论是在金属钱币流通时代还是在银行货币流通时代，货币发行没有也不可能瞄着所谓的商品量。因为他们所说的商品量，也是用货币度量通约后加总起来的。用货币数量对应用货币衡量的商品量，感觉不出内在的逻辑困境吗？

简单地讲，货币就是一个信物。信物的外在形式，不是重要的。重要的是货币身上携带的承诺，是否能够得到切实兑现。能，货币就在，无论金银铜铁纸，还是一个虚拟符号；不能，货币就消亡，无论金银铜铁纸，还是一个虚拟符号。所以说，货币是一种能够兑现的许诺。对个体来说，拥有货币，就拥有了当他需要的时候能够兑换商品和劳务的权利。这种权利带来的个人安全感，是个体对其所处社会政治组织和秩序信任的最集中和最直接的体现。政府必须保证这种信任。如果说远古时期人们持有金银，就拥有了据此与神界交换的权利，那么今天社会中的人们持有货币，就拥有了据此与政府（当代货币信任的最终来源）交换的权利。货币就是政府颁发给人们的信物。所以说，货币是政权的重要组成部分，政权稳定，货币稳定。反过来说也行，货币稳定，政权稳定。稳定币值和管理货币流通就是政府的责任。一国货币流通状况（币值稳定状况），事实上就是该国政府的脸面。

九、货币竞争

大约有近十年了，国人奢谈货币战争（期刊网上相关文献就有三千多篇！）。冷静观察一下，那些开口闭口货币战争者，只似在戏说，他们人云亦云，故弄玄虚，挑拨国人心理上那点欲说还休见不得人的体己话。我怀疑他们既不了解货币，也不了解战争。如果了解货币，就应知货币有其自身的规律，不会似枪炮那般任凭主人摆布。如果了解战争，就应知你死我活的战斗规则不容于商业社会，偶一为之也不可能长久。货币战争之说，更多是噱头。

但是，早期货币扩张，的确与战争联系在一起，是征服的历史。"货币跟着或者说伴随着刀剑而来"，希腊和罗马军队的军事行动，往往成为货币扩张和入侵的载体。随着时间的推移，军队所携带的硬币就成为被占领土地的货币。公元前 449 年，雅典为了进一步推动货币统一，发布了一道法令：所有"外国"硬币都要交给雅典铸币厂，迫使所有盟国都使用古希腊雅典城邦的度量衡标准和货币。在中国，秦始皇灭六国后，随即统一了货币流通，秦半两在全国通用。不过，如果我们将视野拉得长远一些，可以看到，刀剑只是为货币进入异域流通提供了一张"入门券"，送来的货币进入流通后，照样要遵循货币流通规律。

同一个市场或相互交叉重叠的市场中，如果同时流通两种及以上货币，就会存在着货币竞争：只有一种货币主导流通。货币竞争有两条规则："劣币驱逐良币"和"良币驱逐劣币"。所谓劣币与良币，是货币名义价值与实际价值的比较，如果名义价值高于实际价值，就是劣币；如果名义价值低于实际价值，就是良币。

同一市场内部，如果政府管理不同货币之间的比价，货币竞争遵循的规律是"劣币驱逐良币"。较为准确的表述是约翰·乔恩在《货币史》一书中的说法："如果政府以法律条款形式，对自身价值各不相同的两到三种流通中介形式规定相同的名义价值，那么只要有可能，支付将总是以那种生产成本最低的中介进行，而比较贵重的中介将从流通中消失。"举例说明。如果市场供求关系决定的金银比价为 1∶15，如果政府规定 1 个金币换取重量相同的 16 个银币，金币被高估，银币被低估，结果是银币慢慢地退出流通，金币充斥市场。英国实行金本位前就是这种情况。

与之不同的是，在边境或跨境贸易中，货币竞争遵循"良币驱逐劣币"。由于王权所不及，市场自发选择接受足值的货币。那些劣币不会出现在跨境贸易中。历史上西欧小国林立，政局变动频仍，跨境贸易是为常态。金德尔伯格说，封建领主用"铁、皮革、木头、铅、纸、盐等物制造的货币不能在领地以外流通"，只能提供足值的、单位价值高的金银货币。

即便在国内市场上，如果政府没有确定不同货币之间的比价关系，而让市场来选择，结果也是良币驱逐劣币。比如西汉文帝时期鼓励民间自由铸造四铢半两钱、唐代开国后铸开元通宝等，市场上都曾出现过良币驱逐劣币的情况。

所以说，劣币驱逐良币还是良币驱逐劣币，根源在政府。由于市场供求关系波动是常态，政府极难确立不同货币之间的准确比价关系（金银之间兑换比率的变化无常是复本位制无法解决的痼疾）。结果就是，政府干预造成了劣币主导流通，良币退出市场。而政府放手或政府力量不及之处则是良币驱逐劣币。这是一个有意思的结论，正是由于这些历史现象的存在，才使货币非国家化、在货币领域引入自由竞争的理论有了一些借口。

任何一个好的治理者，都不能容忍劣币充斥市场。在这方面，中外历史事实是，政治或者说统治者的意志屡战屡败。严刑峻法，各种手段，都没能扭转"劣币驱逐良币"规律的作用，原因是"利之所在，法不能禁"。

当前全球一体化，市场范围的拓展，全球经济的相互依存度提升，各国货币之间的竞争关系，也越来越引起重视。显然，这是个良币驱逐劣币规律起作用的场合。哪国货币优劣如何，事实上一目了然。在这方面，一国货币在国际市场上的流通范围和使用频率，不是阴谋诡计可以撬动的，也不是刀兵所能左右的。和平年代，一国货币之优劣，主要取决于其货币当局管理货币流通的能力和经验，根子在币值是否稳定，其次在货币使用范围是否足够（与经济实力和经济开放度相关）。

市场治理，好的办法是遵从经济规律，建立一个良好的激励结构

（机制），让市场自发力量引导资源配置。否则，依靠行政手段，路会越走越费劲，效果会越来越差。此外，如果觉得力有不逮，开放，就可以解决大问题。因为在开放的条件下，与外国外族竞争，本国本族不得不遵循一个正向的激励机制，使人尽其材，物尽其力，达到良币驱逐劣币的效果。避免关起门来窝里斗、瞎扯淡、劣币驱逐良币的局面。中国历史上的经验，也支持上述说法。中国历史上，凡是对外开放的社会，能够与外民族平等往来，就是盛世。凡是闭关自守，就是走向积贫积弱。

十、货币标本：中国古代纸币

中外货币史上的最大差异，是中国古代纸币。纸币最早在中国出现，早西方六七百年。但纸币在古代中国的流通却是反反复复地不成功，到清朝时纸币曾被视为祸事（嘉庆十九年侍讲学士蔡之定奏请行用纸钞事）。在西方，纸币于17世纪在西欧出现后，呈现出旺盛的生命力，最终演化为当前世界通行的不兑现纸币制度。以至于20世纪30年代南京国民政府从西方引进现代货币制度。

北宋初年，四川成都出现了专为携带巨款的商人经营现钱保管业务的"交子铺户"，私交子开始流通。宋仁宗天圣元年（1023年），朝廷设益州交子务，交子成为官方发行的流通纸币。此后，南宋、金、元、明、清都曾流通国家纸币。北宋官交子可以兑现成金、银、钱以及度牒，流通范围基本上仍只限于四川，陕西、河东（今山西一带）一度流行。南宋会子基本上通行全国，金国交钞流通范围也较广。宋、金纸币分界流通，主要是大额交易使用，目的是弥补金属货币之不足、不便。元代是纸币发展的极盛时代，始终行用纸币，元代纸币不分界，不定期限，永久通用；不限地域，可在全国流通。在元朝最强盛的时候，北尽蒙古，西贯中亚，纸币均通行无阻。明代钱钞兼行，大明宝钞不分界，不定发行限额，不分地区，没有发行准备金，也从不提及兑现，自始至终是不兑换纸币，政府只发不收，宝钞信誉差，贬值速度快，到弘治、正德以后基本上退出了流通领域。清政府纸币流通仅有两次（清末银行兑换券另当别论）：清初顺治发行的钞贯，流通十年便退出流通；后来咸丰官票宝钞发行流通不到十年，便几乎成为废纸，不得不退出流通。

从宋代交子到清代咸丰官票宝钞 800 多年时间里，历代发行纸币，都是国家政权强迫实施。古代中国，"从古以来，都是人随王法草随风，官家说了算"。统治者认为，"富室田连阡陌，为国守财尔。……兼并之财，乐于输纳，皆我之物"。历代政府均强于内部治理和市场管控，即使纸币不断贬值，大多数时间也能在市场上折价流通。

最初私交子的产生并不是什么了不起的壮举，而是在北宋"钱荒"背景下，由市场内生自发秩序作用的表现：社会寻求创造自己的货币。纸币一跃登上货币史舞台，推手是政府。"钱者权也，人主操富贵之权，以役使奔走乎天下"。相对金属铸币，纸币的制造成本更低，流动性更强，集中资源的能力更强，统治者操纵更为方便自由，故纸币面世后，政府即行垄断、大力推行。历代朝廷以纸钞无偿征收民间财物，把发钞作为筹措军费解决财政困难的手段。明崇祯年间，户部曾议行钞法的诸多好处："……钞法行，则民间贸易不用银，天下之银可尽入内库。"清道光年间王鎏一言道破天机：纸币是国家"操不涸之财源"。

纸币大大强化了政府的经济搜刮能力，也加快了王朝覆灭的步伐。政府既少（无）发行准备，又不能有效管理纸币流通，结果纸币终为一张废纸。各代纸币均是币值稳定时间短，贬值时间长，最后都彻底失败，大多伴随着恶性通货膨胀与政权存亡相始终。宋、金、元三朝的纸币都造成巨大的社会灾难，其灭亡都同纸币发行有着重要的联系。时至清朝，纸币在统治者眼中成为王朝覆灭的祸因，于发行钞票一事，非常慎重，以不用为原则。

中国古代纸币之弊，主要有二。一是纸币流通破坏了工商业及经济发展的市场基础。纸币发行与流通全由政府包办，纸币数量完全取决于政府财政需要，货币供给无弹性，主要是统治者搜刮工具，支付手段功能较强而交换媒介功能较弱。特别是滥发纸币，物价腾贵十倍百倍现象多见，价格信号失灵，市场机制顿失，导致工商业无所归依，陷于崩溃。二是抑制了信用金融事业的发展。纸币流通抹平了称量货币、不同铸币之间的差别，使货币兑换业商机立减；纸币流通解决了铸币长途运输问题，货币汇兑业受到抑制。纸币供应充裕，货币借贷也受抑制，实物借贷长期盛行。货币兑换、货币汇兑以及货币借贷这三个早期商业银行业务活动的源头，在中国却因纸币流通而式微。

让·里瓦尔在评论 18 世纪纸币在英国和法国的不同命运时，曾引用伏尔泰的评论："纸币在一个自由的国度里有绝好的用场，有时它们能挽救一个共和国，但几乎可以肯定，它们又能毁灭一个君主国，因为人民很快就丧失信任。再理想的货币若是过分滥发，平民百姓便会收起他们的银币，国家机器便往往伴随一些重大灾难而使其浑浑地归于自毁。"

概言之，古代中国纸币流通所体现出的核心问题是：政府太强，市场太弱。前车之覆轨，后车之明鉴。就中国古代纸币的教训来看，政府过多地侵占社会经济的空间，至少是不明智的。事实上，如何实现政治意志与货币经济规律特别是国际间货币运行规律相协调，也是当今人民币制度的一大难题。

十一、钱荒应对

金属货币流通下钱不够用，即钱荒现象时常出现。北宋时期的钱荒，较具代表性。一是北宋政府管理铜钱比较严格。政府控制铸币权，且严禁所谓的"细小杂钱"流通，要求市场上通用铜钱，"每千钱须重四斤"，"仍每贯须重四斤半以上"。市面上流通的都是好钱。二是史家公议宋代所铸铜币为历代之最，宋太宗至道年间（995~997 年）铸钱 80 万贯，宋真宗咸平三年（1000 年）增至 125 万贯，景德中 183 万贯，至神宗熙宁、元丰年间（1068～1085 年），北宋时代的铸钱达到了顶峰，元丰三年（1080 年）为 506 万贯（举个参照，唐代玄宗天宝年间铸钱仅 31.7 万贯）。严格的货币流通管理，大量的钱币供应，钱仍然不够用，社会经济民生饱受钱荒之苦。

《续资治通鉴长编》卷 283 较为完整地记述了沈括与宋神宗之间的一次对话。宋神宗问：钱币匮乏的过失在哪里？沈括回答说：原因有八个：一是经济社会发展对钱的需求大量增加；二是流通中磨损消耗减少的钱币；三是百姓熔化铜钱铸造铜器；四是钞法不稳，盐钞贬值，劣币驱逐良币，铜钱退出流通；五是金银没有作为货币进入流通；六是大量铜钱储存（常平仓）没能进入流通；七是铜钱外流严重；八是西北铁钱太多为患。沈括认为，前两个原因是没有办法解决的，最后一个原因是不用理会的。针对余下的五个原因，他提出五个对策：一是实施铜禁；二是稳固钞法，取信于民，减少铜钱退藏；三是金银为币，进入流通；四是加快钱币流通速度，"迁而不已，钱不可胜计"；五是禁止走私贸易，防止铜钱外流。

需要交代的是，当时钱荒情况下，铜钱的购买力没有相应提高，说明他们所说的钱荒只是流通中的铜钱少，而非通货缺乏（多种通货并行流通）。

千年之前，古人管理货币流通，就有如此高的智慧与成就，令人感叹。现在来看，当时钱荒的原因，主要是铜钱流通的激励结构扭曲了。主要表现有三：

一是相比盐钞及铁钱等，铜钱为良币（实打实的货币）。劣币充斥市场，良币退藏（窖藏），符合经济规律。

二是铜钱外流。边境或跨国贸易中，货币流通遵循良币驱逐劣币规律。优质的宋朝铜钱，符合边贸交易各方需要。《日本史》所述镰仓幕府时代日本国内流通的主要货币是宋铜钱。

三是铜钱销熔为铜器。金属为币，有个内在缺陷，金属是用作商品消费使用，还是用作货币去交换别的东西，二者之间会产生竞争关系（套利）。与沈括同时期的张方平曾说："销熔十枚铜钱，能得精铜一两，造作器物，获利可达五倍。"利之所在，法不能禁，政府铸造再多的铜钱也无济于事。

沈括的对策，实施铜禁与禁止走私，可在短期收一定之效。稳固钞法，有助于改善"劣币驱逐良币"状况。金银为币不足取，因为解决流通中某种货币过少，再增加一种货币进入流通，徒增货币流通之紊乱外，无法解决铜钱被驱逐的问题。

沈括对策的闪光点是"迁而不已，钱不可胜计"。他认为货币流通次数越多，货币发挥的作用越大，加快货币流通速度可以弥补流通中货币数量之不足。足见他对货币流通速度同货币数量的关系有十分明确的认识。这是世界货币思想史上最早明确表述的货币流通速度的思想，比英国威廉·配第（1667 年）或者洛克（1691 年）的早 600 年，是古代中国货币思想史上宝贵的财富。可惜的是，沈括货币流通理论虽表述明确，其后似有应用，但多是星星点点、断断续续，没有形成理论上的系统化和操作上的经验化。

中国货币史上有多次实行禁蓄钱政策。唐元和十二年（817 年）颁布《禁蓄钱令》，规定私贮现钱不得超过 5000 贯，超过的限一月内买物收贮，如钱数过多，则不得超过两个月。违犯的按不同身份定罪，平民要痛杖处死。文宗大和四年（830 年）又规定蓄钱以 7000 贯为限，1 万 ~10 万贯的限一年内，10 万 ~20 万贯限两年内处置完毕。五代时（如 924 年后唐）也多有禁蓄钱的规定。南宋绍兴二十九年（1159 年）户部奏准民户积钱不得超过 1 万贯，官户不得超过 2 万贯；超过两年不用来买物的拘捕入官，告发的有赏。

历代也有禁止私铸铜器的规定。唐代多有禁止民间私铸铜器的规定，反复宣布禁令。比如，玄宗开元十七年（729年）、代宗大历七年（772年）、德宗贞元九年（793年）、宪宗元和元年（806年）、文宗大和三年（829年）的大规模的铜禁。宋代就不用多说了。明代也是如此，明皇室对铜的使用严加限制，成祖初年，"有销新旧钱及以铜造像制器者，罪比盗铸"，但少有成效。清朝也是如此，雍正时曾下旨禁止民间铸造铜制器皿，但收效甚微。

禁是禁不住的。禁蓄钱和禁止私铸铜器，都没有改变铜钱不足用之事实。法律和行政措施的作用，可以在短时期缓解问题，但不能长时期与经济运行规律相抗衡。解决经济问题，还是从经济规律着手，关键是矫正激励结构，让市场的力量引导经济行为指向正确的方向，而不是任凭主观热情蛮干。

换个角度看，北宋钱荒，或许就是对铜钱质量要求过高之故。若放民私铸，铜钱退藏与外流就不会发生。至于铸币足值不足值，市场说了算。历史上也有不少不足值铸币流通但物价稳定的例子，如汉文帝时期的"榆荚半两"，北魏时期的"风飘""水浮"。

总的来说，两宋时期，应当是中国古代经济发展成就的一个高峰，除武事略有不济外，两宋皇朝，在经济社会管理上，不论理念和做法，都是极高明的。就钱荒而言，他们大抵不会不知铸造不足值铜钱可以解决钱荒问题，没有这样去做，说明当时人们的操守，也是中华文明史上的一个高峰。

十二、少则重多则轻

公元1183年10月，镇江府请求用新会子兑换旧会子。宋孝宗说："新印会子比旧又增多，大凡行用会子，少则重多则轻。"

南宋孝宗时期，纸币流通稳定。宋孝宗是一位励精图治的皇帝。在纸币问题上，他曾说过"朕以会子之故，几乎十年睡不着"（《容斋三笔·

卷一四·官会折阅》），话虽夸张，足见他对纸币问题的重视。他在位期间（1163~1189 年），通过限制纸币发行的数量，用白银兑现，用度牒、助教帖收兑会子，规定输纳时"钱会中半"等措施提升原本贬值的纸币币值，同时，三令五申不许增加纸币发行量。经过数年之努力，取得良好效果，出现了"商旅往来，贸易竞用会子"（《宋史·卷二十六上·宋孝宗五》）景象，淳熙年间的会子流通，曾被朝臣们誉为"楮币重于黄金"（《皇宋中兴两朝圣政》卷五四淳熙二年四月）、会子"重于见钱"（《皇宋中兴两朝圣政》卷五八淳熙七年九月）。十多年后，市场现"军民不要见钱，却要会子"（《皇宋中兴两朝圣政》卷六三淳熙十三年七月）的情况。孝宗在总结经验时明确表示，上述局面是他严格控制纸币发行量的结果："朕若不爱惜会子，散出过多，岂能如今日之重耶"（《皇宋中兴两朝圣政》卷五八淳熙七年九月）。

宋孝宗将纸币管理经验总结为"少则重，多则轻"，对纸币发行量和币值之间的关系第一次作出明确表述：会子发行量越少，币值就越大，即"少则重"；会子发行量越多，币值就越小，即"多则轻"。"少则重，多则轻"客观地反映了纸币流通规律，成为古代中国纸币管理思想上的名言，常为后人所提起，并为以后诸王朝的纸币发行和管理提供了有价值的参考和借鉴。

认为货币价值（商品价格）取决于流通中货币量的货币数量论，在古代中国货币思想史上最早见于《管子》。《管子·国蓄》说到"夫物多由贱，寡则贵，散则轻，聚则重"，明确地表达了币多则万物贱，币少则万物贵的货币数量价格论。西汉时期的贾谊提出"上挟铜积以御轻重，钱轻则以术敛之，重则以术散之，货物必平"（《汉书·食货志下》），司马迁在《史记·平准书》中所言"郡国多奸铸钱，钱多轻"、"钱益多而轻，物益少而贵"等，都是货币数量论思想的反映。东汉章帝时期的张林，在分析当时物价高涨的原因时，常人认为是连年遭受自然灾害的结果，他却说："今非但谷贵也，百物皆贵，此钱残故尔。宜令天下悉取布帛之租，市买皆用之。封钱勿出，如此则钱少物皆贱矣。"（《晋书·食货志》）这种用货币数量来解释物价的见解，在当时是超乎常人的。南朝齐高帝时孔觊提出《铸钱均货议》，认为粮食歉收，粮食本应涨价，但未上涨，这是由于货币数量少，而不是粮食不值钱。孔觊从南齐当时通货短缺来说明粮价不高，与东汉张林钱多而物价昂的说法相映成辉。唐代刘秩说："夫物重则钱轻，钱轻由乎钱多，多则作法收之使少，少则重。"（《旧唐书·食货志上》）将货币价值的大小与货币数量的多寡直接联系起来。陆贽（754～805年）认为，"物贱由乎钱少，少则重，重则加铸而散之使轻。物贵由乎钱多，多则轻，轻则作法而敛之使重。是乃物之贵贱，系于钱之多少。钱之多少在于官之盈缩。"（《陆宣公奏议·卷十二·均节赋税恤百姓第二》）明确地将货币数量与商品价格结合在一起，认为物价贵贱的原因完全在于"钱之多少"，这是中国历史上表述最为清楚、最为精练的货币数量论。在西欧，货币数量论的首创人是法国政治思想家 J. 博丹（1530～1596）。这方面，古代中国也比西方早了至少 700 年。

现代货币数量论代表人物米尔顿·弗里德曼提出一个著名论点："通货膨胀是一个货币现象"。他认为，通货膨胀现象只能有一个责任人，那就是中央银行。如果这个机构能适当控制货币供给量，通货膨胀便不会发生。弗里德曼在《货币的祸害：货币史片段》英文版封底有一小段话："Money is much too serious a matter to be left to central bankers." 意指"货币太严肃了，不能仅仅交给中央银行家们"。搞笑的是，商务印书馆的译本译成："货币是不能拿来开玩笑的，所以要交给中央银行。"完全把作者的意思弄颠倒了。

的确不能将货币问题仅仅交给中央银行。2017 年 3 月 26 日，央行小川行长在博鳌亚洲论坛发言时表示，货币政策将不再宽松，变成比较审慎的货币政策。周小川 2002 年任央行行长，至今已有 16 年。在他任上，M1

从 70882.19 亿元增加到 476527.60 亿元（2017 年 2 月数据），增长 6.72 倍。史上少有。不论什么原因，守土有责。

"少则重，多则轻"。现在还是这样。美国劳工部有个统计，美国 CPI 以 1983 年 1 月为 100，2015 年 4 月为 236.599，30 多年翻了一倍多点。官方统计数据，中国的 CPI，2013 年底为 572.6（累加值，以 1979 年为 100）。我觉得，如果说近 30 年来，我国物价上涨 10 倍，肯定是低估了；如果说上涨了 20 倍，部分商品可能高估了。

货币发行太多了。新一轮的物价上涨，呼之欲出。

如果管理不好通货，多年货币超发的恶果，在可以预期的将来，可能会绑架货币决策，以发行更多的货币为必要手段，维持经济稳定运行。宁愿相信这是危言耸听。

压力山大。

十三、咏钱赏析

文学作品中，凡涉及到钱的，古今中外毫无例外地贬多褒少。如西晋鲁褒的《钱神论》，唐代张说的《钱本草》，元末流传的《乌宝传》等。国外的有莎士比亚在《雅典的泰门》中对金钱的刻画等。史料中关于钱的评述较为常见，如西汉贡禹认为钱是一切罪恶的根源，"是以奸邪不可禁，其原皆起于钱也"。"千金买颜色，万金买肺腑。见人口朴讷，黄金自能语。"文学作品是社会生活的集中反映，文人们对钱误解之深、之久远，的确不是轻易就能讲清楚的。事实上，厨师用刀切菜，罪犯用刀砍人，关刀何事？

古代诗文里，对钱的认识，最为客观的，应是清朝袁枚的《咏钱》诗：

> 人生薪水寻常事，动辄烦君我亦愁。
>
> 解用何尝非俊物，不谈未必定清流。

空劳姹女千回数，屡见铜山一夕休。

拟把婆心向天奏，九州添设富民侯。

这首诗表达了前人未有的思想。人生在世，柴米油盐，与钱打交道既是令人烦恼的，又是不可避免的，常需使用之钱往往不够用。"孔兄正羞涩，趄趄色氤氲"。英雄也有气短窘迫之时。所以说，对于金钱，人们大可不必讳莫如深，自命清高，关键在于使用得当。诗文富有意味：

"不谈"典故出自《世说新语·规篇》，西晋王衍是所谓的"品行高尚"的清谈人士，他口里从不提到"钱"。他老婆想试探虚实，趁王衍熟睡之时，叫仆人绕着床边铺上一大圈钱。王衍早晨醒来见到床边的钱，便叫来仆人说"举却（拿开）阿堵物"。王衍曾任尚书令等要职，官至太尉。被石勒俘虏后，"唯求自全之计"，劝石勒称帝，以图苟活，却被石勒处死。这类毫无气节的人，终非为清流雅望的君子。不谈钱者，多是作伪之人，不可不防。

"空劳姹女千回数，屡见铜山一夕休。"说明积聚钱财无用，反以自害的道理。姹女，指灵帝母后，《后汉书·五行志》载，灵帝母永乐太后好敛财，京城有童谣云："车班班，入河间，河间姹女工数钱，以钱为室金为堂。"未久，汉祚即终。"铜山"源自《史记·佞幸列传》，汉文帝宠爱邓通，有人给邓通相面，说邓通将来会穷饿而死，汉文帝就把蜀郡严道的铜山赏赐给邓通，许其自铸钱，邓氏钱满天下。景帝时，邓通家财被抄没，寄食人家，穷困而死。正所谓"金满箱，银满箱，转眼乞丐人皆谤"。

这方面中外不同。在西方，特别是市场经济逐渐成熟之后，由于产权清晰，产权保护到位，私人对财富的拥有量，在很大程度上反映了这个人的社会贡献度。按照交易的逻辑（也是市场的逻辑），个人拥有财富越多，说明其创造的价值增值越多，对社会的贡献越大。西方发达市场经济社会，人们并不避讳谈钱。中国在这方面有所不同。钱穆在《如何研究中国经济史》中提到，中国历史传统对经济问题所抱一项主要的观点，经济对于人生自属必需，但此项必需亦有一限度。低水准的必需经济，对人生是有其积极价值的；超水准经济，却对人生并无积极价值。他的意思是，对于人生，货币少了不够用，努力挣钱养家糊口，有积极意义；货币多了则徒增无益，反而招致危害。宋太祖曾经公然说到，富者田连阡陌，为国守财尔，缓急盗贼窃发，边境扰动，兼并之财，乐于输纳，皆我之物。历史上，富商大贾因财致祸的例子（关键是连皇帝都眼红），比比皆是。

诗的末尾寄托了共同富裕、人人有钱用的美好愿望。"富民侯"典出《汉书·卷六十六》，汉武帝晚年，悔以江充谮杀卫太子据，会车（本姓田）千秋上书为卫太子鸣冤，因擢升为大鸿胪，数月后为丞相，封富民侯。《汉书·食货志》记载，武帝末年悔征伐之事，乃封丞相为富民侯。后世以"富民侯"称安天下、富百姓的高官。

货币是连通人与人之间物资交流的渠道。人在社会上生存，不可避免地要与他人进行物资交换，这种交换以货币为媒介完成。人类社会组织化的手段有三种，一是思想控制，二是武力胁迫，三是利益连接。靠思想控制和武力胁迫去维持的组织必不能长久，只有利益，才能将松散的人群紧密地连接在一起。因此，使社会整合为一个统一体的，是货币。

钱是人类社会最伟大的发明。凡是钱能够发挥作用的领域，都是比较公平的领域。历史也证明了，经济货币化推动了社会等级观念的消除与平等观念的确立。货币化进程使一个由拥有不同货币量的平等人所组成的平民社会，取代了那种靠着血统等先天禀赋差异支撑的等级社会。这一变化是人类的解放，是生产力的解放，是人类社会的巨大进步。

心理学研究中，大概有以下三种金钱行为：一是权力与控制。通过控制金钱，人拥有了对他人的权力。人渴望权力，渴望控制，想方设法拥有金钱就是一个捷径。二是自尊与价值。有钱会得到别人的尊敬。人们往往把金钱与权力、地位、威望紧密地联系在一起，往往根据他人身上体现出来的金钱符号——服饰、汽车、住房、职业等，来决定与其交往的方式。以个人拥有金钱多寡作为判断其社会地位的标准。这刺激着人们去寻觅更多的金钱，哪怕事实上他们是不需要金钱的。三是独立、选择与自由。拥有金钱可以帮助我们摆脱食物、住房和健康等物质方面的烦恼，从而使人生拥有更多的独立、选择与自由。

讲一个犹太故事。一个吝啬鬼去他的拉比那儿乞求祝福。拉比让他站在窗前，看外面的大街，问他看到了什么，他说："人来人往。"拉比给他一面镜子，问他看到了什么，他说："我自己。"拉比解释道，窗户和镜子都是玻璃做的，但镜子后面涂了一层银子……镀上银子的玻璃，使我们只能看到自己。这就是钱的危险之处。当眼睛被猪油蒙上以后，人们便不易辨别是非了。

钱是重要的人生坐标。在《塔木德》经中，有一句意味深长的话："最长的路，是从心灵通往钱包的那条路。"人类某些最好的品质就取决于能否正确地使用金钱，比如慷慨大方、公正、诚实和高瞻远瞩；人类的许多恶劣品质也起源于对金钱的滥用，比如贪婪、吝啬、不义、挥霍浪费和只顾眼前不顾将来的短视行为。

钱是芸芸众生的生计。按照公平交易的原则，你的每一分钱，都应该来自你亲手创造价值增值的一部分。口袋中除此之外的钱财，都带着不祥的印记。切记。

理解金钱，就是要让它服务于你的人生，而不是相反。

（本文写于 2017 年 7 月 6 日）

随笔杂谈

货币随想：数字、区块链还有其他

好像张维迎说过，有的人无知，有的人无耻。

这句话好像在好多场合都能对上号。

普通中国人挣点钱不容易，却常常被洗劫。有时被通货膨胀洗劫，有时被教育医疗洗劫，有时被股市洗劫，有时被各类骗子洗劫。

前些年，突然冒出来一个不易搞懂却貌似代表着未来的，以比特币为代表的数字货币炒作风潮。笔者相信，到现在，若说数字货币是骗局，还有相当多的业内人士，不会认同。央行的表现，应当起了很大作用。

2016 年初，在市场上传闻数字货币热浪将起之时，人民银行宣布要"早日推出央行主导的数字货币"，这无疑为数字货币进行了增信。连央行都急于打造和推出自己主导的数字货币，说明这玩意儿代表了未来发展走向、潜力无限，由此吸引社会资金大量涌入，各种数字代币价格飞涨，中国迅速成为全世界挖矿、交易和ICO最集中的地方，操纵市场、欺诈传销行为随之而来！

好在 2017 年 9 月，中国叫停了 ICO 和关闭了比特币交易平台。

解释一下，央行前任行长已经说过，数字货币的发行、流通和交易，都应当遵循传统货币与数字货币一体化的思路，实施同样原则的管理。他们甚至说过，中国数字法币是纸币的替代品，是一种新的电子支付工具。

很显然，他们所谓的数字货币，就是法定货币的数字化。但是，遗憾的是，好像他们没有明确说过，他们搞的是法定货币的数字化。是否也是像货币政策调控一样，搞一连串洋名字糊弄市场？

数字技术、互联网平台的发展，对货币金融的影响，一是支付手段的创新，二是新的货币及金融资产形态的出现，三是技术在风险控制领域的应用等。这些都没有改变金融的逻辑。

比特币等与商业信用不相容，不可能成为商业社会的货币。现代社会需要商业和信用，是因为我们现在面对的东西都是不确定的，因此需要有弹性的货币供给润滑经济运行。比特币的供给没有弹性，不存在信用扩张机制，也不存在货币乘数，显然，这样的货币无法滑润经济社会运行。

再之，比特币等的普遍接受性机制是什么？在多种所谓数字货币的竞争中，谁能最终取胜？靠什么取胜？说得更深入些，比特币是顺人类社会化的机制，还是逆人类社会化的机制？

人类社会发展到现在，各个领域的中心化，是节约成本、实现更大范围合作利益的共同选择。传说中的区块链所谓的去中心化，我的理解，这种说法也是有欺骗性的。比如像比特币此类物品的去中心化，他们去掉的是货币发行人的中心化，而在这个过程中、与之相伴的是产生了一个副产品："印钞机制造者"的中心化。程炼兄有一次曾经讲到，通过比特币的扩容过程看到，比特币的"印钞机制造者"有非常大的力量，因此数字货币未必具有大家想象的去中心化特点。

区块链去中心化的结果，可能是更高层级的中心化，就像农民革命推翻了一个王朝，他们会建立一个更血腥的王朝一样。区块链逐渐成熟应用的过程中，对第三方的需要，对效率的需要，对存储量、网速带宽耗电量的需要等，驱使区块链的实践自然回归中心化。由于数字化前期重整了物质秩序，打破了物化樊篱，再次中心化就是更高层级的中心化。人类重新成为奴役的对象。不过，过去奴役人类的是人，将来可能是人工智能。

坊间流传、讨论的数字货币，似乎不是顺着以往的货币发展轨迹延续下来的产物，而是一种全新的事物。这是不可能的，是错误的认识。

人的文明的发展过程中，有两个主要工具——语言和货币。语言就是人精神层面的交流机制，货币是物质层面的交流机制，语言和货币的演化有很多相似之处。这二者都是支撑人的日常生活不可缺少的东西。如果大家认为，我们的生活，我们的社会，不会突然停止下来，突然切换到另一种全新的模式中去，那么我们就必须承认，货币只能是沿着过往的轨迹延伸继续发展，而不会突然跳出来某种新的货币。

因此我觉得，不存在法定货币数字化之外的数字货币。不可能存在。

所以，他们鼓吹的数字货币，是个噱头，虚假的概念，主要用来骗人的。

法定货币的数字化，是个必要的趋势。当前全球现金交易量每年约 75 万亿美元，全球使用现钞的成本，包括印制、运输、发行、保存、销毁等，约占全球 GDP 的 2%，成本可观。如果将来流通中的货币主要以数字形态呈现，将会节约大量的印制、运输、保存和销毁成本。且数字形态的货币在流通使用中，的确比纸币方便。

但是，数字货币只是以数字形态存在的货币，还是法定货币，是法定货币的数字化，而不是别的什么幺蛾子。

（本文写于 2018 年 6 月 14 日）

秋 意

只有时间不会撒谎。

老舍笔下，北京最美的季节，到来了。

借非洲兄弟们的福分，近两天秋高气爽，天朗气清，壮美景色，一览无余。但是，人心与自然，却不能和谐共美。

或许，蓝天与白云，来自周边工厂短暂的停工。客人们一走，蓝天和白云也要走了，烦心事却没有一起离开。税负、贸易战、疫苗、嘀嘀、反杀，等等，舆论热点一个接着一个，似一只无形的大手，操控着荧幕上的皮影一样，轮换着，塞心，雾霾似的，满满的，浓浓的，沉甸甸的，弥漫着内心，无法像这两天窗外的天气，爽朗起来。

逢秋悲寂寥，秋日盼春朝。

记忆中春天的嫩芽刚刚从树枝上、大地中冒出头来，转眼间，已经成为秋天的黄叶，摇摇欲坠。半年之间，世风大变，大自然之不讲情面，令人感受这秋意，凉意中隐隐有萧然之气。

人生一世，草木一秋。其实人生卑微，不如草木。野火烧不尽，春风吹又生。虽一岁一枯荣，但草木的生命可以延续长远。我们何曾见哪一个人，可以重生？没有谁，能躲过时间的规律。

大自然是讲道理的。

四季轮回，秋天是收获的季节。金黄的稻束，硕果累累的花生，膘肥体壮的牛羊，都是大自然的馈赠，也是半年劳累的慰藉。

人世复杂了一些。人生的秋天，大概到半百，收获多一些，失落多一些，一半靠时运，一半靠心情。有时候连什么是收获，什么是失落，难说清楚。不像自然界那样，泾渭分明。

收获季节，什么是您半生劳累的慰藉？

秋天是肃杀的季节，其色惨淡，其容清明，其气溧冽，其意萧条。天地不仁，以万物为刍狗。碧绿色的叶子变为苍黄，不得不坠下枝头，与尘土做伴。颗粒归仓，稻草散落遍地，化为灰烬。人生亦如此，漫天回忆舞秋风，叶落季节，聚散不由我，平添怅惘。

帕斯卡说，一个人不过是自然界一只最脆弱的芦苇，但这是一只会思考的芦苇。人因思想而伟大。然而，人类一思考，上帝就发笑。如落叶随风去，便是自主安放的最好结局。

还是罗素提醒得好：在茫茫宇宙中一个小小角落的一颗小小星球的生命史上，人类仅仅是一个短短的插曲。

时间不会撒谎，不会欺负老实人。

世事一场大梦，人生几度秋凉。

何处遣秋意，只有信步迎风。

录李白诗作一首为证：

对酒不觉暝，落花盈我衣；

醉起步溪月，鸟还人亦稀。

（本文写于 2018 年 9 月 8 日）

读书与作文

叔本华说，读书是顺着别人的思路走，作文要走自己的思路。两者不是一个路子，读书那个路子混得熟，不代表作文的路子也熟。比较有代表性的是学校里教中文的先生，特别是教写作的老师（极少数大家除外），自己很少有佳作问世，原因就在这里。因为他们要的是书中拟定的套路，都是别人的思路，别人的东西。他们对作文的路子，熟悉的多是套路，且大多数是口头上熟，笔头上不熟。

多读书者未必能作文，但欲作文者必先读书。特别是学生，不读书而会作文者，未曾见到这类人物。不用说，学生的作文多从读书中来，学生读书能读出作文的经验和技巧，可以照猫画虎，写些中规中矩的文章。

读书是读者生活的一部分。黄庭坚说，三日不读书，便觉语言无味，面目可憎。我等大众读书，只是欣赏、消遣、猎奇、积累些碎片化知识，可能是好奇，也可能是为了打发无处安放的时光，多不是为了作文。偶尔为之，只是技痒，算不上数的。

读书的高境界，就是欣赏，如同日常品味美酒、美食、美人一样。欣赏书中描绘的风景，横看成岭侧成峰，不同人有相异的意趣，当属正常。每个读者从同一本书中读出不一样的感悟，也是平常。但这份平常中，却有着不平常的道理。一是读者是一面镜子，不同质地的镜子，以不同的角度，映照出的风物自然不同。二是书本本身，也有着多重的意义层面，有的是作者高明手法有意为之，有的是造化弄人。

读者如果在阅读中被感动，首先是作者在著书之时，怀着一颗崇敬和被（其书写的内容）感动的心。如果读者从书本中生发出与作者不太一样的见解，也是正常。经典的书籍，其意义是历史地生成的，不同时期的读者，都会丰富着书本的意义。说得明白一些，书本中的一些文化或心理因素，在不同的阅读条件下，会被唤醒或者激活，变成对当下社会存在的回应。因此，书本的意义，当由双重因素合成，一是作者创作时赋予书本的意义，二是读者阅读时生发的意义。知道了这个道理，对有志创作者，应属幸事（历来笔祸，都是作文者不知道这个道理）。对爱好阅读者，也会多一份警觉。

读者若能从书中读出味道，自然会在谈吐中、也会在作文中附带出来。不过，读书读出的味道，更多的时候，像咀嚼过的东西一样，带点酸腐味是免不了的。读书人只有时常到泥中（社会上）滚爬一番，才有可能将读书带来的酸腐味，转化为浓酒的醇香。

"文章千古事，得失寸心知。"读书人以著书立说为头等大事。记得顾炎武在《日知录》"著书之难"一节中说过，只有那些过去的人不曾说过，不曾涉及，而且将来的人又不可缺少的内容，这样的书才会流传下去。不去做无用功，很重要。

至于作文的功夫，过去读书人的讲究，是"博见为馈贫之粮"，他们的训练，也是蛮辛苦的。如读《穀梁传》使文气简练，读《孟子》《荀子》使得文章枝叶畅茂，读《庄子》使文章奔放恣肆，读《国语》使文章丰富有趣味，读《离骚》使文章幽深，读《史记》使文章洁净。这些仅是行文风格所需的一个方面的功课。我倒觉得，如果钻到这些书堆里，大概很难做到将好文章与好道理结合到一起，经世致用、道义担当就只能是一句空话，结果就是"百无一用是书生"。

对文章的认识，韩愈强调"修其辞以明其道"，柳宗元直接说"文者以明道"。到宋代，特别是南宋，看似繁花似锦，实则文气日衰。宋儒要搞什么"文以载道"，文章在他们这里，成了传播"道"的载体和工具。显然比前人写文章发现阐明"道"，格局上低了许多。文以载道，他们要载什么"道"呢？摆明了是要助纣为虐（御用），不足取。顺着"文以明道"的路子走，作文最重要的，是文章的性灵，更多的要从读书之外来。

文章是思想、个性和材料的融合。《红楼梦》有个"香菱学诗"的故事。黛玉说，第一立意要紧。无思想便无文章。思想是文章的灵魂，是作文的起点和归宿，是第一要紧的。

个性是文章的风骨。作文者常葆赤子之心，受好奇心驱使，发乎本心为文，是为最难得。文章之美，在于其自然，或是自然之伸展。罗丹说过，所谓大师，就是能从人们司空见惯的东西中发现出美来。人们看矫饰的东西多了，看自然的东西反而会觉得新奇。再之，说别人欲说而未说之言，真挚情感容易打动读者，引起共鸣。

作文努力，多在材料上，材料是见功夫的地方。

一是真。材料不真实，文章过不了众人和时间的关口，狐尾马脚总要露出来。高明的作者从来不使用站不住脚的材料。真材料多从现实世界中来，从读书中来的材料，一般需要考证一番。找不到支撑材料，或是想法有问题，或是力气没下够，或是功力还不到。

二是新。新鲜的鱼，清炖即是美味。鱼若放置久了，必须多加花椒大料，才能入口。自然中、社会上来的材料，就是新鲜的。书中寻来的材料，就是久置的臭鱼，虽可用，须多加佐料，须手艺高超。

三是识。材料遍地都有，有识者才能找到好东西。识是功夫活儿，须抛开浮面，到底层去摸索；须放弃现成陈腐材料，像蜜蜂一样点点滴滴采集，才能别开生面。

读书和作文不同。不可抱着成见去读书，也不可没有成见去作文。有成见便不能虚心领会书中要义，看再多书也难进步。没成见却急着写文章，怎么写都不会文从句顺，都是空洞无物。

　　读书与作文割裂不开。读者读书即是在心中作文，作者作文时也会自觉不自觉地在心中检索读过的书。况且，读者与作者，往往可以是一个人。读他人之书，作自己的文章，相辅相成，也是人生一大乐趣。

　　　　　　　　　　　　　　　　　　　（本文写于 2017 年 7 月 24 日）

时间的方向

时间是人生的一个坐标轴。比如一个人，1969 年 5 月 10 日出生，人生恰好百年，2069 年 5 月 10 日去世。那么他这一生，便可整整齐齐地码放在 1969 年 5 月 10 日至 2069 年 5 月 10 日这一百年每年每月每日每时每分每秒上。对他的一生来讲，时间就是秩序，时间就是安排。时间未到，未来不可及。韶华已逝，过去的再也回不来了。时间的指向，就是人生的宿命，眼见着时间一点儿一点儿的流逝，就是秦皇汉武这样的人物，也是无可奈何。芸芸众生，谁能逃脱时间的法则？

人类生存经验塑造的典型的思维模式是，把事件按时间次序排列起来，把它们的关系理解为起因和结果，由一件事引起另一件，形成一个从过去到未来的链式反应，这是意识的连续模式。华裔科幻作家特德蒋在《你一生的故事》中描绘到，外星人的思维模式是用符号或图像。他们同时经历所有事件，从一开始就知道事件的归宿，知道未来可能发生的事，按照它去选择经历的路线。这是意识的同时模式。例如每个人都知道自己的归宿是死亡，能选择的只是经历路线，在欢愉中还是痛苦中度过一生。

特德蒋描述的外星人的思维模式，有可能成为未来人类的思维模式，如果人类足够幸运的话。比如说，真正的大数据普及运用，以及科学计算能力的提升，会有那么一天，人就可以同时看到过去、现在和未来。

人类社会有史以来的科学认知，是建立在时间先后的经验因果关系基础之上的。设想沿着从过去到未来的方向将四维时空切成薄片，每块切片都是某一瞬间的整个三维空间，同一切片上的所有事件彼此间都是类空相关的，把所有这些切片加在一起，就构成了四维时空。电影中的一帧帧画面就相当于时空的一块块切片，显示了空间的一连串瞬间。目前的科学体系，就是这种模式。可以说，科学思维已经被数千年来构建的人类的连续化语言所固定。越是经过科学训练，越是积极从事科学实践的人，这种思维固化的模式，越是牢固，甚至成为一种信仰。

如果知道了这些，并能清晰地看到所有的切片，我们就可以选择观察世界的顺序。可以从未来向过去看，也可以从侧面看，或者沿着其他的方向将四维时空切片，这样得到的每个切片上包含过去、现在、未来发生的一切。科学发现证明了玻尔的名言：在许多戏剧中我们既是演员又是观众。知道了这些，未来的人们可以选择心理感受舒服的体验路线，或者说，为了使作为观众的自己观感上更舒服一些，作为演员的自己自觉地做出一些改变。仅此而已。

时间的方向不会改变。在时间轴上的起点和终点，仍然无法选择；由起点到终点，也无法倒置。如果时间的方向可以逆转，即时间可逆，此时的时间，对于生命来讲，只是计量生命的刻度。从生理学的意义上，原生的 1969 年 5 月 10 日某时某分某秒那个时点上的生命状态，与次生的 1969 年 5 月 10 日某时某分某秒那个时点上的生命状态，必然不同。生命一点儿一点儿地流逝，流走的再也回不来了。即便时间回来了，生命也回不来了。

爱因斯坦曾经说过，过去、现在、未来之间的差别，只是一个错觉。现代物理学认为，只有发生热量在物体之间的转移，才会有过去和未来的区别。只有存在热量时，且当热量从热的物体跑到冷的物体上时，才有过去和未来。还有一种学说认为，是宇宙膨胀而不是收缩的方向决定了时间的方向。时间是客观存在，还是一个错觉、幻觉，当前似乎还没有人说清楚。不过，在人脑中，的确存在过去、现在和未来的区别。我觉得，时间应当是人后天习得的持久而顽固的感觉。就像一类人总是感觉似乎整个天下就是他的一样。

卢梭说，人是生而自由的，却无往不在枷锁之中。自以为是其他一切的主人的人，反而比其他一切更是奴隶。果腹奴役人，财富奴役人，地位奴役人，真理也在奴役着人……但是，奴役人的，没有比时间更甚。越是优秀的人，站在人类金字塔顶尖的人，受时间奴役的感觉越是强烈：他们忙得似乎没有时间。有的人不愿老去，有的人追求长生，就是想要摆脱时间的奴役。

时间的方向不可逆。开始了，就要一步一步走向结束。当前，科技还不能为我们提供未来"菜单"，甚至我们的记忆回忆不起相对完整的过去经历。我们无法在一切可知的情况下，选择心理感受舒服的体验路线。"忘掉时间"，或许是描述生命本质的唯一途径。

然而，对多数人来说，时间观念顽固得犹如一整块儿花岗岩，几乎限定了一切。人是不肯与时间妥协的，人们的一生似乎只是在与时间较劲。他们急于成长，然后顾恋过去的童年。他们耗费大把的时间挣钱，然后用辛苦挣来的钱，试图挽留时间（延长低效的生命）。我们常常对未来的不确定性烦躁焦虑坐卧不安，却不知道平复心情静下心来享受生活。因此，多数人既不活在当下，也不活在未来。他们活着的时候仿佛从来不会死亡，临死前又仿佛从未活过。这都是时间造的孽。

如果能够走到时间之外，端详禁锢在其中的形象，此生的责任，就是让这些形象解脱。现在如果要提个建议的话，就是：

忘掉时间，不去管它指向哪里。唯有如此，才能更加接近生命的本质。

（本文写于 2018 年 8 月 11 日）

道　路

在早期，经济体系（交换体系）、政治体系、社会网络结构体系，以及文化传播体系等，都是沿道路延长而扩展，都是与道路体系重叠在一起的。道路的政治功能，是行政命令下达及反馈的通道，以及人才流动的通道，道路所及之处，就是权力末梢所及之处。道路的经济功能，是物资运输的通道和市场交换系统的通道。汉代各种盐官、铁官和工官，几乎都分布在交通干线上。道路将远方的城市连结在一起，人们也渐渐地选择依道路而居。道路的文化功能，是文化传播、交融、教化远方的通道。

道，在漫长的历史时期，曾经是行政单位，类似于现在的县、市、省。

道制的创立，最早在秦国。秦惠文王时期，秦人创立了道制。最先设立道的地方是蜀郡严道。设立于樗里子（秦惠文王的弟弟，就是电视剧《芈月传》里那个哥们儿）被封为严君之时，秦惠文王二十六年（公元前312年）。

秦王入巴蜀时，已经有志于天下。攻占巴蜀的目的，是让巴蜀的人力物力服务于天下事业，达到"得其地以足广国，取其财足以富民缮兵"（司马错语）的战略目的。然而，西南民情与西北不同。西北民族多为游牧，飘忽不定。而西南多为半农半牧，或农猎牧并重，民众多居险山恶水为寨，易守难攻。统治西南民族，不能像西北那样分片治之，只能依道路而治，道制便应运而生。起初，道制就是依道路管制，主要功能是用于灵活管控山地民族聚居区。

秦道制被汉承袭。秦汉时，县有蛮夷曰道，道制只执行于少数民族聚居区。当时，拿设道最多的西汉时期为例，以道为名的行政单位，在全国的比例，也是比较低的。当时全国有 103 个郡，置道的仅仅 13 个。但到后来，唐代的行政单位，主要是道。宋代时，地方行政单位，改为路。行省制度是元明以后确立的。大约到元明时期，社会激荡，文明流传，整个社会已经联结为一片，成为面状。人口渐多，人烟渐密，内地已经开发完毕。

但是，在行省制度下，道制仍在延续。明代的道设置不稳定，到清代逐渐固定下来，成为地方的一个行政层级，并有粮、盐、河等专业道。到民国，亦在省县之间设置道级，实行省、道、县三级制。1930 年 2 月彻底废除道后，但仍设置有"行政督察专员公署"作为替代。新中国成立后，地区行署在较长时期存在。

华夏文明的扩张，起初也不是面的扩展，而是沿道路延长而漫延。秦汉时期，中华帝国政令已经远达南海，但这只是道路的末梢到达南海，而路两边的广袤土地，还不在帝国的范围之内。比如汉代太行山区夹在两条平行道路之间，是山胡甚至羌人的活动区域。

道路不断延长、加密，则线型发展成树状，由树状成长为网络。文明，沿着道路传播。由点到线，由线及面，慢慢地，整个中华大地连成一片。

中国是内陆国家，不同地方的联系，主要是靠陆路的交通。虽有大江大河的水路可走，但水路不是处处可通、时时可通。这是与古罗马主要依靠地中海航道交通不同的地方。海运航道，四通八达，不是固定的永久的连线，哪里走得通，哪里就是航道。而陆上交通不同，非经事先修好的道路而不达。陆路交通对道路的依赖性是刚性的，必须有庞大的道路体系，方足以凝聚庞大的国家。海上交通航道易变，所以以航道连结的国家，易合易分。陆路是长久固定不变的联系通道，虽筑路时难，但路一旦修成，连成一片，就不易分散了。所以几千年来，分分合合，中国总体上是一个长期持久稳定的存在。中国文化对道路的依赖，也远甚于西方海洋国家。

中国人，特别是学问家，喜爱谈道，玄之又玄，说的人和听的人，均不知所云。

其实，道的含义，其渊源应当与道路有关。非经道路而不达，道就是至关重要的了。孔子云，朝闻道，夕死可矣，说的有些过头了。比如说，如果你不想到什么地方去，道路就是无所谓有、无所谓无的东西了。再如，如果以自在快乐为目标，此心安处是吾乡，就不会产生道路依赖了。

道路很重要。但是，人们筑路，经由道路，是为了达到目的地，而不是要饿死在道上。认清这一点，非常重要。

如今，人类文明高速发展，人们在互联网上，划出了数以亿万计的道路。相信网上的道路，和数千年来地面上的道路，在人类文明发展进程中，发挥一样重要的作用。不同的是，网上的道路，类似于大海中的航道，而不是陆地上的道路。所以说，时代，你不能视而不见。

（本文写于 2018 年 3 月 30 日）

小农意识

百余年过去了，我们在玩味李鸿章"三千年未有之大变局"这句话时，仍然心中有所感觉，是不是低估了他这句话的含义。按照儒家亡国亡天下之说，三千年来，有异族（元朝、清朝）入主中原。李鸿章之大变局，所指应当是在亡国之上，应该是亡天下级别的变局。

是文化，是文明的挑战。

用个不太恰当的比喻，过去三千年，中华民族面临的挑战，都是奔着肉体（财物）来的。而近代来自西方的挑战，却是奔着精神来的。

前段时间，重读杨小凯《百年中国经济史笔记》。读杨小凯先生十六年前的写作，联想今天的情况，还不乏能够引起共鸣的地方，真正的学者是值得学习和敬佩的。在现代经济学的话语体系中，中国经济现代化的困境，一个重要的原因是国家机会主义。国家和政府，出于自身利益考虑，在市场体制转型过程中，扮演了不甚光彩的角色，利益集团垄断、腐败、与民争利等，成了阻碍经济进一步现代化的绊脚石。这种说法，有证据可以证实，也有证据可以证反。因为奉行西方经济学理论的学者们没有考虑到，中华文明的独特性。比如一个重要的事实是，中华文明观念中的国家和政府，与西方文明观念中的国家和政府，不可等同视之。或者说，他们站在西方现代经济学的角度，只看到了一面，没有看到另一面。

中原是世界上最大的连片宜农区域。早在距今约 8000 年前，中华先民们就进入了以种植业为基本方式的农耕时代，形成黄河流域的粟作农业、黄淮地区的粟稻混作和长江流域的稻作农业。这些都是有考古材料支撑的。

农耕文明与游牧文明在生产力上的差别，可以从一个例子说明。许倬云先生曾经做过一个计算，一块土地，如果用来种庄稼，产出粮食能提供的热量，是用来放牧养牛提供奶、肉等食品热量的九倍。一块宜农的土地，种粮食的产出是放牧产出的九倍，农耕方式与游牧方式在生产力方面的差异，是巨大的。

中原文明过早成熟，与农耕方式较为先进的生产力有关。数千年来，中原地区先进的农耕文明和强大的生产力，抵御、消融了历史上一次次来自北方草原游牧部落的冲击，如商朝时的土方、鬼方，西周时的犬戎，秦汉时的匈奴、鲜卑，以及后来的乌桓、契丹、突厥、党项，等等。游牧民族冲击最强的，是在元、清朝代，异族入主中原。但是，中原数千年积淀的农耕文明深厚基础，不仅岿然不动，反过来还一次次同化了异族统治者。这种状况世界上少见。

19世纪鸦片战争，是一种全新的文明——海洋文明叩开了中国的大门。距今约180年过去了，我们没有发现，中原农耕文明像同化北方游牧文明那样，同化外来海洋文明的迹象。反而更多地发觉，有被海洋文明同化的威胁。

海洋文明带来的冲击，与历史上北方草原文明的冲击，明显不同。中华帝国可以运用先进的生产力和财富积累能力，俘获主要着眼于财物抢掠的北方草原游牧民族。但是，面对海洋文明全新的规则冲击，中华文明还没有找到同化以规则意识为先的西方海洋民族的途径与办法。晚清时分，英美和日俄，对我国的欺凌，本质上是不同的。日俄着眼于抢掠和霸占领土，英美着眼于强加贸易规则于我以期打开中国市场做生意，且英美没有领土诉求。区别是比较明显的。

此次中美贸易战，国内很多解说，甚至一些官方的解说，均认为是利益之争，显然是没有切中要害。如果只是利益问题，金钱就可以赎买不同意见，中美就不会发生贸易战。中美贸易冲突的关键，是规则之争。美国的规则，就是现代市场经济的规则。事实上我们不了解或者说不清楚的，是我们自己的规则。

所以，我们有必要了解一下，我们自己的规则。

中华文明是等级秩序基础上的文明，如果硬要说有什么规则和秩序的话，就是纵向社会结构（官本位）和人格化交易习俗（熟人社会）。支撑这些的，中华文明的基座，是小农意识。

汉代已经是精耕农业。

汉初休养生息几十年，人口快速增加，拥挤的区域，有三辅地区、黄河中下游及成都盆地。特别是中原地区，人口压力迅速增加。汉武帝时，中原郡国人口密度已经超过每平方公里一百人，开放的公田，很快就不够分配。人口密度高，土地供应少，农户讨生活，势必要在有限的土地上，打出更多的粮食来。于是，精耕农业便迅速推广开来。当时具有代表性的做法，是搜粟都尉赵过推行的代田法。

精耕农业基本上一直延续到现代。基本的农田耕作工具，如锄、铲、犁等，没有什么变化。起源于西汉的代田法，在山地农业地区，现在还在应用。历代粮食平均亩产，北方小麦自西汉到清末，长期保持相对稳定状态。说明精耕农业生产方式和生产力，自西汉到清末两千年内没有大的变化和大的进步。

与精耕农业相适应的农村经济，是以地方性自给自足为基础的小农经济。区域内有一些互补余缺的贸易往来，通常是在农村地区的集市上实现。区域之间以及它们与大城市之间的贸易有限。

从现代的视角去观察，精耕农业有两个不利于其融入现代经济的特点。一是在分工与专业化方面。由于劳动力的混合使用，农忙时下田劳动，农闲时从事农舍手工业，经济上力争自给自足，没有农业和手工业的分工，也没有发展出分工与专业化。二是在资本集中方面。精耕农业下，社会资本呈小额分散状态，不能集中。精耕细作的农业，经常需要改良土壤，翻土、施肥、灌溉等，以维持土地的生产力。这些需要长期持续小额的资金投入，从社会的层面看，就是资金束缚在分散的小块土地上。

这两个特点决定了，中国历史上的社会经济，不会自发演进出大规模的社会化大生产。精耕农业生产方式下，人口与资源的互动，社会生活的最高水准，就是温饱。事实上，求一温饱，是中国农民几千年来的奋斗目标。小康，是几千年来的梦想。

改革开放四十年来，商品经济的大潮，以及城镇化进程，在全国范围内有史以来第一次对精耕农业和小农经济产生了巨大的影响。在不少地方，从事小农生产已经失去经济上的价值，不少农村地区出现劳动力向城市流动、大量农田抛荒的景象。不少地方的小农经济已经破产。下一步，日渐增长的城市就业和经济增长压力，是否会驱使人们重返农村重启精耕农业？有例可循。中国的农民，在城市和乡村之间，可进可退。遇到萧条周期，城市就业机会少时，他们就会退回农村，减轻经济发展和就业压力。这种城乡之间的双向流动，是了不起的制度安排，但没有引起人们的重视。为农民守住他们乡村的家，可以增强社会稳定的弹性空间，意义重大。

精耕农业滋生、滋养了小农意识。具体来讲就是，土地性质、农业生产和生活方式，滋生、滋养了小农意识。

世界上，只有法国和俄国等国家曾经出现过短期的小农经济，大多数国家都没有形成长期的占主导地位的小农经济。历史上西欧的小农，刚获得自由身份和土地，便较快地分化为农业资本家的雇佣劳动者，主要的原因是土地的集中。在中国，商鞅变法，推行"废井田，开阡陌"，农民私人占有土地。秦统一中国后，这种土地制度便基本稳定下来，历朝历代，江山易主，基本制度没有大的变化。"普天之下，莫非王土"，私田都是王田，同时王田也是私田（私人实际的占有和使用）。大多数土地的使用权都是以"均田"的方式，分配给农民自耕，同时伴有抑制土地兼并的"限田"法规。小农从政府那里取得授田，缴纳什一税，自主耕种，大约相当于现代的租赁或承包经营。中国的小农经济，几千年一贯如此，中国的小农阶层，长期凝固不变。社会底层是一个长期稳定的农民阶层，农民的生产生活方式，凝聚着农民的智慧、观念，这些东西扭结在一起，就形成了中国独特的小农意识这种文化形态。

小农在一块土地上年复一年深耕，生命就是年复一年的轮回劳作，人束缚在土地上。定居者的世界，一般是一个狭小的世界。活动范围狭小，社会交往局限于宗法血缘和地缘。小农以传统经验习俗作为判断事物的标准，大家看中的是日积月累的生产经验和熟练的技巧，滋生的是经验的、感性的思维方式，潜意识里反规则、反理性、反逻辑。

小农意识，熟人社会，多虑近而少虑远，重近事轻远事，重亲情轻理法。孟子曾经讲过，如果一家人发生斗殴，你应该去制止他们，即使披头散发衣冠不整也在所不惜。如果是街坊邻居斗殴，关上门就够了，再去披头散发衣冠不整地干预，你就是个糊涂人。对于同一类型的事，视关系远近有不同的处置办法，费孝通称之为差序格局。这在中国是常态。

小农意识，讲求实用，不好事理。能用即可，不提倡追究事物本身背后的逻辑和道理。中国古代，文明程度优于世界，然应对自然琢磨出来的先进技术，没有进一步通向科学，没有发展出相应的自然科学以及哲学，原因就是小农意识狭隘的实用主义观念。在中国，若论道理，人情就是天理，人情之外，再究道理，似乎就是画蛇添足。

地理环境的闭塞导致小农的愚昧无知与封闭保守。一方面坐井观天，盲目自大，具有以我为中心的圈子意识，本能地抗拒鄙视一切血缘、地缘以外的人与事。另一方面由于收成主要靠天，他们崇拜和恐惧任何可以主宰他们命运的力量，诸如灾异、祖先、皇帝。形成小农狭隘、偏执、逆来顺受、不思进取、小富则安的文化心理。

小农意识的核心，是家。家以及家的隐喻，是这种文化的核心。

小农以家庭为单位，男耕女织，自给自足。老人作为家庭的先辈，作为经验和技巧的传授者、传统的解释者，备受尊崇。家长更是掌舵人，拥有至高无上的权威。家长崇拜是渗透到每个家庭成员骨子里的意识。家是中华文明的基本准则，概括地讲，是家经济，家伦理，家天下。

家经济，经济上是家庭共有制。财产归家庭所有，家庭成员个体一般没有私有财产，每个家庭成员都有养家的责任，每个家庭成员都有依赖家庭养活的权利。如果哪个家庭成员讲究，认为自己出力多享受少，结果就是他不被这个家庭所容。

家伦理。儒家五伦中，父子、兄弟、夫妇这三种都是家庭关系，朋友关系也是类亲缘的，只有君臣一伦，属于社会，属于国家。儒家讲的修身齐家治国平天下，顺序也是明显的。中国人的心目中，由自己到家庭，由家庭到家族，由家族到同乡，由同乡到一个国家认同，这样的一个认识世界和行事的顺序，就是中国人的天理。《易》里面有段这样的表述，有天地然后有万物，有万物然后有男女，有男女然后有夫妇，有夫妇然后有父子，有父子然后有君臣，有君臣然后有上下，然后有礼义。中国人的观念里，家是小国，国是大家，父为家君，君为国父，君父同伦，互为表里，以至于家国同构。

家天下。家是中国人认识世界的基本遵循，有时甚至将天下称为一家。同一个地方的乡亲在一起久了，就成为一家人。一个单位、一个地区，对外都以一家人相称。甚至全体炎黄子孙、华夏民族，对外都以同胞相称。这些既是社会关系，也是坚守的文化。

中国人适应环境的标志，就是产生家的认同。他们常常会在新的环境里，迅速地参照家的秩序，复制出仿家庭和准血缘的人际关系，官员是"父母"，下属是"子弟"，朋友和熟人成为"弟兄"，关系再进一步成为"铁哥们儿"。这种现象普遍存在。大家是有饭同饱，有酒同醉，亲如一家，情同手足。同时也是有话不说，有事带过，笔下留情，刀下留人，知错不言，知错不究，以维护关系和情面。

在一个封闭运行的狭小体系内，小农意识与精耕农业是可以实现自洽的。但是，如果在一个开放的现代社会里，小农意识的落后性，还是很明显的。

首先是小农无法凝聚为一个阶级。小农是一个阶层，而不是一个阶级。虽然大家都是小农，或出身于小农，但中国的小农，只可视为一个社会阶层，而不是一个社会上存在的阶级。由于不能组织起来，小农没有主动改变自己阶层命运的能力。从国家整体的层面上看，就是政治上的等级制与经济上的平均主义、高度集权的政治与广泛分散的经济并存。这样的社会，大而不强，是常态。

其次是产权从来没有清晰过。如在中华帝国的土地产权归属问题上，从来就没有清晰过。几千年来，大约是一个公私共权，名义上是国有的，实际上是谁占有谁使用，收益多方共享。政府出于财政收入的需要以及安抚百姓的需要，遇到人口资源情况巨变和土地兼并过甚的情况，就会推倒重来，重新计口派田。从来没有"私有产权神圣不可侵犯"之说。

土地产权是最基本的权利，一切物化的财产，大多附着在土地上。几千年来，包括现在，土地产权问题，没有清晰过。权利不清晰的基础上，现代经济学那一套分析工具，就不好套用到中国的经济现实中。不过，与现代西方相比，中华文明也有西方不及的地方。如我们的人际关系、血缘关系，是清晰的。叔伯、姑婶、舅姨、侄甥，等等，各系亲戚称谓清晰明了。西方在这方面，则是一团迷雾。无论小姨子还是嫂子，都是 sister in law，姐夫和小叔子，都是 brother in law，人际关系上严格的身份认定，往往需要借助法律，不像我们，一个称谓就搞定了。

不仅产权，中国的政治、经济、文化和社会，从来就是混合形态、和合形态，权利和义务，很少有清晰的界定，即便有，也不易执行。从实践来看，从古至今的社会治理，是善于削藩、抑富、反兼并，不患寡而患不均。董仲舒总结的政治理念很有代表性，"大富则骄，大贫则忧，忧则为盗，骄则为暴，此众人之情。圣者使富者足以示贵而不至于骄，使贫者足以养生而不至于忧。"相信这也是近百十年来为政者的信条。

最后是现代经济实践无法有效兼容小农经济理念。很多依据现代理论的观察家，或预测中国经济将要崩溃，或预测中国经济会很快超越美国，但是，中国的现实常在他们的预料之外。因为在他们的现代理论架构里，没有人情、没有关系、没有小农这类经济主体。如果将中国看作是一个大家庭，政府就是家长，是要包办一切的。老百姓可以容忍政府对其权利的些许侵害，但他们绝对不答应，在他们有事情需要帮助时，政府坐视不理。这些社会文化现象，西方人是理解不了的。

这次中美贸易战，市场情绪普遍不乐观，我倒觉得，没有必要太悲观。因为整个中国是一家人，只要家长有理智，中国人有几千年积淀下来的丰厚的习俗资源，去承受危机和缓解困难，没有什么迈不过去的坎儿。

不要低估中国人在艰难困苦的环境中活下去的能力，这是小农意识的优势所在。换句话讲，小农意识可能是现代经济运行和经济增长的不利因素，但是，对于生存来讲，小农意识，绝对好用。

现在的中国人，三代以上多是农民，再往上是几千年的世代农民。文化代代相传。说中国文化的基因，是小农意识，应不为过。说每个中国人意识中，底色都是小农意识，也说得通。说得不客气些，现代中国，还是小农社会的底子，很多人身体走出了农村，思维却还留在农村。至少在思

第六章　随笔杂谈

想上，就是一个现代政治的瓶子里，盛放着的小农意识。

当年与日本人的战争，就是农业社会与工业社会的战争。甲午海战时，虽然大清的实力，超出日本八九倍，但是，一个庞大的农业帝国，最后还是轰然倒塌在一个初生的小工业国面前，教训不可谓不深刻。又过了几十年的工夫，到抗日战争时期，中日强弱对比已经发生了翻天覆地的变化，中国几乎少有还手之力了。农业国与工业国之间的差距之大，超出了想象。所以说，在强敌环伺情况下，如果我们不想吃亏，想战胜强敌，唯一的办法，就是把中国变成一个工业社会，走工业化、现代化之路。冯友兰先生说过类似的话，他说，西方是现代文化，中国还是中古文化，一个农业社会的文化底色，还在起主要作用。他还说，由于西方发生了产业革命，西方成为城里人，东方还是乡下。如果乡下不想吃亏，唯一的办法，就是把自己变成城里人。

但是，遗憾的是，历史上的教训，对中国农业文明的冲击，似乎还没有改变中国人骨子里的小农意识。现在对内对外的措施和调调，如果仔细品味，还带着浓郁的小农气息。

比如说，近期金融领域出现的一些事情，无还本续贷、四大资产管理公司对接 P2P 等，就是小农意识在现代金融治理领域的体现。这些在现代市场经济话语体系中非常可笑、不可思议的做法，实质就是将市场主体之间的经济关系看作家庭成员之间的事情来操控，背后的逻辑，就是小农意识。

一个农业国家，要想与工业国斗殴，就要在经济理性之外想办法。综合人类社会的经验，无外乎两条途径：一是利用思想控制的手段，将社会组织起来；二是利用武力胁迫手段，让人们屈服跟从。无数实践已经证明，这两种办法都不好使，因为这些办法是反人性的。若要实施，代价无法承受。所以说，还是冯友兰先生说得好，要想不吃亏，唯一的办法，是把自己变成城里人。

中国的现代化，不会是美国、日本和欧洲国家现代化的重演。但是，中国经济要融入全球，保持持续稳定健康发展，就只有建立现代经济体系、推动经济现代化一条路可走。经济现代化，实质就是接受并遵循现代市场经济规则。

回想 21 世纪初加入世界贸易组织时，国内也有很多担忧，担心稚嫩的民族工业受到外人冲击。十多年过去了，事实已经证明并非如此。做一个大胆的假设，如果全世界各国同时取消关税，都实行零关税，又能如何。面对全球市场，中国的企业，应该有足够的自信。

面对海洋文明的规则冲击，只能迎面走去。可以预计，失去的只能是落后的小农意识，得到的却是现代化的民富国强。

信马由缰，写到最后，笔者扪心自问，也是满腹的小农意识。没办法。从这个意义上讲，外来冲击，逼我自强，是好事。

（本文写于 2018 年 8 月 25 日）

图书在版编目（CIP）数据

蒙格斯文集之李义奇．上/李义奇著．—北京：经济管理出版社，2018.12
ISBN 978-7-5096-6173-4

Ⅰ.①蒙…　Ⅱ.①李…　Ⅲ.①随笔—作品集—中国—当代　Ⅳ.①I267.1

中国版本图书馆 CIP 数据核字（2018）第 274822 号

策划编辑：李玉敏
责任编辑：李玉敏
责任印制：黄章平
责任校对：陈　颖

出版发行：经济管理出版社
　　　　　（北京市海淀区北蜂窝 8 号中雅大厦 A 座 11 层　100038）
网　　址：www.E-mp.com.cn
电　　话：（010）51915602
印　　刷：北京玺诚印务有限公司
经　　销：新华书店
开　　本：720mm×1000mm/16
印　　张：20.75
字　　数：276 千字
版　　次：2018 年 12 月第 1 版　　2018 年 12 月第 1 次印刷
书　　号：ISBN 978-7-5096-6173-4
定　　价：76.00 元